# 로열 셰프 영애님

fioret

# 로열 셰프 영애님 6

**초판 1쇄 인쇄** 2020년 7월 20일
**초판 1쇄 발행** 2020년 8월 20일

**지은이** 리샤
**발행인** 오영배
**편집** 편집부
**표지·내지디자인** 오정인
**제작** 조하늬

**펴낸곳** (주)삼양출판사 · 피오렛
**주소** 서울시 강북구 도봉로 173
**대표 전화** 02-980-2112 / **팩스** 02-983-0660
**편집부 전화** 02-987-9393 / **팩스** 02-980-2115
**블로그** blog.naver.com/dan_gul
**출판등록** 1999년 3월 11일 제9-00046호

ISBN 979-11-283-9966-4 (04810) / 979-11-283-9960-2 (세트)

**fio ret** 은 (주)삼양출판사의 로맨스 판타지 문학 브랜드입니다.

# 로열 셰프
# 영애님

*Royal Chef Lady*

VI

**리샤**
장편소설

fio
ret

# Contents

# 16장

　사실 먼저 의사를 물었던 건 도미니크였다. 황제의 심중에 없는 황태자보다는 도미니크 쪽이 황위에 오를 가능성이 높았으니까.

　황태자는 묘한 표정으로 날 바라봤다.

　"……."

　"네? 의료실에 끈 있는 의사요!"

　"로웨나 궁이 알고 있을 거다."

　"전할게요."

　나는 후다닥 로웨나 황비에게 가서 얘기를 전달했다. 황비는 즉시 제 휘하의 의사를 데리고 은밀히 황태자 궁을 찾았다. 진료 후 의사가 빠져나가고 나서 황태자는 꽤 편안한 얼굴로 잠들었다. 그의 얼굴을 가만히 들여다보던 황비가 한숨을 내쉬었다.

"네가 전하께 와 주어서 얼마나 다행인지."

"운이 좋았지요."

황비는 내 손등에 제 손을 포개곤 다정한 얼굴로 물었다.

"전하께서 묘한 말씀을 하시던데……."

내가 그의 편이 되겠다고 한 말을 전해 들은 모양인지 황비는 눈에 이채를 띠고 있었다.

"뭐, 그렇지요."

"정말이니?"

그녀는 본심을 확인하려는 듯 눈을 가늘게 뜨고 나를 살폈고, 난 고개를 끄덕였다.

"네, 다만……."

"다만?"

"그러기 위해선 황비님이 저를 도와주셔야 해요."

"돕다니?"

난 주변을 휙휙 둘러보고 목소리를 바짝 낮추었다.

"황비님도 몸이 안 좋으시지요?"

황비는 잠깐 멈칫했지만, 곧 고개를 끄덕였다.

"그래."

"황후가 그걸 알고 터뜨릴 시기를 엿보고 있어요."

"뭐……?"

그걸 어떻게 알았냐는 듯 로웨나 황비는 얼굴을 굳혔다.

'그야 샤를리나가 만든 음식을 보면 알지.'

마지막 시험에서 샤를리나는 일부러 자궁에 좋지 않은 재료를 넣어 음식을 만들었다. 그 애가 황비의 병을 알고 있다면, 황후의 귀에 들어가는 건 금방이었다. 그런데도 소식이 없다는 건 터뜨릴 절호의 기회를 노리고 있다는 거겠지. 내가 의심하고 있던 부분을 말하자 황비는 입술을 꽉 짓씹었다.

"입속의 혀처럼 굴더니…… 간사한 계집애."

"지금도 황비님께 연락을 취하나요?"

"오늘 오전에도 제가 만든 것이라며 과자를 이것저것 보내왔단다. 황후 몰래 보낸 것이니 황후의 앞에선 내색하지 말라 하였지."

왜 아직도 로웨나 황비에게 붙어 있으려고 하지?

시험 때 쓰러뜨린 것만으로도 황후 측에선 원하는 바를 모두 이룬 거다. 나중에 로웨나 황비의 몸 상태를 폭로했을 때 뒷받침할 증거를 마련한 거니까.

'황후와 샤를리나의 사이가 정말로 나쁜 거야.'

그렇다면…….

내가 입을 열자 로웨나 황비의 눈빛이 묘해졌다.

\* \* \*

이튿날. 새벽부터 입궁한 샤를리나는 에이프런을 걸치며 창밖에 보이는 황후궁을 힐끔 쳐다보았다. 어제 잠시 시간이 났을 적에 황후궁을 찾았다. 신선한 아보카도로 만든 과카몰리를 가져갔지만, 황후는 눈길 한 번 주지 않고 무심한 목소리로 말했다.

*[내게 들러붙지 마라.]*

*[자매간에 그런 말씀을……. 아버님께서 걱정이 많으세요. 우리 사이가 원만해야 기분이 나아지실 거예요.]*

　　*[아버님 심기가 불편한 것이 나 때문이겠니. 온갖 재물과 인맥을 다 끌어들였던 네 데뷔탕트가 무참히 끝이 나서겠지.]*

말꼬리에 조롱이 잔뜩 섞여 있었다. 샤를리나가 입술을 꾹 깨물던 때에 선배 요리사가 다가왔다.

"영애…… 가 아니라, 크흠!"

그가 헛기침을 하자 샤를리나는 상냥하게 웃으며 고개를 돌렸다.

"시키실 일이라도 있으신 가요, 선배님."

"아니야."

"그럼……?"

"로웨나 황비님께서 너를 찾으신다."

"아……."

샤를리나의 입가에 묘한 미소가 걸쳐졌다가 순식간에 사라졌다.

"말씀 전해 주셔서 감사합니다. 하지만 지금은 업무 중이니 황비님껜……."

"아냐, 가 봐."

"그래도 될까요?"

"그럼!"

샤를리나가 활짝 웃으며 고개를 숙였다. 그녀가 조리실 밖으로 향하자 요리사들이 모여 쑥덕거렸다.

"카렌듈라 후작의 자식이라기에 뻣뻣할 줄 알았더니 전혀 아닌데."

"크, 얼굴도, 몸매도 착한 게 성격까지 착하네."

"실력도 좋다잖아. 이번 시험 수석이라지?"

지나가던 여성 요리사가 우뚝 멈춰 그들을 바라봤다.

"실력이 좋은 편은 아니던걸요. 채소를 엉망으로 써는 걸 보면. 불도 무서워한다고요."

그러자 모여 있던 남성 요리사들이 쯧, 쯧 혀를 찼다.

"하여간 계집애들은. 같은 여자라면 책 잡지 못해서 안달이지?"

"무슨……! 정말로 이상했다고요. 보세요. 당근을 썰면 이렇게 이어져 있잖아요."

"그런데?"

"로열 키친의 요리사가 썬 당근이 이런 건 이상하다고요."

여성 요리사가 채 썬 당근을 들었다. 제대로 다 썰리지 못해서 이어져 있었다. 초보나 하는 실수였다.

"바빠서 실수한 모양이지."

"아무리 바빴다고 해도 로열 키친의 어떤 요리사도 이런 실수는 안 할걸요."

"그렇게 실력 나쁜 녀석으로 몰아가고 싶냐. 샤를리나, 그 귀여운 게 뭔 잘못이 있다고."

"그게 아니라요."

"원래 예쁜 애들이 맘도 착한 법이지. 못생긴 것들은…… 쯧."

"아니라니까요!"

여성 요리사가 억울한 표정으로 소리치자 다른 사람이 그녀를 붙잡았다.

"그만해."

"하지만……!"

"여자의 적은 여자라고 생각하고 싶어서 안달인데 네가 뭐라고 하든 변명이라고 생각하겠지."

여성 요리사가 인상을 쓰며 볼을 끌어안고 지나갔다. 모여 있던 사내들이 낄낄 웃으며 다시 입을 열었다.

"방금 이 자식 목소리 들었어? '로웨나 황비님께서 너를 찾으신다'. 목소리 느글거리는 것 봐라."

"땅까지 뚫을 기세던데."

"아서라, 아서. 그런다고 후작 영애께서 너 같은 놈 거들떠나 보시겠냐."

그러자 샤를리나에게 말을 전한 요리사가 어깨를 으쓱했다.

"혹시 알아? 여기서 카렌듈라 후작의 사위가 될 사람이 나올지."

"그게 너라고 하고 싶은 건 아니지?"

문밖에서 이야기를 듣고 있던 샤를리나가 픽 실소를 흘렸다.

'멍청한 것들.'

웃어 주기만 해도 사르르 녹아서 제가 원하는 대로 장단을 맞춘다. 그녀는 싸늘한 얼굴로 문을 돌아보고 로웨나 황비의 궁으로 향했다. 로웨나 황비 궁 정원으로 들어가자 신문을 읽던 황비가 생긋 웃으며 그녀를 맞았다.

"왔구나."

"황가에 광영 있기를. 찾아 주셔서 영광입니다, 황비님."

"앉으렴."

황비는 빙그레 웃으며 그녀에게 자리를 내어 주었다. 샤를리나가 착석하자 그녀는 테이블에 작은 주머니 하나를 내려놓았다.

"이건……."

"과자의 답례란다. 아주 맛있었어. 황후 폐하가 부럽던걸. 친정에서 항상 맛좋은 음식을 먹을 테니."

"과찬이세요."

주머니를 살짝 열어 본 그녀가 숨을 크게 들이켰다. 고혹적인 빛깔과 우아한 자태의 물방울 모양 진주가 고운 천 안에 곱게 누워 있었다.

'티어 블랙이잖아.'

황후가 예비 며느리였던 에이레네에게 선물했고, 로웨나 황비가 세니아나의 마음을 사기 위해 선물했던 그 귀한 흑진주. 황비는 턱을 괴며 눈썹을 까딱 들어 올렸다.

"성녀들이 모두 가지고 있는 것이니 새로운 성녀인 영애도 가져야 마땅하지."

"이런 귀한 것을……."

황비는 후후 웃으며 샤를리나의 뺨을 가볍게 두드렸다.

"황후와 사이가 좋지 못하다지? 데뷔탕트에서 있었던 일을 들었어."

"마음을 열어 주지 않으세요."

샤를리나가 부러 한숨을 내쉬며 어깨를 늘어뜨렸다.

"저런. 이렇게 귀여운 동생에게 왜 마음을 열지 않을까."

"……."

"고민이 있거든 나를 찾아오렴. 황후 폐하의 동생이라면 내 동생과도 같지."

"……!"

샤를리나가 눈을 크게 뜨고 황비를 바라보았다.

"그래도 될까요?"

"물론."

황비는 은근한 손길로 샤를리나의 약지를 훑었다.

"레드 다이아가 잘 어울릴 손이구나."

레드 다이아몬드는 오직 황후의 인장에만 들어가는 고귀한 보석이었다. 샤를리나의 눈이 커졌다. 황비는 지금 황태자의 짝으로 샤를리나를 생각하고 있음을 어필한 것이었다.

"일이 바쁘지? 가 보렴."

"네, 황비님."

"네가 내 궁을 찾는 날을 기다리고 있으마."

샤를리나는 황비에게 가볍게 무릎을 굽혔다. 궁을 나선 그녀가 주변을 둘러보고 티어 블랙을 꾹 말아 쥐었다.

'황후 말고 저를 택하라는 거야.'

사실 카렌듈라만 아니라면 황비가 자신을 탐낼 이유가 충분했다. 아니, 어쩌면 카렌듈라라서 더더욱. 카렌듈라 후작이 딸과 손주를 버리고 황태자를 지지하기만 해 준다면 로웨나 황비는 날개를 다는 것이나 마찬가지였다.

'영 바보는 아닌 모양인걸.'

샤를리나의 얼굴에 오만한 미소가 떠올랐다.

* * *

황태자궁의 요리사들이 본 주방에서 내려온 공지를 보고 인상을 찌푸렸다.

"빌어먹을!"

"또, 또! 아발론(황제의 궁)의 요리사들만 차출되었어!"

오늘 내려온 공지는 사신을 응접하는 아네모네 궁에 차출된 요리사 명단이었다.

'드디어 내려왔구나.'

슬슬 내려오게 될 줄 알았다. 선배 요리사가 분한 얼굴로 짓씹듯 말했다.

"심지어 샤를리나 카렌듈라 같은 새끼 요리사도 차출했으면서 우리는……."

한 요리사가 이를 악물고 말하자 다른 요리사들이 쯧, 혀를 차며 팔짱을 꼈다.

"아무리 수석이라고 해도 너무하잖아. 이런 새까만 후배에게도 밀려야 한다니."

그 말을 듣고 있던 나는 속으로 좀 의아했다. 원래 사신 접대 땐 새끼 요리사가 수프를 만드는 것이 관례였다. 샤를리나 카렌듈라가 수석이니 아네모네 궁에 차출되는 건 당연한 일이다.

'분한 것도 이해는 하지만, 어쩔 수 없는 일이지.'

그런 생각을 하고 있는데 다른 요리사가 나를 흘끔 쳐다봤다.

"영애도, 아니, 너도 안되셨네요, 아니 아니, 안됐다."

"네?"

"샤를이나 카렌듈라만 없었으면 차석인 네가 사신 접대 요리를 할 텐데."

내가 차석이었구나. 마지막 시험 전엔 꼴찌였는데 차석이 된 걸 보면 그래도 내 강황 미음이 꽤 괜찮았던 모양이다.

'그건 기쁘다.'

나는 새롭게 알게 된 사실에 헤헤 웃었다. 다른 요리사들은 한숨을 푹푹 쉬며 투덜거렸다.

"얼른 아발론에 가고 싶어도 기회가 아발론의 요리사들에게만 있으니."

"그러니까 말이다. 대체 어쩌라는 건지."

그들이 저렇게 아발론을 부르짖는 게 나는 의아했다.

"왜 꼭 아발론에 가야 하나요? 여기서도 충분히 요리할 수 있잖아요."

"당연히 아발론의 요리사들만 로열 셰프로 승급할 수 있으니까!"

그렇구나. 일단 황태자의 신임을 받아야 하니 지금은 무리지만, 언젠가는 아발론에 가야겠구나. 고개를 주억거리고 있는데 황태자궁의 주방장으로부터 불호령이 터졌다.

"다음 타임 준비도 소홀한 것들이 아발론은 무슨!"

그제야 요리사들은 후다닥 제자리로 돌아갔다. 재료 창고에서 오늘 메뉴에 쓸 양고기를 살피고 있는데 덜컹, 문이 열렸다. 침입자를 본 난 눈을 크게 떴다.

"전하."

황태자가 삐딱하게 서서 나를 바라보았다.

"나와라. 잠깐 얘기를 나누자."

"제가 지금은 바쁘니까 여기서 하시면 안 되나요?"

"냉동 창고에 날 세워 두겠다고?"

"그렇게 춥지 않은…… 아, 환자시구나."

그러자 그는 울컥한 표정으로 창고 안에 성큼성큼 들어왔다. 환자라는 말이 콤플렉스인 모양이었다. 난 걱정 어린 눈으로 그를 빤히 보았다.

"들어오셔도 괜찮으세요?"

그가 문을 쿵! 닫고서 나를 노려보았다.

"어제 한 말, 무슨 뜻이지?"

"제가 전하의 편이라는 말이요? 들으신 그대로예요."

"미카엘이 이번 사신 접대에서 마저 두각을 나타내면 난 영영 밀려날 거다. 그런데 왜 굳이 날 선택한 거지. 프렌시프 영애님께서 말이야."

난 또렷한 눈으로 그를 바라보았다.

"사신 접대에서 두각을 나타내는 건 미카엘 황자님이 아닌 전하이실 거예요."

"……뭐?"

"제가 그렇게 만들 테니까요."

"사신 접대에 요리도 내지 못할 네가 어떻게."

황태자는 이해할 수 없다는 듯 미간을 좁혔고 나는 개구지게 웃었다.

*　　*　　*

황제는 외알 안경을 슥 올리며 신문에 시선을 고정했다.

"매일 같이 도적 떼들이 기승을 부리니."

음식을 집어 황제의 접시에 놓아 주던 가브리엘라 황비가 차분히 대답했다.

"전력석 때문이겠지요."

필요하지만 구할 수 없으니 도적질을 해서라도 빼앗아 오는 것이다. 황제가 쯧, 혀를 차며 신문을 내려놓았다.

"그러니 엘트라 사신과의 자리가 중요해. 전력석이 잡초처럼 생기는 나라라고 하니 도움이 크게 되겠지."

"잘되면 좋겠군요."

황제는 벽 쪽에 정렬해 있던 요리사들에게 물었다.

"대접할 음식 준비는 잘 되고 있나."

"소홀함 없이 정성을 다하고 있으니 안심하십시오."

로열 셰프 고프레도가 빙그레 웃으며 고개를 들었다.

"엘트라는 포털을 가진 성녀를 여신이라 생각한다지요. 성녀인 샤를리나 카렌듈라가 직접 요리를 만들어 내갈 테니 그들에겐 특별한 경험일 겁니다."

"그렇……."

황제가 대답하려던 중에 가브리엘라 황비의 시녀가 급히 식당에 들어왔다. 그녀가 황비의 귓가에 대고 무어라 속삭이자 황비의 눈이 커다래졌다.

"어째서?"

"그건 저도 잘……."

가브리엘라 황비는 한숨을 내쉬고 몸을 일으켰다.

"저는 돌아가 보겠습니다, 폐하."

"무슨 일이냐."

"그게……."

"짐이 묻고 있지 않나."

"황후 폐하께서 성녀들을 잡아들이셨답니다."

"뭐라?"

황제가 인상을 찌푸렸다. 왜 황후가 제 이복동생과 프렌시프 영애를 잡아들였단 말인가.

"짐도 가지."

황제가 몸을 일으키자 식당에 있던 모두가 그의 뒤를 따랐다. 황후궁에 들어가자 정말로 세니아나와 샤를리나가 황후 앞에 무릎을 꿇고 있었다. 황제의 등장에 황후가 얼른 몸을 일으켰다.

"폐하."

"무슨 일이냐."

"성녀들이 감히 황궁에서 목소리를 높이고 다투었습니다."

황제가 기가 막힌다는 듯 세니아나와 샤를리나를 바라보았다. 샤를리나는 가녀리게 어깨를 떨며 두 손을 가슴께에 포갰다.

"저는, 저는 세니아나가 무슨 일로 제게 이러는지…… 난데없이 싸움을 걸기에 피하려 하였을 뿐이에요."

황후는 은근한 미소를 머금으며 말했다.

"로웨나가 내궁을 어떻게 관리하는 건지. 저였다면 이런 소란은 생기기도 전에 가라앉혔을 텐데요."

쯧, 혀를 찬 황제는 세니아나를 쳐다봤다.

"무슨 일로 소란을 벌였느냐."

"저는 억울합니다, 폐하."

세니아나는 또랑또랑한 눈으로 황제를 바라보며 말했다.

"저 애가 제 물건을 훔쳐 갔어요."

샤를리나가 당황스러운 표정으로 외쳤다.

"말도 안 돼. 내가 네 물건을 훔쳐 갈 리 없잖아."

세니아나는 들은 체도 하지 않고 황제에게 시선을 고정했다.

"황족이 내린 물건이 사라졌습니다, 폐하. 심지어 황궁에서 일어난 도둑질인데 어떻게 침묵할 수 있겠습니까. 조용히 처리하려고 했지만, 도무지 돌려주지를 않아서 일이 이렇게 되었답니다."

샤를리나가 날카롭게 소리쳤다.

"난 정말 네 물건을 훔치지 않았어."

"폐하, 샤를리나의 몸을 수색하시면 아실 겁니다."

황제가 두통이 인다는 듯 이마를 짚으며 물었다.

"대체 무엇이 없어졌기에."

"로웨나 황비님께서 제게 내리신 티어 블랙입니다."

샤를리나는 발작하듯 외쳤다.

"거짓말! 내가 가진 건 황비님이 내게 주신…… 주신……."

설마. 샤를리나의 얼굴이 굳어졌을 때, 로웨나 황비가 등장했다.

"무슨 소란인가요?"

황제는 그녀를 보며 미간을 좁혔다.

"그대가 샤를리나 카렌듈라에게 티어 블랙을 내렸나."

"무슨 말씀이신지, 제가 티어 블랙을 내린 건 프렌시프 영애가 유일합니다."

샤를리나의 표정이 얼어붙었다.

'당했어.'

영악한 게!

샤를리나는 매서운 눈길로 세니아나를 쳐다봤다. 처음부터, 로웨나 황비궁에 불려 갔을 때부터가 이 계집애가 만든 함정에 발을 디민 것이다.

'황비를 구슬려서 내게 티어 블랙을 쥐어 준 거야.'

세니아나는 자신이 요리를 망쳐도, 한 편인 듯한 로웨나 황비를 쓰러뜨려도 달리 반격하지 않았다. 겉으로도 말랑한 게 속도 없구나 싶어서 바짝 경계하지 않은 게 실책이었다. 로웨나 황비는 아무것도 모르는 사람처럼 뻔뻔했고, 황후는 잠깐 당황하였지만 제 탓은 아니라는 듯 침묵했다.

　　　　*　　　*　　　*

　카렌듈라 후작이 급히 궁에 들었다. 그는 황후궁에서 어찌할 바를 모르는 샤를리나를 매섭게 노려봤다.

"미쳤군. 정신이 나갔어."

"아버지……! 그게 아니에요! 전 로웨나 황비와 세니아나의 수작에 놀아났을 一!"

"가서 그렇게 변명해 봐라. 네 손에 티어 블랙이 있고, 그 둘은 준 적이 없다고 부정하지만 넌 그저 수작에 놀아났을 뿐이라고 변명해 봐!"

팔짱을 끼고 앉아 있던 황후가 인상을 찌푸렸다.

"아버님의 멍청한 딸 덕분에 황후궁의 면이 상했습니다."

"그라니아!"

황후는 소파 팔걸이를 내리치며 신경질적으로 소리쳤다.

"로웨나에게 인장을 찾아올 수 있겠거니 싶었는데 이 아이가 모든 걸 망쳤다고요!"

"……."

"이제 다시 당분간 내궁의 일엔 간섭할 수 없을 텐데 어찌하실 겁니까."

"엘트라 사신 접대가 끝나면 시기를 봐서 내가 一"

황후는 하, 실소를 흘리고 제 부친을 쏘아보았다.

"엘트라 사신 접대요? 다 틀렸다고요."

"뭐?"

"도둑질을 했으니 근신이랍니다. 아버님의 자랑스러운 성녀 따님이 말이죠."

"……!"

카렌듈라 후작은 희게 질린 샤를리나를 흔들었다.

"무슨 소리야. 그럼 네가 아네모네궁(사신 접대가 예정된 궁)에 들어갈 수 없다는 거냐?"

"그, 그게……."

엘트라로 포털을 연 당사자인 샤를리나가 아네모네궁에 가는 건 당연한 일이었다. 그런데 그걸 빼앗겨?!

"하면! 하면 누가 너 대신에 아네모네궁에 들어간단 말이야!"

황후가 쯧, 혀를 차고 머리를 거칠게 쓸어넘겼다.

"누구겠어요. 차석을 한 세니아나 프렌시프겠지요."

"이런……!"

이마를 쥔 채 생각을 정리하던 카렌듈라 후작이 급히 시녀를 찾았다.

"가서 사신 접대 만찬의 책임자를 데려와라. 당장! 아니야, 내가 가서 —"

"아, 아버님."

샤를리나가 후작의 팔을 급히 붙잡았으나 후작은 그녀를 거칠게 떠밀었다.

＊　　＊　　＊

황태자는 "이 여자가 제정신인가…….." 하며 헛웃음을 터뜨렸다.

"다른 것도 아니고 사신 접대 만찬에 들어가기 위해 그런 일을 꾸몄다고? 심지어 네가 황비궁 어머니를 들쑤셔 공모한 걸 내게 고스란히 털어놓는단 말이야?"

"네!"

내가 해맑게 대답하자 황태자는 기가 막힌다는 표정으로 소파에 털썩 앉았다.

"프렌시프 어르신의 손녀라더니 과연 빼닮았군."

"감사합니다."

나는 수줍게 고개를 숙였고 황태자는 "칭찬 아니었어." 하며 한숨을 푹 내쉬었다.

"대체 뭐야, 왜 내 편을 들겠다는 건데. 누가 봐도 미카엘 쪽이 이득인 장사 아닌가."

황태자는 관자놀이를 꾹꾹 누르며 말을 이었다.

"황후가 카렌듈라 후작의 딸이란 게 불만이라면 그리 걱정할 필요 없잖아? 황후는 핏줄에 연연할 사람이 아니니까. 제 부친 대신 프렌시프가 도움이 되어 준다고 하면 냉큼 손을 잡을 텐데."

그렇게 중얼거리다가 "설마…….." 하며 가늘어진 눈으로 날 쳐다봤다.

"그, 뭐, 혹시, 가정을 하면…… 가정이야. 가정. 가정이 무슨 뜻인지 알지?"

"……?"

"영애도 나도 함께하는 쪽이 이롭지 않나, 뭐, 그런…… 그러니까 결혼 같은……."

"아니요?"

"아니, 그럴 수도 있지 않……."

"아닌데요."

"그, 이성적인 호감……."

"절대로요."

내가 냉큼냉큼 대답하자 황태자는 벌건 얼굴로 소리쳤다.

"나도 됐어!"

"정말 다행이에요!"

내가 눈에 띄게 안심하자 그는 매우 기분이 상한 듯했다. 한동안 황태자의 서재엔 침묵이 감돌았다. 침묵 후 먼저 입을 뗀 건 황태자였다.

"그래서 나는 사신단 접대 전까지 뭘 준비하면 되지?"

"일단 건강하게 계셔야 해요."

그러고 나서 난 손을 하나하나 꼽으며 말했다.

"일단 식사를 제대로 하시고, 편식하지 마시고, 또 아픈 걸 숨기지 말고 진료받으세요."

"숨기지 말라고?"

"자꾸 숨기니 덧나시잖아요."

"……."

"전하의 몸 상태를 보고 개괄적인 건 다시 의논하도록 해요."

그렇게 말한 나는 꾸벅 고개를 숙이고 문고리를 잡았다.

'결혼이라니.'

난 도미니크와 사귀는데 형님인 황태자와 결혼하면 그게 무슨 콩가루람!

'황태자도 설마 싫어 물어본 거겠지만……'

고개를 슬쩍 돌리자 황태자가 날 쳐다보고 있었다. 난 웅얼웅얼하며 말했다.

"저 좋아하시면 안 돼요……?"

"안 해!"

버럭 소리친 그는 "좋아하면 아주 멱살이라도 잡겠군." 하고 투덜거렸다.

그날 저녁부터 난 아네모네궁에서 준비에 들어갔다. 황태자궁에서 며칠간은 식칼도 잡지 못했는데, 지금은 재료도 탕탕탕 썰고, 간도 보는 것이 아주 즐거웠다.

"아네모네궁에 차출되려고 카렌듈라를 도둑으로 몰아서……"

"비열한 수작…… 프렌시프 영애이니 누가 이의를 제기하겠어."

"카렌듈라가 가엽지."

수군거리는 목소리가 등 뒤로 달라붙었다. 나는 아무렇지 않은 표정으로 전복 내장을 잘라 냈다. 이런 얘기가 오갈 줄은 예상하고 있었다. 사실 비열한 수작이 맞기도 하고.

'만찬을 완벽하게 준비해야 하는 저들 입장에선 내 실력이 불안하기도 하겠지.'

그보다 내게 중요한 건 사신단이 좋아하는 음식을 만드는 것이다. 엘트라를 떠올리면 기억나는 건 보물 창고 같은 곳에서 트리스탄이 진득한 과자를 손으로 덥석덥석 집어 먹은 것이었다.

윤세나의 세계에선 고물이 잔뜩 묻은 떡 같은 것도 손으로 잘만 집어 먹지만, 길라게온에서는 쿠키 외엔 손으로 집어 먹는 걸 못 봐서 특이하게 느꼈었다.

'엘트라 사람들의 입맛을 알면 좋을 텐데. 트리스탄에게 뭘 좋아하는지 물어볼 걸 그랬나 봐.'

"저기, 선배님."

나는 옆에서 요리 중이던 여성 요리사에게 물었다.

"네?! 아…….. 그, 그래."

"혹시 사신들 음식 취향에 관해서 들으신 게 있나요?"

"글쎄요…….. 가 아니라 글쎄. 사면이 바다인 외딴 섬나라라 해물을 많이 접했다는 것밖에는…….."

"그렇군요."

나는 고개를 끄덕이고 레시피 수첩을 꺼냈다.

'생선 육수를 베이스로 해서 문어와 신선한 해물을 잔뜩 넣은 매콤한 수프가 좋겠어.'

그렇게 결심한 나는 요리에 집중했다. 수군거리던 이들도 어느새 조리대로 돌아와 해물을 이것저것 만지고 있었다.

"내 스파이스 챙긴 놈 누구야! 몇 개나 비싫아!"

벼락같은 고함이 터져 나왔다. 내 곁에 있던 여성 요리사가 고개를 돌리고 말했다.

"케이퍼, 파더몬, 큐민, 페퍼, 시나몬…… 말씀하신 것들은 다 챙겼는데요?"

"내가 언제! 전부 가져오라고 했잖아, 전부!"

버럭 소리치자 그의 질문에 대답했던 요리사는 "또 저 지랄이군." 하고 작게 투덜거리곤 식칼을 놓았다.

"다녀올게요."

"넌 요리를 해야 하니까 너 말고…… 그렇지, 프렌시프."

갑자기 이름이 불려서 난 "네?" 하고 대답했다.

"가서 내 스파이스를 가져와라."

투덜거렸던 요리사가 내 어깨를 잡고서 나를 지목한 요리사에게 말했다.

"프렌시프는 아발론에 처음 가잖아요. 선배 자리가 어딘지 아는 제가 다녀오는 게 더 빠른……."

"다녀오라면 다녀오지 뭔 말이 많아!"

그 말에 그녀가 나를 대신해 기가 막힌다는 듯 인상을 찌푸렸다.

"왜 갑자기……."

싸움이 날 것 같아서 내 편을 들어 주던 요리사를 얼른 붙잡았다.

"제가 다녀올게요."

"하지만……."

"괜찮아요."

나는 고개를 끄덕이고 아발론으로 향했다. 그리고 주방에서 일하는 궁인에게 물어서 선배 요리사의 향신료를 챙겼다. 향신료 통을 들고 복도를 걷는데 멀리서 익숙한 인영이 보였다.

"아네모네궁에선 즐겁나요?"

샤를리나가 빙그레 웃으며 묻기에 난 고개를 끄덕였다.

"네."

"막상 가니 더 좋은가 봐요?"

"맞아요."

아무렇지 않게 대답하자 샤를리나의 속눈썹이 파르르 떨렸다. 그녀는 입술을 꾹 깨물고 억지로 상냥한 목소리를 냈다.

"지금이라도 말해 주세요. 내가 당신의 물건을 훔치지 않았다는 걸."

"……."

"세니아나, 당신을 이해해요. 아네모네궁이 아발론을 향하는 계단으로 보였을 수 있어요. 훌륭한 실력을 갖춘 당신보다 못한 내가 아발론에 들어가서 속이 상했을 수도 있지요."

"……?"

"그렇지만, 이건 아니잖아요. 영달을 위해 남을 도둑으로 몰다니요."

순간 이상한 촉이 왔다. 눈빛은 살벌한데 목소리만은 나긋나긋하다. 마치 누가 듣고 있기라도 하는 양.

'그 요리사는 왜 굳이 내게 스파이스를 가져오라 했지?'

옆 조리대의 요리사 말로는 가져오라는 것들은 다 챙겼다고 했는데. 그녀가 다시 다녀온다고 해도 부득불 나를 보냈다.

샤를리나는 울먹이는 목소리로 말을 이었다.

"세니아나, 솔직하게 말해 줘요. 어째서 나를 도둑으로 몬 거죠?

그 보석은 로웨나 황비님께서 내게 주신 게 맞잖아요."

아하. 나는 빙그레 웃고 어깨를 으쓱였다.

"샤를리나. 전 걱정이 돼요."

그렇게 말하자 그녀의 눈빛이 날카롭게 빛났다.

"나 때문에 아발론에 들어올 수 없을까 봐서요? 아니면 성녀가 하나 더 있는 게 께름칙해서?"

"당신 말이에요."

"네?"

나는 스파이스 통을 뒤적거렸다. 샤를리나의 표정이 당혹에 물들었을 때, 자그맣고 붉은 돌멩이 하나를 찾았다.

"거짓을 진실로 만들기 위해 감히 아발론에 마법석을 가지고 오다니요."

"그건 — !"

"마법사들이 확인하면 금세 소지자를 찾아낼 수 있을 테지요."

샤를리나가 내게서 마법석을 빼앗으려 들었다. 여기서 한 가지. 샤를리나가 이토록 가녀린 팔과 고운 손을 가지고 있는 것으로 보아선 아주아주 얌전히 지낸 것으로 추측할 수 있었다.

그럼 나는? 졸업 시험부터 실습, 쟝뤼크의 지옥 훈련을 모조리 견뎌 냈다. 그 말인즉 샤를리나는 힘으론 나를 이길 수 없다는 것이다. 난 샤를리나를 멀찍이 밀어 넘어뜨렸다.

"이 마법석은 시종장에게 전하도록 하죠."

그렇게 나는 황제에게 또 일러바쳤다.

＊　　　＊　　　＊

사신단 접대 준비가 진행되는 동안 황태자는 착실히 진료를 받았다. 질색하는 콩이니, 잎채소니 하는 것들도 주는 대로 잘 먹는다고 했다. 그렇게 며칠 후 접대 만찬의 날이 다가왔다. 난 새벽같이 일어나 입궁 준비를 했다. 아빠와 오빠들이 열린 문 앞에 서서 나를 쳐다봤다. 가웨인은 퀭한 눈의 날 보고 쯧, 혀를 찼다.

"때려치워."

"무슨 그런 말씀을…… 아직 일한 지 한 달도 안 되었는걸요."

"애가 다 죽어가잖아."

"오늘이면……."

나는 말하다 말고 하품을 쩍 했다. 그러자 아빠가 양손으로 내 뺨을 잡고 미간을 좁혔다.

"눈이 새빨간데."

"며칠 못 자서…… 그래도 접대가 끝나면 아네모네궁에 차출된 요리사들에게는 며칠 휴가를 준대요."

"세니아나, 그만두고 싶으면 언제든지―"

난 아빠의 허리를 꽉 끌어안고 품에 얼굴을 비볐다. 안심되는 향기로 기운을 충전하고 다시 고개를 들어 활짝 웃었다.

"쉽게 포기 안 해요. 아빠 딸인걸!"

내가 배시시 웃으니 아빠도 픽 실소를 흘렸다. 아빠와 할아버지는 만찬에 참석하기로 해서 이따 보자고 약속한 뒤, 나는 저택을 나섰다.

궁에 도착하고 쉴 틈 없이 만찬 준비를 했다. 재료 준비부터 식기 점검까지 마치고, 요리사들은 짧은 휴식을 가졌다. 내 옆 조리대의 여성 요리사가 친근한 표정으로 말을 붙였다.

"지금까지 고생 많았어. 오늘만 잘 해내자."

"네."

"귀하신 영애님이래서 깍쟁이일 줄 알았더니 꽤 성실하던걸."

그러자 내 조리대 주변의 요리사들이 고개를 끄덕였다. 나야말로 아발론의 요리사들은 모두 무서울 줄 알았는데 마음이 맞는 사람도 꽤 있었다. 내 편을 들어줬던 여성 요리사가 귀에 대고 속삭였다.

"이번 일만 잘 해내면 아발론으로 이동 신청을 할 수 있을지 모르니까 힘내."

"그럴게요."

"네가 왔으면 좋겠어. 아발론의 새끼 요리사는……."

아발론의 새끼 요리사라면 샤를리나였다. 나는 왜 그러느냐는 듯 고개를 갸웃 기울였고, 여성 요리사는 고개를 저었다.

"아니야. 자, 가자."

요리사들이 휴식을 마치고 다시 주방에 들어갔다. 그리고 거기서 우리는 말도 안 되는 광경을 마주했다.

"이, 이게 뭐야."

"무…… 무슨―!"

주방의 접시란 접시는 모두 깨져 있는 데다 준비해 둔 해산물이 모두 엉망이 되었다. 엉망이 된 해산물 무더기 사이에서 무언가 빼꼼 고개를 내밀었다.

"야옹—!"

고양이 두 마리가 순진한 표정으로 발바닥을 싹싹 핥았다.

"주방에서 마지막으로 나온 놈 누구야!"

총주방의 수셰프 마피레온이 버럭 소리쳤고, 사람들은 나를 쳐다보았다. 난 굳은 얼굴로 마피레온을 바라봤다.

"저는 분명 문단속을 했어요."

"그럼 어떻게 고양이가 주방에 들어왔단 말이야!"

그건 내가 궁금한 말이다. 대체 어떻게……! 그때, 또각또각 구두 소리와 함께 한발 늦은 요리사가 등장했다. 내게 스파이스를 가져오라고 했던 남성 요리사였다.

"아이고, 난리가 났네."

다른 사람과는 달리 침착한 목소리. 저 남자가 날 곤경에 빠뜨릴 이유는 없다. 그렇다는 건…….

'샤를리나!'

난 주먹을 꽉 말아쥐었다. 마피레온이 새빨갛게 달아오른 얼굴로 다가와 내 멱살을 쥐었다.

"귀하신 영애님은 나랏일도 하찮아 보이든? 몇 날 며칠을 준비한 연회를 망치고도 뻔뻔하게 고개를 들어?!"

"……."

"어떻게 할 거야. 당장 수프를 내야 할 시간이 삼십 분밖에 남지 않았는데 식기가 없다고!"

이곳 식기는 쓸 수 없으니 당장 다른 궁에서 식기를 빌려와야 한다. 하지만 식기 관리를 못 했다는 것이 알려지면 여기 있는 요리사들은 모두 문책받을 것이다. 아네모네궁에 차출된 일로 우쭐했던 요리사들이 모두 새파랗게 질려 있었다. 나는 낮은 목소리로 말했다.

"해결하겠습니다."

"뭐? 포털을 열겠다는 거야? 그건 더 큰 일 — !"

"포털을 열지 않고 식기 문제를 해결하겠어요."

"어떻게……."

나는 마피레온의 눈을 피하지 않았고, 그는 이내 고개를 끄덕였다.

*　　*　　*

황제의 오른편에 앉아 있던 미카엘의 눈이 가늘어졌다. 맞은 편 상석엔 자리가 비어 있었다. 통역사에게 물으니 사신단의 총책임자로 온 왕자가 몸이 미령해 만찬에 참석할 수 없다고 했다.

'글쎄.'

정말로 몸이 좋지 않은 건지, 아니면 거래의 주도권을 자신들이 쥐고 있다는 것을 보여 주기 위함인지.

'후자라면 만만한 상대는 아니군.'

엘트라는 왕권보다 신(神)권이 강한 나라였다. 왕과 선대 대신관의 피를 이은 왕자, 트리스탄은 그 모든 것을 손에 쥐었다.

'황금을 이고 태어났다고 해도 과언이 아니라지.'

황후가 미카엘을 향해 몸을 기울였다.

"어떻게든 보그의 거래를 성사시켜야 한다."

"압니다."

그래야 황태자를 완전히 밀어내고 그 자리를 차지할 수 있을 테니.

황후가 고개를 돌려 시종장을 쳐다봤다.

"음식은 어찌 나오지 않고."

"확인해 봤습니다만, 시간이 걸릴 듯합니다."

"귀빈을 허기지게 한단 말이냐. 로웨나는 내궁을 어찌 관리한 거야."

그렇게 말하며 은근한 눈빛으로 황제를 보았다. 황제 또한 마뜩잖은 기색이었다.

"어떻게 된 일인가, 로웨나."

황제가 묻자 황비는 난처한 표정으로 "그게……" 하며 말을 흐렸다. 그때였다. 만찬장의 문이 열리고 트레이 몇 대가 들어왔다. 식기 매트 위에 얇은 종이 호일을 몇 장씩 덧대 올린 후, 나온 건…….

'이게 뭐야.'

로웨나 황비의 얼굴이 희게 질렸다. 그저 빵이었다. 동그랗고 커다랗고 퍽퍽해 보이는 빵 하나. 황후가 미간을 좁히고 말했다.

"이까짓 빵이 귀빈 상에 오를 요리인가! 이게 로열 키친에서 준비한 요리가 맞는 게냐."

요리를 소개하기 위해 온 세니아나가 허리를 굽혔다.

"로열 키친에서 준비한 요리가 맞습니다."

"뭐라고?"

"귀빈의 상에 올려도 손색없는 요리라 확신합니다."

빙그레 웃으며 하는 말에 황후는 기가 막힌다는 듯 미간을 좁혔다.

"이게 무슨……."

"Quid est hoc?(이게 뭐지?)"

어리둥절한 표정으로 빵을 보고 있던 엘트라 사람들이 스푼으로 빵을 툭툭 두드렸다. 그런데, 난데없는 감탄이 터져 나왔다. 황후와 로웨나 황비도 놀라 빵을 내려다보았다.

빵 윗면을 걷어 내자 안에 뭉근한 수프가 들어 있었다. 매콤한 후추 냄새가 일품인 크림 수프였다. 미카엘도 빵 뚜껑을 열고 스푼으로 가볍게 내부를 저었다.

'수프…… 라기엔.'

스튜에 가까울 정도로 건더기가 많았다. 엘트라의 사람들은 신기한 수프를 보며 껄껄 웃었다. 그리고 하나둘 스푼을 들고 맛보기 시작했다.

"호오ー!"

여기저기서 감탄사가 흘러나왔다. 고소하고 짭짜름한 국물. 푹 익은 베이컨은 입안에 넣자마자 스스로 풀어 헤쳐지듯 혀에 감겼는데, 반면에 브로콜리 등의 채소는 아삭아삭 씹히는 게 식감도 좋았다. 특히 식감이 좋은 건 옥수수였다. 깨물 때마다 톡, 톡 터지는데 약간 달아서 짭짤한 국물에 아주 잘 어울렸다.

"Delectamenti!(맛있어!)"

무엇보다 좋은 건, 수프에 푹 젖은 빵을 스푼으로 박박 긁어먹는 것이었다. 아예 뜯어 먹는 사람도 있는 것을 보면 빵 그릇이 아주 마음에 드는 듯했다.

*　　*　　*

난 속으로 한숨을 삼켰다.

'성공이야.'

일전에 엘트라에 갔을 때 보니 이들에겐 우유가 몹시 귀한 듯했다. 그도 그럴 게 사시사철 여름과 가을의 중간쯤 되는 계절인 데다가 교통수단도 발달하지 않아서 우유를 유통하기가 매우 어려웠다.

'그러니 당연히 크림이나 치즈도 구하기 어려울 테고.'

빵 그릇을 생각하자마자 떠오른 게 빠네 파스타라서 크림 스튜와 잘 어울리겠다 싶었다. 황제는 맛있게 잘 먹는 사람들을 보고 껄껄 웃다가 나를 쳐다봤다.

"빵 그릇이라니. 신기하군. 네가 생각한 것이냐?"

"그렇습니다, 폐하."

"어찌 이런 깜찍한 생각을 하였어."

그가 아주 만족스럽다는 표정이라 함께 앉아 있던 할아버지와 아빠도 픽 실소를 흘렸다. 아탈란의 귀족들은 난감한 얼굴로 카렌듈라 후작을 힐끔거렸고, 카렌듈라는 후작은…….

'아이고.'

아주아주 살벌한 표정이었다. 나는 황제의 눈치를 보며 조그맣게 말했다.

"힌트를 주신 분이 있습니다."

"힌트?"

"제가 모시고 있는 황태자 전하께서 겉모습의 화려함보다는 정성과 마음을 담는 것이 중요하다고 일러 주셔서…… 식기에도 정성을 들이면 어떨까 싶었습니다."

황제가 눈을 동그랗게 뜨다가 으하하, 웃음을 터뜨렸다.

"프렌시프 공."

"예, 폐하."

"그대 딸은 참으로 영리하군. 아주 지혜로워."

아빠는 아무렇지도 않게 "그렇습니다." 하고 대답했다. 오히려 내가 부끄러워져서 허둥거렸다.

"그, 그렇지 않습니다, 폐하."

"아니야, 마음을 다하랬다고 빵 그릇을 만들 생각은 누구도 못할 것이다."

그러더니 황제는 턱을 쓰다듬으며 "황태자라……." 하고 중얼거렸다.

"황태자는 지금 어디에 있나."

로웨나 황비가 황급히 말했다.

"제1황자궁에 계십니다."

"안 본 지 오래됐군."

그녀는 서운한 얼굴로 한숨을 내쉬었다.

"예, 폐하. 그리 찾아 주지 않으시니 전하의 몸이 많이 나아졌다는 것도 모르시지요."

"그래? 몸이 나아졌다고?"

호오, 하며 고개를 끄덕이던 황제가 나를 쳐다봤다.

"영애가 볼 때도 몸이 좋아 보였나?"

"예, 폐하!"

나는 냉큼 대답했다.

"아들의 건강이 폐하의 심중을 어지럽힐 수 없다며 진료도 열심히 받으시고, 또 건강식 위주로 식사하시는 데다 운동도 꾸준히 하십니다."

"그래? 웬일로 기특한 짓을 하였군."

흐뭇한 얼굴로 고개를 끄덕이던 황제가 시종장을 불렀다.

"황태자를 데려와라."

'해냈어!'

나와 로웨나 황비는 시선을 맞추고 소리 없는 쾌재를 불렀다. 곧 부름을 받은 황태자가 도착했다. 부황 앞에 잠시 무릎을 꿇은 그가 다시 일어나며 허리를 깊게 굽혔다.

"황제 폐하를 뵙습니다."

"요새 제대로 마음을 먹었다더군. 프렌시프에게 좋은 조언도 해 주었고 말이야."

"조언⋯⋯."

황태자는 의아한 얼굴로 나를 힐끔 쳐다봤다. 내가 입 모양으로 '그렇다고 하세요!' 하고 말하자 그가 실소를 흘렸다.

"지나가듯 한 말을 조언으로 받아들일 수 있는 사람이 몇이나 있겠습니까. 프렌시프가 현명한 것이지요."

그러자 황제를 비롯한 귀족들이 고개를 끄덕였다.

"맞습니다, 폐하."

"이번 입관자들이 특히 인재가 많군요."

"휘하에 인재를 둔 것도 황태자 전하의 복이지요."

통역사들이 엘트라의 사신들에게도 말을 전했다. 대신관이라 불리는 노인도 허허 웃으며 고개를 끄덕였다. 황제가 물었다.

"대신관이 무어라 하는가."

"과연 신의 권속이라 하셨고, 신이 권속을 내린 땅의 지배자가 부럽노라 말씀하셨습니다."

"그래? 으하하! 부럽단 말이지!"

황제는 내내 웃었다. 내심 보그가 나는 땅을 부러워하던 황제는 그들의 말에 크게 흡족해하였다. 카렌듈라 후작의 표정이 무겁게 가라앉자 그 주변에 앉은 귀족들이 어색하게 웃었다.

"모든 일이 궁인 프렌시프의 공로만은 아니지요. 로열 키친 모두가 합심한 덕에 훌륭한 요리가 나온 게 아닙니까."

황제가 고개를 끄덕이며 로웨나 황비를 향해 시선을 돌렸다.

"로웨나가 고생이 많았네."

그러자 이번엔 황후의 얼굴이 매서워졌다. 수프가 나오고 이십여 분쯤 후. 무사히 식기를 들인 모양인지 요리가 하나둘 나오기 시작했다. 난 한숨을 내쉬고 만찬장을 빠져나왔다.

만찬이 끝난 후, 요리사들은 모두 기진맥진했다. 며칠 내내 고생한 데다 예기치 못한 사건으로 다들 은밀히 식기를 구하러 다녔기 때문에 혼이 나간 얼굴이었다. 나는 아직 불 켜진 만찬장을 힐끔힐끔 쳐다봤다. 황제와 황태자가 아직 남아 이야기를 나누고 있었다.

'잘되어야 할 텐데…….'

"네 덕분에 살았다."

내내 내 편이 되어 준 요리사가 따뜻한 밀크티를 내밀며 말했다.

"빵 그릇이라니…… 재밌는 생각이네."

그러자 고양이를 풀었던 것으로 추측되는 남성 요리사가 인상을 찌푸렸다.

"일부러 그런 거 아니냐?"

"선배는 또 무슨 말씀이세요. 프렌시프가 뭐하러 그런 짓을 해요."

"그렇잖아. 어떻게 그 상황에서 빵 그릇 같은 절묘한 수를 생각해 내지? 혼자 튀기 위해 식기를 깨부순 것 아니냐? 일부러 걸쇠를 헐렁하게 꽂아 두고 고양이가 들어오길 기다린 걸지도 모르지."

요리사들의 시선이 내게 모였다. 나는 고개를 갸웃 기울였다.

"그걸 어떻게 아셨어요?"

"허……. 거봐, 내가 뭐랬어. 이렇게 고백하잖아. 그래도 양심은 있는 모양—"

"그게 아니라 걸쇠가 헐렁하게 꽂혀 있었다는 거요."

"……뭐?"

나는 컵을 탁, 내려놓고 요리사를 빤히 쳐다보았다.

"우리 중 아무도 그걸 몰랐는데 가장 늦게 오신 선배님은 그걸 어떻게 아신 거예요?"

"그건…… 다, 당연한 거잖아! 고양이가 들어왔다는 건 걸쇠가 완벽하게 잠기지 않았기 때문이지!"

"잠그는 것을 잊고 있었을 수도 있지 않나요?"

그의 얼굴이 벌게졌다. 지친 얼굴로 벽에 등을 기대고 있던 아네모네궁 주방의 책임자 마피레온이 반쯤 몸을 일으켰다.

"그러고 보니 이상하군. 프렌시프가 문단속을 했다는 걸 네가 어떻게 아는 거지?"

"그, 그건……."

"넌 냉동고에 가야 한다고 휴식 전부터 주방에 없지 않나. 세니아나가 말하는 것도 못 들었을 텐데."

그러자 투덜거리던 요리사가 마른 침을 삼켰다.

"무슨…… 무슨 그런 말씀을……! 절 의심하시는 겁니까?!"

"단순한 물음이 의심으로 들릴 정도로 당혹스러운가 보지요?"

내 말에 그는 뻣뻣하게 굳어져 있다가 벌떡 일어나며 소리쳤다.

"말도 안 되는 소리를. 당연한 추측이 아닙니까! 문단속은 막내들이 했겠죠! 어처구니가 없어서……."

그가 문을 박차고 나섰다. 내 편을 들어준 요리사가 어깨를 토닥이며 말했다.

"널 의심하는 사람은 없으니까 신경 쓰지 마. 저 작자는 원래 그런 사람이야. 아랫사람이 저보다 잘난 건 못 견디거든."

나는 고개를 조그맣게 끄덕이며 그가 나선 방향을 지그시 바라
보았다.

*    *    *

아네모네궁을 나선 카리울은 씩씩거렸다.

'망할 뻔했네.'

샤를리나를 위해 나선 일은 모두 허사가 되고, 도리어 제가 덤터
기만 쓸 뻔했다.

'빌어먹을 년.'

샤를리나의 말대로 세니아나 프렌시프는 보통 간사한 게 아니었
다.

　　*[제게…… 제가 여기서 믿을 분은 카리울 선배님뿐이에요. 로열 키*
　　*친이 이렇게 무서운 곳일 줄이야…….]*

어깨를 떨며 가련하게 울던 샤를리나가 떠오르자 카리울은 혀를
찼다. 하여간 계집애들은 아름답고 순수한 영혼만 보면 못 잡아먹
어서 안달이다.

'어쨌든 일이 허사가 되었다고 해도 내가 저를 위해 나서 준 게
있으니 샤를리나는…….'

그가 히죽 웃었다. 카렌듈라의 사위가 될 수 있을지도 모른다.
사실 외모도 이 정도면 준수하고, 요리를 하느라 살이 조금 찌긴 했
지만, 남자가 이 정도 풍채는 되어야 듬직한 법이었다. 로열 키친,
그것도 아발론에 소속된 요리사인 데다가 부친은 단승 작위이긴 해

도 귀족이다.

'샤를리나와 나는 어울리는 한 쌍이지.'

곧 제 여자가 될 샤를리나를 위해서라면 이 정도 일쯤은 아무것
도 아니었다.

'날 의심한다고 징계를 줄 거야, 뭐야.'

문제 제기를 하는 순간 아네모네궁에 있던 일이 드러날 텐데. 제
명예를 끔찍하게 생각하는 마피레온이 저를 징계할 수 있을 리 없
다. 아발론에 돌아가서 샤를리나나 위로해 줘야지.

'그리고 주말에 데이트 신청을 하면……'

그런 생각을 하던 찰나에 뒤쪽에서 바스락, 마른 풀이 밟히는 소
리가 들렸다. 고개를 돌린 카리울은 익숙한 인영을 보고 눈살을 찌
푸렸다.

"뭐야?"

세니아나 프렌시프가 표정 없는 얼굴로 그를 바라보고 있었다.

"증거도 없는 주제에 따지러 온 거냐? 이거 정신 나갔군. 어디 새
까만 후배가 선배를 똑바로 쳐다봐!"

그가 버럭 소리치며 허리를 짚었다.

"네가 후작 영애라고 궁 안에서도 영애님 소리를 들을 줄 알아?
여긴 지엄한 황궁이다. 신분보다 선후배 간의 서열이—"

"그러니까요."

"뭐?"

"여기서는 선배 취급을 해 드릴 거예요."

"알긴 하는 모양이군."

"하지만 황궁 밖에선 아니죠."

"……무, 무슨 소리를!"

세니아나는 그의 가슴에 걸린 휘장을 단번에 잡아 뜯었다.

"카리울 마커."

"……!"

"최대한 오래 황궁에 계세요. 웬만하면 시종들 기숙사를 빌리는 게 좋을 거예요."

"뭐, 뭐 하는 수작……!"

세니아나가 아주 낮은 목소리로 읊조렸다.

"내가 당신 이름."

"……."

"기억했으니까."

세니아나는 휘장을 허공에 던졌다가 다시 받으며 빙그레 미소지었다. 카리울은 그녀가 떠난 후에도 자리에 못 박힌 듯 굳어져 있었다.

'비, 빌어먹을 년!'

감히 선배를 협박해?! 제가 아무리 후작가의 영애라도 선배에게 이럴 수는 없다. 그는 당장에 본주방으로 향하려다 멈칫했다.

'이러다 프렌시프가 쫓겨나면 이젠 후배가 아니니까 날…….'

낮게 가라앉은 세니아나의 눈빛을 떠올리면 어쩐지 숨이 턱 막혀왔다. 아니다. 자신은 로열 키친의 요리사다. 후작가라고 해서 황제 폐하의 궁인을 해칠 수는 없다. 그가 다시 본주방을 향해 발을 내디뎠을 때였다. 휙! 바람이 부는가 싶었는데 목덜미에 격렬한 통증이 일었다.

"누, 누구……!"

"죽고 싶으면 소리 질러."

"……!"

익숙한 목소리였다.

'도, 도미니크 황자?'

동부 아카데미에 있어야 할 그가 어떻게……!

도미니크는 카리울의 목덜미를 찍어누른 채 조용히 읊조렸다.

"내가 지금 기분이 매우 좋지 않아."

"저, 저하……."

"내 애인이 요새 바빠서 연락도 잘 받지 않거든. 그런데 찢어 죽일 개새끼까지 내 애인 근처에서 짖어 대니 기분이 좋을 리 없겠지?"

카리울은 벌벌 떨며 "예, 예……!" 기계적으로 대답했다.

"너는 하필이면 지금, 하필이면 내가 기분이 더러울 때 걸려서 손목이 부러지는 거야."

"저, 저하, 저 ─ 끄아악!"

어둠이 낮게 가라앉은 황궁 안에 소름 끼치는 비명이 메아리쳤다.


이튿날, 새벽. 아네모네궁의 뒷정리를 하던 나는 이상한 소식을 듣고 고개를 갸웃 기울였다.

"그 선배님 손목이 부러졌다고요?"

함께 정리하던 기수 낮은 어린 요리사들이 고개를 끄덕였다.

"그 패악을 부리고 가더니 자빠져서 손목이 뚝 부러졌다던 걸."

그러자 내 바로 위의 기수인 남성 요리사가 킬킬거렸다.

"어찌나 엉망으로 부러졌는지 뼈가 붙어도 팬 잡기 쉽지 않을 거래요."

"신이 있었던 거지. 아직 세상은 살 만해."

내가 처리할 것 없이 손목이 분질러졌다면 좋은 일이지만…….

'타이밍이 너무 좋네.'

나는 무슨 조화일까 곰곰이 생각하다가 어깨를 으쓱였다. 사람 가리지 않고 원망을 사던 작자이니 나 말고도 노리는 사람이 있을 수도 있지. 어쨌거나 나한테는 좋은 일인 데다가 내일부터 휴가였다! 황제는 만찬을 몹시 흡족해서 예정된 이틀의 휴가 외에 사흘을 추가해 무려 닷새나! 쉴 수 있게 되었다.

빌려온 식기를 반질반질하게 닦아서 돌려주고, 아네모네궁 주방 바닥을 먼지 한 올 없이 싹 쓸고 닦았다. 확인하러 온 선배 요리사가 "이 정도면 요리사가 아니라 청소부로 취직해도 되겠는걸." 하며 칭찬해서 뿌듯했다.

궁을 나서자 프렌시프의 마차가 기다리고 있었다. 함께 나온 선배 요리사들은 아주아주 질 좋은 나무로 만든 거대한 마차를 보고 기함했다.

"무슨 마차가……."

"세상에, 황궁 마차 같네. 황제 폐하라도 타시는 줄 알겠어."

"너, 너희 집 마차냐?"

나는 어색하게 웃었다.

"정확하게는 저희 집 마차가 아니고……."

"설마 네 마차야?"

대답을 못 하고 눈을 허공으로 도르륵 굴렸다. 저 마차는 내 입관식 전날에 할아버지가 난데없이 끌고 온 마차였다.

*[황궁에서 일하면 결계 때문에 포털은 못 쓰겠지.]*

*[그렇긴 한데…… 할아버지, 이게 뭐예요?]*

*[뭐긴. 네 출퇴근을 맡아 줄 마차다.]*

고가의 자작나무로 만들어졌다는 연한 베이비 핑크색 마차는 앞, 뒤, 좌, 우, 사면에 모두 프렌시프의 문장이 들어가 있었다. 그 근처로 청녹색 마법석과 투명한 마법석, 짙은 자주색 마법석이 눈꽃 모양으로 펼쳐져 내구성을 높이고, 보온과 냉방 기기를 대신했다.

선배 요리사들은 몇 차례나 탄성을 흘리며 마차를 이리저리 둘러보았다.

"금수저가 좋긴 좋구나……."

"빌어먹을, 나는 말도 없어서 황궁 밖까지 걸어가야 하는데."

내 마차를 둘러보던 선배 요리사가 흥분한 목소리로 물었다.

"이거 외제지?"

"글쎄요……."

"그…… 저기 말이야. 안도 구경해도 되나? 내가 마차를 워낙에 좋아해서."

"네, 괜찮아요."

선배들은 펄쩍펄쩍 뛰며 안을 구경했다.

"세상에 내부 좀 봐. 엄청나게 고급스럽잖아!"

"대박, 마차 안에 테이블이…… 이거 달리면 쓰러지는 거 아니냐."

"바닥에 고정되어 있잖아. 아아앗! 문을 닫으니까 천장을 투명하게 만들 수 있어!"

얼굴이 벌게져서 마차를 구경하던 사람들이 나를 돌아보았다.

"프렌시프 저가 황궁에서 얼마나 걸리기에 이런 좋은 마차를……. 이 근처에 있는 저택은 본저가 아닌 모양이지? 얼마나 더 가야 너 사는 곳이 나오는 거야?"

"……이 근처에 있는 저택이 본저가 맞아요. 거기 살아요."

선배는 당황한 얼굴로 담 넘어 보이는 프렌시프 저택을 바라보았다.

"저기가 그러니까 두 시간쯤 걸렸나?"

"……."

"한 시간?"

"이, 이십 분……."

"아……. 그…… 가족들이 너를 몹시 아끼나 보네……."

나는 새빨개져서 손만 꼼지락거렸다. 이래서 웬만하면 황궁 안으로 들어오지 말랬는데!

"저기…… 괜찮으시면 다 함께 타고 나가시는 게…… 어차피 검문소 하나밖에 남지 않았지만……."

내가 웅얼웅얼 말하자 선배들이 "물론!" 하며 소리쳤다.

"우리야 고맙지!"

"언제 이런 걸 타 보겠어?"

막내가 벌써부터 이런 마차를 탄다고 싫어할 줄 알았는데, 선배들은 크게 기뻐했다. 나는 안도의 한숨을 내쉬며 그들과 함께 궁을 빠져나갔다.

"아아, 따뜻해~!"

"그러니까 말은 그만 좀 타고 다니시라니까요. 겨울엔 사람 죽겠어요."

"타고 싶어서 타냐. 집이 멀어서 타지. 으으."

얘기를 듣던 난 어리둥절할 표정으로 선배를 쳐다봤다.

"그럼 황궁 내 궁인 숙소에서 지내면 되지 않나요?"

"네, 선배님. 저야 집이 가까워서 입·출궁이 어렵지 않지만, 선배님은 좀 숙소에 들어가세요. 2급 요리사부터는 고위직이라 들어가지도 못할 텐데 아직 직급이 낮을 때 숙소에서 한 번 지내보는 거죠."

급? 나는 눈을 동그랗게 뜨고 물었다.

"그게 뭔가요?"

선배는 친절하게 설명해 주었다. 막내 요리사가 5급. 일반 요리사들이 4급. 요리사들끼리 이루는 조의 조장이 3급. 각 궁의 주방장들이 2급이었다.

'1급은 오직 로열 셰프라고……'

내가 이해한 게 맞는지 묻자 선배는 고개를 끄덕였다.

"5, 4급 요리사는 일반 궁인들의 요리를 하고, 3급은 고위 궁인. 그러니까 기사단장이라든지 고위 행정관의 요리를 하지. 2급부터는 황족과 귀족의 요리만 해."

"그럼 4급까지는 귀족의 요리를 못하나요?"

"그래. 막내들에겐 아네모네궁이 특별한 경우인 거야. 그리고 아발론(황제의 궁)에 배속되면 실적을 쌓을 필요 없이 3급이 되지."

옆에서 듣고 있던 다른 요리사가 말을 보탰다.

"3급까지 되려면 적어도 5년은 걸려서 다들 아발론에 들어가려고 안달인 거고."

나는 고개를 끄덕였다. 그런 얘기를 하다 보니 어느새 검문소를 넘어 궁 밖이었다. 나는 나온 김에 선배들을 집 앞까지 데려다준 후, 저택으로 향했다.


저택에 들어온 후에는 입관할 적에 받은 안내를 보았다.

'일이 너무 많아서 안내서 볼 시간도 없었어.'

읽었다면 각 급의 요리사들이 뭘 하는지 미리 알았을 텐데.

안내서를 읽고 중요한 부분을 외우니 해가 떠오르고 있었다. 나는 가물가물한 눈을 비비며 방을 나섰다. 비척비척 걷고 있으니 뒤에서 "어이쿠." 소리가 들렸다.

"넘어지시겠습니다, 아가씨."

아가씨래서 하인인 줄 알았더니 란슬롯이었다. 그가 비틀거리는 나를 잡고 빙그레 미소지었다.

"오빠."

"피곤하면 푹 쉬어도 되는데."

"네, 물 한 잔 마시고 씻은 다음에……."

그러자 란슬롯이 지나는 하녀를 불러 물을 가져오게 했다. 나는 소거실 소파에 앉아서 찬물을 꼴깍꼴깍 마셨다. 너무 피곤해서 물을 마셨는데도 졸음이 전혀 가시지 않았다. 하품을 쩍쩍하고 있으니 어느새 가웨인과 아빠가 소거실에 들어왔다. 가웨인이 자꾸만 떨어지려는 내 고개를 붙들고 쯧, 혀를 찼다.

"이럴 거면 황궁이고 뭐고 다 때려치워."

"……무슨 그런 말씀을."

"다 죽어 가잖아."

"이제 자면 괜찮아질……."

말도 맺지 못하고 소파 등받이에 기대 웅얼거렸다. 정신이 멀어지던 찰나, 몸이 붕 뜨는 느낌이 들었다.

"제가 안겠습니다, 아버님."

"아니요, 제가."

오빠들의 목소리와 ―

"됐어. 내가 한다."

아빠의 목소리가 꿈 안에 스며들었다. 나는 머리를 넘기는 다정한 손길이 좋아서 품에 얼굴을 비볐다.

"이게 강아지지 뭐야."

가웨인이 픽 웃으며 내 눈가를 살짝 문질렀다.


다시 눈을 떴을 땐…….

'여기는 아빠의 침실이잖아.'

나는 두툼하고 검은 이불을 들치다가 문득 시계를 보았다.

"하루가…… 사라졌어?"

오후 네 시. 점심 먹을 시간도 훌쩍 지났다. 나는 울상을 지으며 이불을 꼭 끌어안았다.

'소중한 휴가가―!'

오늘은 책도 읽고, 영지에도 잠깐 다녀오려고 했는데. 계획이 틀어지니 우울해져서 아빠의 이불에 얼굴을 묻고 버둥거렸다.

"몸이 불편한가."

구석에서 들려온 목소리에 놀라 고개를 퍼뜩 들었다. 아무도 없는 줄 알았는데 아빠가 구석에 놓인 의자에 앉아 서류를 보고 계셨다.

"아니요……."

"그럼?"

"하루가 아까워서요."

아빠는 픽 웃고 내게 다가왔다.

"낮잠 자는 걸 제일 좋아한다면서?"

나는 눈을 도르륵 굴렸다. 그렇기야 하지? 휴가가 닷새밖에 없다고 생각하니 아까워서 잊고 있었나. 나는 취미도 특기도 숙면이었다. 특히 햇살 좋은 오후에 선생님과 딱 달라붙어 자는 걸 몹시 좋아했다.

'그럼 뭐, 오늘은 취미 생활을 한걸로.'

나는 이불 속에서 뒹굴뒹굴하며 헤헤 웃었다.

"아빠 냄새나요."

"무슨 냄새기에."

"가을 햇볕 냄새요."

아빠는 내 머리를 가볍게 헝클어뜨렸다.

"계절 햇볕 냄새도 구분하는군. 가웨인의 말이 맞나."

*[이게 강아지지 뭐야.]*

개 코라는 걸까.

나는 킥킥 웃으며 아빠의 손길을 받았다. 이불 안은 따끈따끈하고, 아빠의 손길은 아주아주 다정해서 금세 기분이 좋아졌다. 그렇게 삼십 분쯤 뒹굴거리다가 배가 고파져서 아빠와 함께 방을 나섰다. 어제 파자마 차림으로 안내서를 읽은 데다 씻지도 않고 자서 꼴이 후줄근했다.

"먼저 가세요. 저는 씻고 온실로 갈게…… 요?"

난 복도 앞에서 마주친 인영을 보고 깜짝 놀라 말을 잃었다.

"영애."

"저, 저하?!"

도미니크가 왜 우리 집에 있지?

그는 빙그레 웃으며 "사신의 안내를 맡았습니다." 하고 말했다.

"엘트라의……?"

"예."

"아, 그렇…….."

고개를 주억거리다가 내 꼴을 보고 헉 숨을 들이켰다. 나 지금 잠옷 차림인데! 씻지도 않고 자서 머리는 엉망으로 헝클어진 데다 눈곱이 잔뜩 끼어 있을 거다. 난 허둥지둥하며 아빠의 뒤에 숨었다.

"제, 제가 맨날 이런 차림으로 있는 건 아니고…… 오늘은 특별한 경우…… 그러니까, 그러니까!"

"피곤하셔서."

"네!"

이래서 남자친구는 오기 전에 연락을 해 주는 게 좋은 건가 봐. 나는 울상을 짓고서 슬금슬금 뒷걸음질 쳤다.

"씻고 올게요……."

"예."

아빠가 묘한 눈으로 나와 도미니크를 번갈아 보았다. 그리고 "안 씻어도 귀여워." 하고 못마땅하게 말했다.

'고슴도치도 자기 새끼는 귀여운 법이랬다고.'

고슴도치는 진짜로 귀엽지만.

나는 눈을 가늘게 뜨고 고슴도치 아빠를 보다가 고개를 절레절레 저으며 후다닥 뛰어갔다. 정신없이 씻고, 준비해서 내려가자 응접실에 가족들과 도미니크가 모여 있었다. 뻐딱하게 앉아 있던 가웨인은 나를 보고 미간을 좁혔다.

"뭐야, 그 드레스는."

"그냥 드레스인데요."

집안에서 입기엔 좀 화려하지만.

'오랜만에 보는 남자친구인걸!'

도미니크와 시선을 맞추었다. 그가 입 모양으로 '예쁘네요.' 하고 말했다.

응접실 한구석에 서 있던 알베르는 속으로 혀를 찼다.

'좋아 죽는군.'

아침부터 일어나 운동을 하더니만.

약간 마른 몸에 꼭 맞는 재킷 위로도 꽉 조여진 등이 보일 듯하였다. 졸지에 비밀 연애에 끼어 아침부터 운동 상대로 개고생을 한 알베르는 심기가 매우 좋지 않았다.

'그냥 여기서 둘이 사귄다고 밝히고 도망쳐 버려?'

그러면 손녀, 딸, 동생의 일에 비이성적인 프렌시프의 남자들이 세니아나를 저 먼 땅끝에 숨겨 둘지도 모른다. 그런 상상을 하며 비열하게 입꼬리를 올리던 알베르가 뚝 미소를 거두었다. 상상 끝엔 도미니크에게 얻어맞아 곤죽이 된 자신이 있었다.

도미니크와 세니아나의 시선이 달콤하게 얽혀들자 가웨인이 날카롭게 분위기를 끊어 냈다.

"그래서 저하께선 누굴 데려오신 겁니까."

란슬롯도 웃으며 끼어들었지만, 눈은 아주 차갑다.

"예. 직접 오신 걸 보면 꽤 높은 대관 고작일 테죠?"

아니면 죽여 버리겠다는 목소리라 도미니크는 픽 웃었다. 예상은 했지만, 가드가 만만치 않다.

"그렇습니다."

나베리우스가 물었다.

"누굽니까."

"엘트라의 사신단 총괄이 여신의 권속을 만나 뵙고 싶다 청하였습니다."

"사신단 총괄이라면 대신관을 이르십니까."

"아니요. 대신관이 아니라……!"

그때였다. 누군가 안으로 뛰어 들어오며 "Dea!" 소리쳤다. 도미니크의 얼굴이 형편없이 구겨졌다.

'저 새끼가.'

오늘 프렌시프 저를 찾겠다고 억지를 부린 사람은 엘트라의 왕자, 트리스탄이었다. 황제는 황궁에서 단둘이 자리를 만들어 주겠다고 했는데 도미니크는 일부러 그를 프렌시프 저로 안내하겠다고 청했다.

"뭐야, 저 새낀."

"가웨인, 입조심해라."

"형은 저게 마음에 들어? 왜 항상 남자가 붙냐고."

"……."

저보다 더 확실히 방어해 줄 남자가 넷이나 있었으니까.

트리스탄을 본 세니아나는 고개를 갸웃 기울이다가 "어……?!" 소리쳤다.

"어어……?!"

그녀가 눈을 홉뜨자 바로 옆에 앉아 있던 나베리우스가 벌떡 몸을 일으켰다.

"엘트라의 공주?"

그러자 가웨인은 눈이 삔 게 아니냐는 듯 제 조부를 보며 말했다.

"저게 어떻게 공주입니까. 징그러운 사내놈인…… 설마."

란슬롯은 벌써 눈치를 채고 싸늘한 눈빛으로 트리스탄을 쏘아보았다. 세니아나가 만났다던 엘트라의 공주. 지금은 전혀 공주로 보이지 않는 저 자인 게 틀림없었다. 세니아나는 혼란스러운 표정으로 눈을 깜빡였다.

＊　　　＊　　　＊

이게 뭐람! 내가 알던 트리스탄은 아주 고운 공주님인데 이 트리스탄은…… 눈이 빙글빙글 돌아가는 것만 같았다. 공주 트리스탄과 이 사람은 동일인인 것처럼 똑 닮았는데 이전과 달리 남자로 보였다.

"트리스탄…… 맞아?"

"응!"

"어떻게…… 공주가 아니었어?"

"공주, 라고, 한 적, 없는걸."

그가 부루퉁 입술을 내밀며 투덜거렸다. 나는 "아!" 하며 고개를 끄덕였다. 너무 예뻐서 오해하고 있었다. 남자였구나.

'그런데 원래 엘트라 사람들은 이렇게 빨리 자라는 건가?'

작았던 공주님이 일 년도 지나지 않아서 나보다 한 뼘은 더 큰 왕자님이 되었다.

"보고, 싶었어, 여신."

어눌한 발음으로 말한 그가 나를 꽉 끌어안았다.

"떨어져!"

"떨어졋!"

"떨어져라!"

"떨어지시오!"

"떨어지십시오!"

순간 사방에서 고함이 날아들었다. 트리스탄은 나를 끌어안은 채 쯧, 혀를 찼다.

"귀찮은 것들이 늘었잖아."

……아주 멀쩡한 발음이었다.

"왕자."

문을 넘어 들리는 목소리에 깜짝 놀란 난 눈을 크게 떴다.

"아 — !"

대륙어를 할 줄 알던 트리스탄의 시종 마그누스였다. 그는 왕자를 보며 가늘게 한숨을 내쉬며 말했다.

"떨어지십시오."

트리스탄은 다시 한 번 쯧, 혀를 차더니 떨어졌다. 그러고 나서 날 보고 생글생글 웃었다.

"오랜만, 여신."

나는 어색하게 웃으며 "으응." 하고 말했다.

"아까 되게 유창하게 말했던 것 같은데……."

"나, 잘한다, 말."

그 애는 정말로 해맑게 웃었다. 난 잘못 들었나 싶어서 "그렇구나." 하며 고개를 끄덕였다.

"왕자인 줄 몰랐어. 아니, 몰랐어요."

이제 우리 말도 잘하는 타국의 왕족에게 반말은 안 될 것 같아서 공대를 쓰자 트리스탄은 못마땅한 표정으로 눈썹을 늘어뜨렸다.

"친하지, 않아, 나?"

"응?"

"좋아하는 사이, 말 편하게."

여기선 좋아하는 사이끼리 반말을 한다는 뜻일까. 나는 눈을 데굴데굴 굴리다 "하지만……." 하고 말했다. 트리스탄이 활짝 웃으며 입을 열려던 찰나였다. 몇 개의 손이 나를 홱! 끌어당겼다. 란슬롯과 가웨인이 딱딱하게 굳은 얼굴로 트리스탄을 쏘아보았다.

"무례하십니다."

"아주."

오빠들의 말에 트리스탄은 순진한 표정으로 고개를 갸웃 기울였다.

"어째서?"

그러자 마그누스가 다가왔다.

"이 나라에선 왕자와의 접촉이 영광이 아닙니다."

"흐음, 이상하네."

고개를 모로 꼰 채 우리 가족과 도미니크를 바라보던 그가 히죽 웃었다.

"그럼, 내가 영광."

내 손등에 가볍게 입 맞춘 그는 사르르 녹을 것만 같이 달콤하게 미소지었다.

＊　　　＊　　　＊

　카렌듈라 후작이 거칠게 황후궁 온실 문을 열었다. 황후는 테이블에 앉아 손마디가 하얗게 셀 때까지 찻잔을 꽉 붙들고 있었다. 그녀가 부친을 보자마자 바닥에 찻잔을 내던졌다. 카렌듈라 후작의 얼굴이 노기로 일그러졌다.

　"대체 넌 무엇 하는 계집이야!"

　"제가 묻고 싶은 말입니다! 아버님은 이때껏 무얼 하셨습니까!"

　아네모네궁 만찬 후, 황제는 황태자에게 사신 접대를 일임했다. 미카엘과 황후가 심혈을 기울이던 접대가 한순간에 황태자의 손에 떨어졌단 말이다. 게다가 엘트라 사신의 총책임자이자 엘트라 신전의 비호로 왕보다 더한 권력을 쥐었다는 그들의 왕자, 트리스탄이 프렌시프 저로 향했다.

　"그까짓 애새끼 하나 구슬리지 못해?!"

　"아버님의 귀한 성녀 딸이 제대로 했다면 달랐을 테지요!"

　"그라니아!"

　"그만, 그만! 그만 좀!"

　황후가 양 귀를 막고 비명 같은 고함을 내질렀다.

　"내가 그라니아 카렌듈라였던 것은 이십 년도 더 지난 일이었어요! 나는 황홉니다. 이 나라의 국모예요! 언제까지 나를 종 부리듯 할 거야!"

　일이 모조리 틀어졌다. 인장을 빼앗기고 유폐되듯 황후궁에 처박혀 원수 같은 로웨나와 황태자가 승승장구하는 꼴만 보고 있었다. 모두가 세니아나 프렌시프가 가져온 작은 날갯짓 때문이었다. 날갯짓이 폭풍이 되어 저와 제 아들을 짓눌렀다.

"처음부터 세니아나 프렌시프를 택해야 한다고 말했잖아…….
내가 그랬잖아……."

눈이 쑥 꺼져 음험하게 중얼거리는 딸을 본 후작이 미간을 좁혔다.

"너……!"

"내가 분명히…… 왜 내 말을 안 듣고…… 나는 당신 노예가 아닌데…… 그런데……."

"그라니아?"

후작은 완전히 무너진 표정의 딸을 붙들었다.

"너 성식을 얼마나 먹은 거냐."

그라니아는 초점 없는 눈빛으로 제 부친을 쳐다보았다. 후작이 급히 황후의 소매를 밀어붙였다. 팔꿈치 아래로 검은 반점이 내려오고 있었다.

"멍청한 것! 일정량 이상은 섭취해선 안 된다고 내 그리―!"

"성식이 없으면 잠을 자지 못합니다. 다 아버님 때문이에요. 아버님이……."

지금껏 쌓아 온 것에 균열이 생기자 그라니아는 잠을 이룰 수 없었다. 하루에도 열댓 번씩 울화가 치밀어 숨 쉬는 것마저 편치 않았다. 하지만 성식을 먹으면 다르다. 거짓말처럼 차분해지고, 원망만이 가득한 마음에 희망이 차올랐다. 처음엔 음식에 조금 넣어 먹던 것을 차에도 넣기 시작했고, 그 후엔 병째로 퍼먹었다.

"그라니아, 너……! 당장 성식 섭취를 중단해라. 이러다 불사의 몸이 되기는커녕 삿된 자가 될 거야."

"……."

황후가 축 늘어지자 시녀장이 급히 달려왔다. 후작과 시녀장은 황후를 부축해 침대에 눕히고, 정신을 잃듯 잠든 그녀를 바라보았다.

"오늘은 얼마나 먹은 게냐."

"반병쯤…… 너무 걱정하지 마십시오. 섭취량이 급격히 늘어나 정신이 혼미하신 것뿐, 일어나시면 본래대로 현명한 판단을 내리실 겁니다."

"잘 살펴야 할 것이다."

"예."

후작이 황후의 침실을 나섰다. 문밖에 서 있던 샤를리나가 그를 쳐다봤다.

"언니는 괜찮으신가요?"

"대사제에게 전해라. 그라니아에게 성식을 보내는 것을 중단하라고."

"네……."

"그리고 너는 나와 함께 나서야겠다."

"어디로……?"

후작이 쯧, 혀를 찼다.

"엘트라의 이들이 성녀를 여신의 권속이라 믿으니 그들 앞에서 세니아나 프렌시프보다 네가 더 강력한 힘을 가지고 있다는 걸 보여야지."

"하면…….."

"프렌시프 저로 간다."

샤를리나의 표정이 경직되었다. 그러나 이내 고개를 가볍게 끄덕이고 그의 뒤를 쫓았다.

* * *

트리스탄과 마주 앉은 나는 눈을 동그랗게 떴다.

"신의 핏줄은 원래 이렇게 빠르게 성장하는 거라고요?"

그들의 말로는 마치 애벌레가 나비로 성장하듯 우화 하는 거라고 했는데, 나는 그저 놀라울 뿐이었다.

'그런 게 가능해?'

내가 눈을 끔뻑거리자 마그누스가 말했다.

"성화(聖化)의 기적이 발현된 건 오백 년 만이지요. 엘트라의 모두가 왕자의 성화를 기뻐하고 있습니다."

"트리스탄…… 굉장하구나."

나는 트리스탄을 보고 짝짝, 손뼉을 쳤다. 그러자 그가 활짝 웃으며 몸을 일으켰다.

"반지를 맞춰. 지금!"

"네?"

마그누스는 한숨을 내쉬며 트리스탄의 어깨를 지그시 눌렀다.

"이 나라에서 굉장하다는 말은 프러포즈가 아닙니다."

프, 프러포즈?

가족들과 도미니크가 왈칵 표정을 구기고 트리스탄을 노려봤다.

"프러포즈는 무슨!"

"예의상의 칭찬일 뿐입니다."

　트리스탄이 흥, 하며 다시 소파에 앉았다.

"나는 좋아."

"네?"

"세니안, 결혼하고 싶다, 생각해. 나랑."

"결혼하고 싶다고 생각하면 왕자와 하자고요?"

"응!"

　그러자 양쪽에서 "아니야!" 하는 고함이 들려서 난 한숨을 삼켰다. 도무지 대화가 이어지지 않는다.

'가시방석에 앉아 있는 것 같아…….'

　그런 생각을 하던 찰나 문이 급히 열리고 마일로가 들어왔다. 아빠가 굳은 얼굴의 그를 보고 물었다.

"무슨 일이냐."

"카렌듈라 공을 비롯한 금좌들이 찾아오셨습니다."

"그들이 왜."

　마일로가 아빠의 귓가에 무어라 속삭였다.

'사신단의 총책임자', '사사로이', '항의' 등의 단어가 오가는 것이 조그맣게 들렸다.

'사신단의 총책임자가 사사롭게 귀족 저를 찾은 것에 항의했고, 황제가 저들을 보내서 다시 데려오라 했나 보다.'

아빠가 얼굴을 구기는 것으로 내 추측이 사실임을 증명했다.

"대문 앞에 마차 행렬이 있는데 어찌 처리할까요."

"들여라."

"예."

마일로는 다시 문을 나선 후, 얼마 지나지 않아 익숙한 얼굴의 사람들을 데려왔다. 카렌듈라 후작과 새로운 금좌라는 몇 명의 사내, 엘트라 사신들, 그리고…….

"샤를리나."

"여기서 보니 더 반갑네요, 세니아나."

사람들이 워낙에 많이 모여서 우리는 파티용의 더 큰 응접실, 유리관으로 이동했다. 유리관의 커다란 테이블 앞에 둘러앉자마자 날카로운 말이 오갔다.

"타국의 왕족을 사사롭게 저택에 초청한 이유가 뭡니까, 프렌시프 공."

"말이 이상하군. 초청이 아니라 요청이지. 내 집을 구경하고 싶다는."

"왕자, 타국에서 마음대로 행동하시면 곤란합니다. 마그누스, 이놈! 왕자의 고집을 마냥 다 들어 주면 어찌해!"

"송구합니다."

난 그 속에서 샤를리나와 시선을 교환하고 있었다. 샤를리나가 나긋나긋한 목소리로 말했다.

"너무 그러지 마셔요. 듣자 하니 왕자님께서 프렌시프 영애와 인연이었던 것 같더군요."

그녀는 생긋 웃는 얼굴로 사람들을 둘러보았다.

"고향이 그리워 친분 있는 영애를 찾으셨을 수도 있지 않나요. 아직 어리신 왕자님이시니."

"흐음……."

샤를리나가 트리스탄에게 살갑게 말을 붙였다.

"왕자님, 고향이 그리우시면 잠시 돌려보내 드릴까요."

"네가, 나를?"

"예, 내일 아침 다시 모시러 가겠습니다."

그러자 카렌듈라와 함께 온 귀족들과 엘트라의 사신단이 놀라운 얼굴로 그녀를 쳐다봤다.

"그리 먼 곳에 짧은 시간 동안 몇 번이나 오가실 수 있으십니까?"

"호오……. 길라게온의 성녀님은 대단하시군."

샤를리나는 부끄러운 척 고개를 숙였다가 트리스탄과 시선을 맞췄다.

"어떠신가요, 왕자님?"

트리스탄은 삐딱하게 앉은 채로 한쪽 눈을 찌푸렸다.

"마그누스."

"예, 왕자."

"저 여자, 기분 나쁜 냄새, 치워."

그러자 우리 가족과 도미니크를 제외한 사람들의 얼굴이 딱딱하게 굳어졌다.

"와, 왕자님! 어찌 그런……!"

금좌들이 소리치자 엘트라의 사신들도 곤란한 얼굴로 트리스탄을 말렸다.

"왕자, 그런 말씀은…….""

"저 계집에게 내 앞에서 입을 열라 허락한 적 없는걸."

트리스탄의 말에 샤를리나는 치맛자락을 꾹 쥔 채 이를 악물었다. 하지만 그는 그녀의 불편한 기색을 보고도 여상하게 중얼거렸다.

"내 앞에서 힘자랑이라도 하려고? 하면 멋대로 나를 휘두를 수 있을 줄 알았어? 길라게온의 성녀는 간사하다."

"왕자님, 저는 그런 뜻이 아니라…….""

트리스탄은 흥, 코웃음을 치고 내 손을 살짝 잡았다.

"기분 나빠, 나 돌아가."

기분 나빠서 돌아가겠다고? 나는 다시 어눌해진 발음의 트리스탄을 의아하게 보다가, "아……, 네." 하고 대답했다.

"여신, 배웅해, 나."

"배웅해 달라고요?"

"응!"

나는 좀 감탄했다. 이렇게 마음대로 행동하는 데도 엘트라의 사신들은 어쩔 수 없다는 듯 한숨만 내쉬었다.

'신의 혈통이라더니 대단하다…….'

트리스탄이 돌아가겠다고 하자 항의를 위해 온 귀족들도 더는 할 말이 없었다. 나와 사람들은 그를 배웅하기 위해 유리관을 나섰다.

"그럼 왕자님, 조심해서 돌아가세요."

내가 말하자 트리스탄이 활짝 웃었다. 그리고……. 촉! 간지러운 것이 볼을 스치고 지나갔다.

"또 보게 될 거야."

나는 당황해서 뺨을 문질렀고, 트리스탄은 "아, 그렇지." 하며 마그누스를 돌아봤다.

"그건?"

"가져왔습니다."

"여신, 여신."

나를 부르기에 "네?" 대답하니 그가 빙그레 미소지었다.

"재회의 선물을 가져왔어."

"선물……?"

마그누스가 마차 앞에 정렬해 있던 엘트라의 종들에게 눈짓했다. 그들은 마차 안에서 상자를 몇 개씩 꺼냈다. 상자를 열자 사람들이 모두 기함했다. 나마저 놀란 얼굴로 트리스탄을 보았다.

"여신은 잡초를 좋아하니까."

"이, 이렇게 많이요?!"

열댓 개가 넘는 상자 안에 보그가 가득했다! 일전에 할아버지와 함께 엘트라로 가서 받아온 양보다 더 많은 보그. 카렌듈라와 금좌들이 굳은 얼굴로 보그 상자와 나, 그리고 트리스탄을 바라보았다.

"왕자님, 이건 아직 폐하와 상의 안 된……!"

"내 것을 선물하는데 어째서 너희 황제의 허락이 필요하지?"

"그, 그렇지만……."

"이곳 사람들 이상해. 기분 나빠. 돌아갈래."

트리스탄이 홱 등을 돌렸다. 마차에 탄 그가 창을 조금 열고 나를 향해 손을 흔들었다. 나는 벼락같은 소란을 투하하고 사라지는 그를 보며 말을 잃었다.

'저번에 가져온 보그를 돈으로 따지면 국가 예산 정도랬으니까…… 그럼 저건…….'

난 무서워져서 생각하길 포기했다. 프렌시프의 사람들은 펄쩍펄쩍 뛰며 좋아했다. 헹가래라도 칠 기세라 난 나도 모르게 뒷걸음질 쳤다.

엘트라의 사신들이 트리스탄의 마차를 뒤쫓아 떠나고 우리 집엔 카렌듈라와 금좌들이 남았다. 금좌들은 마른침을 삼키고 번쩍번쩍 빛나는 보그를 쳐다봤다.

"저게 다 얼맙니까…….”

"쉿.”

누군가 카렌듈라 후작의 눈치를 보며 검지로 입을 눌렀다. 카렌듈라 후작은 싸늘한 표정으로 날 쳐다봤다.

"프렌시프는 자식을 잘 두어 앞으로 걱정이 없겠어.”

할아버지는 입매를 비틀며 동의했다.

"그렇지.”

빈정거리는 것 같았는데 냉큼 대답하자 카렌듈라 후작의 얼굴이 더욱 차가워졌다.

"대단도 하군.”

"맞네.”

"하지만 폐하께서 보시면 그리 좋아하시진 않을 광경이야.”

"왕자의 말이 틀린 게 없지. 내 손녀가 좋아서 선물한 것인데 뭐

문제가 있나?"

"……."

후작과 할아버지의 시선이 허공에서 날카롭게 얽혀들었다. 할아버지는 입꼬리를 바짝 올리며 말했다.

"세니아나."

나와 샤를리나가 동시에 할아버지를 쳐다봤다.

"……?"

왜 나를 부르는데 샤를리나가 반응하지? 난 눈을 깜빡이며 그녀를 보았고, 그녀는 재빨리 시선을 돌렸다. 할아버지는 내 손을 다정히 잡으며 물었다.

"저것은 네 것이지."

"네……."

"욕심내지 않을 테니 뭐든 원하는 대로 하려무나. 길거리에 뿌리고, 네가 원하는 사람에게 쥐여 준다고 해도 우리는 관여하지 않을 것이다."

그러자 금좌들의 눈이 번쩍했다. 나를 보고 "여, 영애!" 하며 부르는 사람도 있는가 하면, 마른 침을 삼키는 이들도 있었다.

\*　　　\*　　　\*

카렌듈라 후작이 "영악한 늙은이." 하고 중얼거리며 마차에 올랐다. 샤를리나는 잠깐 뒤를 돌아봤다. 프렌시프의 사람들이 모두 세니아나를 보며 다정한 눈빛을 하고 있었다.

'왜.'

어째서. 도무지 이해할 수 없었다. 무슨 이유로, 대체 왜! 내게는 한 번도 보인 적 없는 눈빛을 저 애에겐 보이는 것일까.

**'내가 진짜인데.'**

필요 없어져 버렸던 것이 다시 탐나기 시작했다. 세니아나 프렌시프의 이름이.

카렌듈라 후작과 함께 마차에 탄 샤를리나는 돌아가는 내내 표정이 없었다. 굳은 얼굴로 그녀를 바라보던 후작이 사납게 읊조렸다.

"쓸모없는 것."

"……."

"고작 열일곱짜리에게 마음을 그리 훤히 들켜! 네 힘을 증명하라 했지 언제 과시하라 했더냐! 저 많은 보그를 빼앗겼으니 이제…… 빌어먹을!"

"……겠습니다."

"뭐?"

"가야겠습니다."

샤를리나는 말릴 새도 없이 포털을 열어 목적지로 이동했다. 짙푸른 휘장이 드리운 신전 안에 이른 그녀를 보고 로브를 걸친 자들이 급히 다가왔다.

"성녀님, 어찌 이런 시각에……."

"성녀님, 성녀님!"

샤를리나는 들은 체도 하지 않고 곧장 신단으로 향했다. 중앙에 커다란 십자 단상이 있고 그 주변으로 연결된 조그만 원형 단상이 다섯 개. 샤를리나는 십자 단상 위로 향한 뒤 중앙에 놓인 검은 구슬을 손에 올렸다.

"성녀님!"

찢어지는 듯한 고함이 들리고, 성기사들이 그녀를 향해 달려들었다. 성기사들이 순식간에 그녀의 몸을 제압하였으나 샤를리나는 구슬을 쥔 채로 몸을 버둥거렸다. 희게 질린 사제가 소리쳤다.

"조심해라! 성구(聖球)가 깨져선 안 돼!"

성기사들이 "성녀님! 제발 — !" 하고 그녀를 불렀다.

"놔! 이거 놓으라고! 삿된 자를 불러들여서 다시 몸을, 내 몸을 되찾아야 해!"

그때였다.

"뭐 하는 짓이야!"

벼락같은 고함과 함께 흰 로브를 뒤집어쓴 대사제가 신단에 등장했다. 그는 노기가 가득한 얼굴로 십자 단상에 올라 샤를리나의 뺨을 내리쳤다. 짝! 날카로운 마찰음과 함께 샤를리나의 얼굴이 돌아갔다.

"주제도 모르는 년이. 이게 무엇인 줄 알고 — ."

"날 때렸어……? 감히, 감히!"

"비천한 것을 거두어 성녀로 만들어 주었더니 어디서 이따위 짓이야! 프렌시프 성녀의 머리카락 한 올이라도 건드려 봐라. 당장에 네년 목을 분질러 버릴 테니."

성구를 빼앗은 대사제가 쯧, 혀를 찼다.

"왜요! 그 애는 제물이고 내가 진정한 성녀라고 했잖아요!"

샤를리나는 눈물을 터뜨리며 주저앉았다.

"다 했잖아요. 시키는 대로 다! 전부! 화를 죽이래서 죽이고! 지혜롭게 대처하래서 그 계집애 머리카락 한 올 건드리지 않았어요! 그런데 자꾸…… 그 계집애는 자꾸 내 것을 빼앗잖아……."

억울하고 화가 나서 견딜 수 없었다.

*　　*　　*

샤를리나의 모친, 마리는 열넷 무렵에 프렌시프의 사용인이 되었다. 그녀는 주인의 외아들인 아서 프렌시프와 마주친 날은 잊지 못했다.

*[이 꽃, 네가 가져다 놓았나.]*

*[아……. 그, 그렇습니다. 마음에 들지 않으시면 얼른 치, 치우겠…….]*

*[그냥 둬.]*

*[네?]*

*[향이 좋아.]*

매사 무심하던 도련님이 꽃을 보며 희미한 미소를 머금었을 때, 그는 그녀의 첫사랑이자 마지막 사랑이 되었다. 나이 든 아서는 두 번이나 웨딩 마치를 들었다. 마리는 란슬롯의 모친, 또 가웨인의 모친을 모셔야 했는데, 그녀는 언제나 들끓는 살의를 눌러 참아야 했다.

'피아노만 두드리는 이 여자는 도련님과 어울리지 않아.'

'성정이 불같은 게 도련님과는 상극이야.'

'집안의 격이 맞다는 이유만으로 도련님을, 나의 아서를 차지하고……'

'아서는 내 것인데.'

내 것인데.

부모의 닦달에 비슷한 신분의 사용인 마부와 결혼하여 아이를 낳은 후에도 그녀는 오직 아서만을 사랑했다. 그와 맺어질 수 없는 신분을 원망하고, 또 원망했다. 그가 대륙 전쟁 이후, 프렌시프 성에 미아라는 여자를 데려오기 전까지.

*[결혼할 겁니다.]*

*[정신 나간 놈! 그냥 평민이라도 기함할 노릇인데, 그 여자는 아탈란의 신관이었어!]*

말도 안 돼. 평민이라고? 그것도 아탈란의 신관?

나베리우스와 대화를 마치고 나오는 아서를 뒤쫓았다.

*[도련님!]*

*[누구……?]*

*[저, 저를 기억 못 하세요? 마리예요! 예전에 제가 드린 꽃을 좋아하셨는데…… 그, 그리고 도련님 정복에 수놓았던 적도 있고 또…… 아니, 그보다!]*

마리는 두 손을 꼭 맞잡고 아서를 올려다보았다.

*[어째서 그런 여자와 결혼을…… 말도 안 되잖아요. 도련님이 왜 그깟 계집을 아내로……. 신분에 구애받지 않으신다면, 그렇다면 더 좋은 사람이 있어요.]*

나. 지금 당신을 보고 있는 나.

아서와 마리의 시선이 마주쳤다. 마리는 붉어진 얼굴을 손등으로 누르며 마른침을 삼켰다.

'어쩌면.'

어쩌면 그의 여자가 될 수 있을지도 모른다. 내가 낫잖아. 아탈란의 신관이었다는 그 여자보다는 내가 훨씬 나으니까.

*[그러나……!]*

*[입 다물어.]*

*[도련님?]*

*[네게 그런 말을 들을 사람이 아니다.]*

왜? 어째서? 어떻게 내 앞에서 그 계집애 편을 들어?

자신을 지나쳐 걷는 아서의 등을 바라보았다. 그는 보잘것없는 여자를 안아 주며 다정하게 속삭였다.

*[내 옆에 있어.]*

아서는 기어이 미아를 곁에 두었다. 세간의 시선에서 그녀를 지키기 위해 결혼식은 올리지 않았으나 반지를 나눠 끼고 틈날 때마다 그녀를 찾았다. 마리는 미아의 출산을 돕게 되었다. 사용인이 된 제 딸 샤를리나 또한 제 어미의 앞치마 자락을 잡고 그 모습을 지켜보았다. 아서는 갓 태어난 딸을 안고 몹시 기뻐했다.

*[미아, 고생 많았어.]*

*[죽는 줄 알았어요…….]*

*[그래.]*

*[우리 딸 예뻐요?]*

[세상에서 제일. 황태후께서 이름을 지어 주셨어. 세니아나, 만인의 사랑을 받을 사랑스러운 아이라는 뜻이래.]

[좋은 이름이네요.]

견딜 수 없었다. 화가 나고 억울해서. 저 꼴을 더 보느니 차라리 딱 죽었으면 좋겠다고 생각했다. 그게 문제였을까. 마리 부부를 실은 마차가 눈길에 미끄러진 것은. 프렌시프의 집사장은 한날한시에 부모가 죽은 샤를리나를 가엾게 여겼다.

[아가씨의 놀이 친구로 지내다 나이가 들면 이곳에서 하녀로 일할 수 있도록 조치해 놓았다.]

[…….]

[정성을 다해서 아가씨를 모셔야 할 것이다. 응?]

샤를리나는 프렌시프의 사용인 숙소에서 지내게 되었다. 프렌시프의 사용인들은 세 살짜리 하녀를 귀여워해 줬다. 아이를 갓 낳은 하녀들은 샤를리나에게 젖 물리는 일을 마다하지 않았고, 짬이 날 때마다 숙소로 가서 아이를 돌봐 주었다.

사용인들 사이에서 샤를리나는 공주 대접을 받았다. 때때로 나오는 귀한 간식도 모두 샤를리나의 몫이었다. 쉬는 사람이 없을 적엔 하인들은 이따금 샤를리나를 성안으로 데려갔다.

[으아아앙!]

[아유, 아가야. 여기서 울면 안 돼. 어르신께서 호통을 치실…… 어르, 어르신!]

[웬 아이냐.]

[저……, 그게…… 죽은 마리와 데이빗의 아이인데 갈 데가 없어서

사용인 숙소에서 맡아 기르고 있습니다……. 그, 오늘은 돌봐 줄 사
람이 없어서 잠깐…….]

　[데이빗은 성실한 녀석이었지. 성에 둬라. 그리고 다음번엔 아이를
돌볼 사람이 숙소에 남을 수 있도록 번을 짜고.]

세상에서 제일 무섭다는 나베리우스도 아주아주 고급 과자를 쥐
여 줬던 적이 있었다.

　[우리 공주, 귀엽기도 하지.]

　[자자, 많이 먹고 쑥쑥 커라.]

모두 공주라고 불렀기에 그녀는 정말로 제가 공주처럼 귀한 아
이인 줄로만 알았다. 샤를리나는 네 살이 되자 예정대로 세니아나
의 놀이 친구가 되었다. 그리고 알게 되었다. 진짜 공주는 제가 아
니라 세니아나라는 걸.

　[하바빠, 빠…….]

이 성의 왕인 나베리우스도 제 손녀의 옹알이에는 흐물흐물 녹
았다. 세니아나는 제 어머니가 아플 때나 일이 있을 때만 성에 왔는
데, 사용인들은 모두 그때만을 손꼽아 기다렸다. 나베리우스마저
세니아나가 온다는 소식을 들으면 산책하는 척 성문 앞을 서성거렸
다.

'난 저 애가 싫어.'

얄미워. 없어져 버렸으면 좋겠어.

자신과는 비교도 되지 않는 예쁜 드레스를 입고, 나베리우스 무
릎에 앉아서 높으신 나리들의 귀여움을 받는다.

　[세니아나!]

*[빠-빠!]*

*[오래 기다렸지. 미안하다.]*

멋진 아빠와.

*[못생긴 게 또 왔네. 야, 너 검이 뭔지 아냐? 이렇게 크고 날카로운
데 나는 이제 검도 잡는다! 멋지지?]*

*[가웨인, 아기는 그렇게 높이 들면 안 돼.]*

은근히 그 애를 챙기는 오빠들도 있었다. 세니아나가 올 적이면
샤를리나는 패악을 부렸다.

*[안 먹어! 안 먹어!]*

*[어휴, 정말! 이제 다섯 살이나 되었는데 아직도 어리광이야? 더는
안 봐 줘. 자, 제대로 앉아서 먹어!]*

*[나도 세니아나가 먹은 거 먹을래!]*

*[그게 얼마짜린 줄 알고……!]*

사용인들이 울며 잠든 샤를리나가 안쓰러워서 돈을 걷어 케이크
를 사 왔지만, 그건 전혀 마음에 들지 않았다.

세니아나가 먹던 구름 같은 생크림이 잔뜩 얹어져 있고, 반짝반
짝한 과일 젤리가 콕콕 박힌 그 예쁜 케이크가 아닌걸. 케이크를 먹
여 주는 사람이 동부의 왕이 아니잖아. 제가 케이크를 먹고 있으면
가신들도 일을 멈추고 구경 오지 않잖아.

미워. 저 애가 미워!


나베리우스는 세니아나를 무릎에 앉히고 제 이름을 알려 주었
다.

[나뻬리쯔.]

[나베라우스]

[나뻬쯔…….]

[나베…… 에잉! 왜 아직 제 할애비 이름도 제대로 말을 못 해. 알베르토, 저 애는 몇 살 때부터 말을 제대로 했나.]

[샤를리나는 말을 빨리 배웠지요.]

[어디 해 봐라.]

샤를리나에게 말을 걸자 그 애는 냉큼 말했다.

[나베라우스]

[봐라! 저 애는 저리 잘하잖아. 응? 손녀를 바꿔 버릴까.]

[하부디 무쩌…….]

세니아나가 콧잔등을 실룩이며 울음을 터뜨리자 나베리우스는 어찌할 바를 모르고 아이를 둥기둥기 얼렀다.

손녀를 바꾼다고?

'내가 프렌시프 영애가 되는 거야?'

그럼 얼마나 멋질까. 편식한다고 혼내는 미에나도, 성에선 울면 안 된다고 소리치는 알베르토도 다 머리를 숙일 텐데. 잘난 척하는 가신들도 제 앞에선 어찌할 바를 모를 텐데.

'내가 더 똑똑하잖아. 어르신도 내가 손녀인 편이 더 좋을 거야.'

신이 난 샤를리나는 복도를 뛰어갔다. 뒤에서 [웅니…… 가티가…….] 하는 소리가 들렸지만 제가 먼저 세니아나의 방에 들어갔다. 아서가 세니아나를 위해 사 온 머리핀도 꽂아 보고, 나베리우스가 직접 사 온 구두도 신어 보고, 란슬롯이 커다란 글자로 써 준 동화책도 읽었다.

[세상에! 너 뭐 하는 거야!]

그 모습을 본 하녀가 기함했다.

[아가씨 물건을 마음대로 하면 어떡해!]

[씨이―! 놔! 어르신이 나를 손녀 삼을 거랬어! 그럼 다 내 거잖아!]

[그야 농담이지! 헛소리 말고 어서 그 핀 빼고 구두 벗어.]

[싫어! 싫다고!]

[샤를리나!]

핀과 구두를 빼앗겼다. 잔뜩 혼이 나 펑펑 우는 샤를리나의 곁으로 세니아나가 다가왔다.

[온니…… 아퍼? 그래서 울어?]

[저리 가! 난 네가 싫어! 싫다고!]

세니아나를 휙! 밀쳐내고 소리치자 사용인들이 헐레벌떡 뛰어왔다. 엉덩방아를 찧은 세니아나를 얼른 안아 들고 [괜찮으세요?] 물으며 어찌할 바를 몰랐다.

[샤를리나!]

그날은 이상했다. 어떤 실수를 해도 감싸 주던 알베르토마저 샤를리나를 붙들고 엄하게 소리쳤다.

[당장 아가씨께 사과드려라.]

[싫어요……. 싫어…….]

[쫓겨나고 싶으냐!]

벼락같은 고함에 어깨가 절로 움츠러들었다.

[……왜 나만, 왜 맨날 나만 가지고! 쟤가 나빴어요. 저는 이런 거 엄청 많은데, 내가 한번 해 본 걸 가지고—!]

[안 되겠군. 레오나, 회초리를 가져와라.]

[……!]

태어나 처음으로 종아리를 맞았다.

[너는 사용인이야. 감히 아가씨께 공손하지 않으면 사용인은 목이 떨어지는 법이다!]

왜? 왜? 왜?! 나는 왜 사용인이고 쟤는 아가씨인 건데? 내가 더 똑똑하고 예쁜데. 다들 공주라고 했는데. 저 애만 저렇게 사랑받는 거야?

미움은 나날이 깊어졌다.


그러던 어느 날이었다. 세니아나와 함께 산책하던 중에 새로 들어왔다는 하인이 아이들 앞에 무릎을 굽혔다.

[안녕?]

[……누구세요?]

[너 참 귀엽게 생겼다. 아가씨보다 더 사랑스러운걸.]

[…….]

[이렇게 예쁜 아이가 아가씨 시중만 들다니 속상하겠다.]

[……세니아나가 죽어 버렸음 좋겠어.]

샤를리나가 웅얼거리자 하인은 히죽 입꼬리를 올렸다.

[아가씨가 죽으면 넌 놀이 친구도 할 수 없을 텐데. 귀한 과자도 못 먹고 예쁜 옷도 더는 못 입어.]

[……그래도 돼. 나는 이 애가 너무 싫어! 내가 더 착하고 예쁜데 다들 얘만 귀여워하잖아.]

[그럼 바꿔 볼래?]

**바꾼다고?**

[뭘요?]

[아가씨와 네 인생.]

[……할 수 있어요?]

[그래. 해 볼래?]

[좋아요! 할래요!]

[그럼…….]

하인은 내일 오전에 세니아나에게 약을 먹여서 몰래 성의 뒷문으로 데려오라고 했다. 그게 해서는 안 될 짓이라는 건 알고 있었다. 알베르토가 안전과 보안에 대해 늘 주의를 줬기 때문이었다. 하지만…….

'내가 〈아가씨〉가 된다면.'

샤를리나는 제 옷깃을 잡고 잠든 세니아나를 노려봤다. 어쩌면 이렇게 되어야 맞는 걸지도 모른다. 아니, 필히 그럴 것이다. 더 예쁘고 똑똑한 제가 있는데 이런 멍청이가 '프렌시프 영애님'으로 태어난 건, 애초에 잘못된 일이 아닌가.

샤를리나는 하인의 말대로 남모르게 세니아나에게 약을 먹이고 뒷문으로 데려갔다.

[온니, 이 아저씨 누구야? 나 할부디랑 산책가야 하는데…….]

[시끄러워! 가자면 얌전히 가!]

[구티만 할부디가…….]

세니아나는 뒷문으로 다가오는 하인들을 보고 겁을 먹었다.

[온니, 나 갈래. 무서……]

샤를리나는 세니아나가 도망갈까 싶어 얼른 손을 붙잡고 하인들을 향해 밀쳤다. 그것으로 끝이었다. 참 쉬웠다. 하인들에 의해 세니아나는 끌려갔으니까. 마침 그 애를 데리러 오기로 한 미아가 뒷문을 통해 들어왔다.

[샤를리나.]

[……]

[왜 여기 나와 있니. 추운데 이렇게 얇게 입고.]

미아는 상냥하게 웃으며 샤를리나의 어깨에 제 코트를 걸쳐 주었다.

[세니아나는?]

세니아나를 태운 마차가 멀어지고 있는 것이 보였다. 지금 말하면 잡을 수 있다. 하지만……. 샤를리나는 치맛자락을 꽉 그러쥔 채 고개를 숙였다.

[……몰라요.]

그 애가 어디로 갔는지 말해 주지 않았다. 미아는 얼굴이 어두운 샤를리나를 의아한 표정으로 바라보았다.

[아가야?]


[착한 아이구나, 샤를리나. 이제 미아 란체에게 이 말을 전해 주면 원하는 바가 이루어질 거다.]

샤를리나는 고개를 푹 수그린 채 두 손을 꽉 맞잡았다.

*[카틀레아 숲.]*

*[뭐?]*

*[카틀레아 숲에…… 갈 거라고. 엄마를 기다리러.]*

미아는 샤를리나의 **뺨**을 부드럽게 매만졌다.

*[샤를리나가 말괄량이를 찾으러 나왔나 보구나.]*

*[…….]*

*[세니아나와 친구가 되어 줘서 고마워. 그렇지, 아줌마가 상점가에*
*갔다가 —]*

낡은 가방에서 붉은 구두와 코르사주가 달린 머리핀을 꺼낸 미
아는 생긋 미소지었다.

*[자, 선물이란다.]*

샤를리나가 세니아나의 물건을 만진 일로 호되게 혼이 났다는
것을 들었다. 그녀와 딸을 돌봐 주는 하녀가 아픈 몸을 이끌고 어디
를 가냐며 핀잔을 주었으나, 기어코 상점가로 가서 하루 종일 소녀
가 좋아할 만한 것을 골랐다.

미아에게서 구두와 핀을 받은 샤를리나는 그녀가 카틀레아 숲으
로 향하는 모습을 지켜보았다. 미아가 사라지고 성에 다시 들어오
자 하녀들이 다가왔다.

*[그건 뭐야?]*

구두와 핀을 본 하녀가 묻자 샤를리나는 입술을 꽉 깨물고 쓰레
기통에 그것들을 내던졌다.

*[새것 같은데 버리려고?]*

[이제 이런 거 안 할 거예요.]

[어휴, 성질 하고는. 토라진 거지? 알베르토 님도 널 위해서 구두를
사러 가셨어.]

[……됐어요.]

[그런데 아가씨는 어디 계시고 너만 오는 거니?]

[미아 님이 데려가셨어요.]

[그래? 말씀도 안 하시고 무슨 일이시지…….]


그 후, 집안이 발칵 뒤집혔다. 미아가 세니아나를 데리고 사라졌
다고 믿은 사람들은 입을 모아 모녀를 힐난했다.

[각하의 사재를 들고 튀었다며?]

[아가씨도 각하의 씨가 아니라던데.]

[역시 이민족 따위를 아내로 두는 건…….]

[각하가 가여워.]

샤를리나는 내내 불안에 떨었다. 나쁜 짓을 한 것 같은 죄악감이
온몸을 옥죄었다.

'아니야.'

세니아나가 나빴어. 자기는 그렇게 좋은 것들을 전부 가졌으면서
내겐 하나도 내어 주지 않았잖아. 그 애가 나빠. 그 애는 정말로 나빠!

그러던 어느 날, 세니아나를 뒷문으로 데려오라던 하인이 다시
샤를리나를 찾아왔다.

[함께 가자.]

[어디를요……?]

의심 어린 눈으로 바라보자 하인은 히죽 입꼬리를 올렸다.

[이제 프렌시프 영애가 될 시간이다.]

하인을 따라간 곳은 어느 신전이었다. 풍랑이라도 만난 조각배처럼 기둥부터 바닥까지 성한 곳이 없었다. 중앙에 그려진 기괴한 문양만이 온전했다. 문양 앞에 시체처럼 널브러진 사람이 익숙했다. 그녀는 원형 단상 위에 쓰러진 아이에게 기어가다 쓰러지고, 다시 기어다가 넘어졌다.

[세니, 세…… 나.]

미아는 피범벅이 되어 딸을 부르짖다가 신전 안으로 들어온 샤를리나를 보고 기함했다.

[샤를리나!]

하인이 상냥하게 웃으며 샤를리나의 등을 두드렸다.

[자, 반대쪽으로 가서 서 있어라.]

[뭐 하려는 거야! 안 돼! 샤를리나, 도망쳐! 도망─]

덜컥 겁이 났다. 무슨 일이 벌어지려는 거지? 두려움에 오들오들 떨고 있자 하인이 귓가에 속삭였다.

[ '서약'만 끝나면 너는 프렌시프 영애가 되는 거야.]

[……]

[온갖 귀한 것들을 몸에 걸치고, 나베리우스 프렌시프의 손녀로 세상을 호령할 거다.]

[……]

[강인한 아버지와 아름다운 형제들, 만인의 존경이 모두 네 것이야.]

샤를리나는 홀린 것처럼 세니아나의 반대편 단상에 올랐다. 열두 명의 사제들이 두 아이를 둘러섰다. 의미 모를 이국의 언어가 사제들의 입에서 끊임없이 흘러나왔다.

아이들이 서 있는 단상 위로 검은 기운이 스멀스멀 올라왔다. 그러자 세니아나는 마치 벌레처럼 꿈틀거렸다. 숨을 쉬지 못하고, 흰자위가 새카매져서 커헉! 단말마 같은 신음을 내뱉었다.

세니아나보다는 덜 했으나 샤를리나 또한 괴로운 건 마찬가지였다. 폐가 꽉 조여진 것처럼 숨을 쉴 수 없었다. 정신이 아득히 멀어지는 것 같은 순간, 두 아이의 시선이 마주쳤다.

[⋯⋯마. 엄마⋯⋯ 아빠⋯⋯.]

세니아나의 입에서 가냘픈 목소리가 흘러나왔다. 하지만 그것이 마지막이었다. 다시 눈을 떴을 때 세니아나는 없었다.


샤를리나는 거울을 보다가 탄성을 터뜨렸다. 정말로 세니아나의 몸이다!

서약 때의 고통이 거짓말처럼 아무렇지 않았다. 이제 신전은 제 집처럼 편안했다. 사제들은 샤를리나에게 아주 상냥했고, 곧 프렌시프 성에 돌려보내 주겠다고 약속했다. 거울을 보며 신이 난 샤를리나에게 누군가 다가왔다.

[성녀.]

나이 지긋한 목소리였다. 그는 사제들과 달리 호화로운 로브를 뒤집어쓰고 있었다.

[⋯⋯저요?]

*[그래, 우리의 성녀님.]*

*[……]*

그 사람은 샤를리나의 손을 잡고 몹시 안타까운 어조로 말했다.

*[그간 타인의 몸에 들어 얼마나 괴로우셨을까.]*

*[타인의 몸……]*

*[하지만 이제 걱정하지 마라. 본래의 삶을 찾았으니 아탈란께서 점*
*지하신 대로 거룩한 삶을 이룰 것이다.]*

*[본래의 삶이요? 제가 원래 세니아나였다고요?]*

호화로운 로브의 사내가 빙그레 웃자 샤를리나는 치맛자락을 꽉
비틀었다.

역시 그랬던 거야. 나는 아가씨였고, 내 몸에 기생충 같은 세니아
나가 들어 있던 거야.

샤를리나가 흥분한 표정으로 이를 악물자 사내는 그녀의 손등을
다정히 두드렸다.

*[태양을 안고 태어난 아탈란의 고귀한 딸아.]*

*[……]*

*[비탄에 빠진 백성들을 구하고, 그들을 옳은 길로 인도하기 위해선*
*해야 할 일이 많단다.]*

*[무슨 일인데요?]*

자애롭기 그지없던 눈빛이 단숨에 돌변했다. 어깨를 꽉 그러쥔
그가 사납게 외쳤다.

*[백사자를 손에 넣어라!]*

*[사자……]*

*[포털을 찾아서 우리에게 낙원으로 가는 길을 열어 주어야 한다.]*

좁아진 청회색 동공을 본 샤를리나가 움찔, 몸을 굳혔다.

*[저, 저는 그런 거 몰라요…….]*

그는 샤를리나의 어깨를 쥐어뜯듯 잡고 거칠게 욕설을 뱉었다.

*[미아 란체, 그 빌어먹을 넌은 끝끝내 토설하지 않았지만 세니아나 프렌시프의 몸이라면 찾을 수 있어!]*

*[…….]*

*[나는 알지. 나는 알아. 세니아나 프렌시프가 태어날 적에 우레가 하늘을 가르고 하늘이 붉어졌지. 신이 점지한 핏줄이 태어났다는 징조다.]*

*[…….]*

*[그런데 감히 내게 이런 금광을 숨겨? 찢어 죽여도 시원찮을 넌.]*

짓씹듯 읊조린 그는 다시 상냥한 표정으로 샤를리나를 쳐다보았다.

*[평생 귀족 영애로 호의호식하고 싶지?]*

*[……네.]*

*[다시 비천한 생활로 돌아가고 싶지 않을 것이다.]*

*[그래요.]*

*[그래, 그래. 내 말만 잘 들으면 일생을 세상에서 가장 귀한 레이디로 살아갈 거야. 영리한 아이이니 잘할 수 있겠지?]*

샤를리나는 고개를 끄덕였다. 이제 다시는 하녀의 딸로 살지 않을 거다. 이 몸은 원래 내 것이었으니까!

*        *        *

새빨갛게 달아오른 뺨을 쥔 샤를리나가 대사제를 노려보았다.

"시키는 대로 다 했잖아요! 하라는 대로 다 했는데 왜, 왜!"

16년을 줄곧 대사제의 개로 살았다. 신의 딸로 세상을 호령할 날
을 기다리며!

대사제는 바닥에 엎어진 샤를리나를 노려보았다.

"하녀의 딸을 두 번이나 후작 가의 영애님으로 살게 해 주었더니
은혜도 모르는 소리 하고는."

그는 쯧, 혀를 차고 샤를리나의 뺨을 툭툭 두드렸다.

"그 자리까지 잃고 싶지 않거든 시킨 일이나 제대로 해."

"......!"

"세니아나 프렌시프의 머리카락 한 올이라도 건드리면 다시 하
녀의 딸로 살아야 할 테니까."

대사제가 신전을 빠져나가자 샤를리나는 주먹을 꽉 말아쥔 채
바르르 떨었다. 전부 하라는 대로 했다. 세니아나에게 접근하라기
에 토악질을 참아가며 그 애 앞에서 상냥하게 굴었다. 미천한 것들
이 접근해도 내내 웃어 주었단 말이다.

'내가 이대로 당할 줄 알고.'

세니아나 프렌시프를 짓밟으면 저들조차 제 앞에서 고개를 조아
릴 거다. 진짜 성녀는 나야.

샤를리나가 아랫입술을 꾹 깨물었다.

*       *       *

　도미니크가 돌아가겠다고 해서 나는 눈치를 보며 우물쭈물 말했다.

　"저기, 배웅은……."

　그러자 가족들이 "마차 대기소가 코앞인데 무슨." 하며 콧방귀를 뀌었다.

　"다들 바쁘시지요?"

　"그래."

　"응."

　나는 활짝 웃으며 "그럼 제가 배웅할게요!" 하고 도미니크의 옆에 섰다.

　"생각해 보니 안 바쁜 것 같기도……."

　가웨인이 나와 도미니크 사이에 슥 들어와서 중얼거렸다.

　"아, 아닐걸요! 바쁘실 텐데!"

　"안 바쁘다니까."

　"아니에요, 바쁘세요!"

　"안 바―"

　기어코 따라올 기세라 나는 "아, 아 참! 그, 그렇지!" 하고 짝! 손뼉을 쳤다.

　"맞다, 맞다. 성에 레시피북을 놓고 왔네~? 차, 찾으러 가야겠다. 저하! 저도 함께 성에 가면 안 될까요?"

　"괜찮습니다."

"정말 친절하세요!"

그러고 나는 얼른 도미니크를 끌고 마차 대기소가 있는 쪽으로 걸었다.

"이상한 내색 없이 모셔 와서 다행이지……."

내가 중얼거리자 도미니크가 우뚝 걸음을 멈추고 날 빤히 바라보았다.

"왜요?"

"이상한 내색 없이……."

"네! 잘했지요?"

내가 헤헤 웃자 도미니크는 나를 따라 픽 웃었다.

"그렇군요."

난 주변을 휙휙 돌아보다가 보는 눈이 없다는 걸 확인하고 그를 흘겼다.

"말씀도 없이 오시면 놀라잖아요."

"오늘 점심 즈음 연락드렸는데 안 받으시더군요."

"그건 아빠 방에서 자고 있어서…… 아니, 오늘도 그렇지만! 아카데미에서 언제 올라오신 거예요?"

"어제 새벽에 올라왔습니다."

"그럼 놀란다고요."

내가 입을 삐죽 내밀면서 말하자 그가 쿡쿡 웃고, 내 입술을 부드럽게 눌렀다.

"놀라라고요."

"네?"

"더 오래, 더 많이 내 생각했으면 좋겠으니까."

그러더니 "요샌 다른 일만 머릿속에 가득하잖습니까." 하고 마차 문을 열어 주었다. 내가 마차에 냉큼 올라가서 앉자 그가 내 옆자리에 앉았다. 부관인 알베르가 따라 올라타려고 했는데, 도미니크는 사정없이 문을 쾅! 닫았다.

"저하!"

알베르가 소리치자 도미니크는 싸늘한 표정으로 창문 밖 알베르를 보며 말했다.

"따로 와라."

"아니, 말도 데려오지 않았ㅡ"

"그럼 걸어와."

"잠ㅡ 저하, 저ㅡ!"

도미니크가 마부석과 이어진 창문을 두드리며 "출발." 하고 말했다. 그러자 정말로 마차가 출발했다. 알베르가 "저하, 저하! 저도 데려가셔야ㅡ! 저하!" 소리치는 것을 보고 당황한 난 도미니크를 쳐다보았다.

"두고 가도 돼요?"

"알아서 잘 옵니다."

"전에도 그런 적 있으신가 봐요."

"뭐…… 불손한 생각이 티가 날 때면 가끔."

우와, 나빴어!

나는 창문에 붙어서 우리 집 마부를 닦달하는 알베르를 보고 한숨을 내쉬었다.

'우리 마차를 타고 오겠네.'

걸어오진 않아서 다행이다. 한숨을 내쉬고 있는데 마차가 바닥 요철에 덜컹! 움직였다. 나는 위로 통, 튀어 오를 뻔했다. 도미니크가 재빨리 허리를 잡아 주지 않았으면.

"조심하셔야죠."

"네⋯⋯."

내 얼굴을 빤히 보던 그가 미간을 좁혔다.

"눈이 충혈됐습니다."

"아, 요새 바빠서."

"⋯⋯."

"그래도 오늘은 많이 잤어요!"

"바빠서 내 생각할 시간도 없었겠군요."

나는 "해, 했는데?" 하고 변명했다. 도미니크는 눈을 가늘게 뜨고 날 보았다.

"속아드리죠."

"⋯⋯아니, 정말로 바빴단 말이에요."

"그래서 재회의 인사도 잊으신 걸 테고요."

인사? 아! 나는 얼른 고개를 숙이고서 말했다.

"황도 귀환을 축하드립니다."

"⋯⋯."

"고생 많으셨어요?"

"⋯⋯."

"여기서 보니 반가워요?"

"……."

"올라오는 길이 고되지는 않으셨습니까?"

"……."

다 아니면 뭐지? 나는 곰곰이 생각하다가 그의 뺨을 잡고 입술에 쪽! 입 맞췄다. 그리고 의기양양해져서 "맞죠?" 하고 말했다.

"……나쁘진 않군요. 이건 아니지만."

"그럼 뭔데요?"

도미니크가 다정한 눈빛으로 날 보았다.

"보고 싶었습니다."

"아…… 저도요. 보고 싶 ― 아앗!"

뽀뽀는 괜히 했다! 생각하니까 부끄러워져서 나는 울상을 짓고 손을 꼼지락거렸다. 도미니크가 그런 나를 귀엽다는 듯이 봐서 황궁에 도착할 때까지 고개를 들지 못했다.

검문소를 지나서 마차 대기소에 도착했다. 도미니크는 나를 마차에서 내려 주었다. 우리 둘은 헤어지기 아쉬워서 한참 동안 서로를 바라보았다. 그런데 어느 순간, 도미니크의 시선이 내 등 뒤로 향하더니 금세 날카로워졌다. 나는 고개를 갸웃하고 "저하?" 하며 그를 불렀다. 그가 내 등 뒤를 바라보며 말했다.

"인기 많은 여자친구를 둔 건 괴롭군요."

"인기요?"

"엘트라의 왕자도 영애를 흠모하지 않습니까."

"설마요. 그 애가 저를 좋아할 리는 없으니까 안심하세요."

나는 헤헤 웃고 손을 내저었다. 트리스탄이 나를 좋아한다니 말도 안 돼.

"하면 황태자 전하는 어떻습니까?"

"전하도 절대요! 절대!"

"미카엘은?"

"말도 안 되죠."

나는 그의 농담이 웃겨서 실소를 흘렸다. 그런 사람들이 다 나를 좋아하면 난 왕국도 하나 세울 수 있겠다. 도미니크는 미심쩍은 표정으로 날 바라보았다.

"영애는 어떻죠?"

"다들 좋은 사―"

―까지 말한 난 불현듯 아카데미에서 친구들이 하던 말을 떠올렸다.

> [퀴즈에서 제대로 대답하지 못해서 헤어질 뻔했잖아.]

> [퀴즈?]

> [연인끼리는 사랑을 확인하는 퀴즈를 내거든. 틀리면 그날은 대판 깨지는 거지.]

그러며 소름이 돋은 듯 어깨를 부르르 떨던 친구가 떠올랐다.

> [이성에 관해서 물어보면 답은 세 개 중에 하나야.]

> [그게 뭔데?]

> [걔는 성격이 나랑 안 맞아. 진중한 자기가 최고!'라거나 '누구~? 아아, 인상에 안 남아서 기억도 안 났네'라거나 '자기야 사랑해'. 이 세 개지.]

나는 얼른 고개를 저었다.

"생각도 해 본 적 없어요."

"황태자 전하와 결혼하면 황후가 될지도 모르는데요."

"절대요. 성격도 안 맞고, 까탈스러우시고…… 저는 진중한 저하가 더 좋아요."

"미카엘은?"

"누구요~? 아, 인상에 안 남아서 기억도 안 났네요."

나는 친구가 알려 준 해답을 척척 말하고 뿌듯해져서 고개를 주억거렸다.

'퀴즈 다 맞혔다!'

그런데 그때였다.

"인상에도 안 남았다니 아쉽네."

익숙한 목소리가 귓가에 감겨들었다. 헉! 나는 놀라서 고개를 돌렸다. 미카엘이 해사하게 웃으며 다가오고 있었다. 그 뒤에는…….

"까탈~? 까~탈?!"

까탈스러운 황태자도 있었다. 나는 헉, 숨을 들이켜고 굳어졌다. 망했다…….

미카엘이 내게 손을 내밀었다.

"오늘은 인상에 남길 수 있도록 시간을 내주지. 응, 영애?"

그러자 황태자가 내 앞에 서서 소리쳤다.

"변명을 들어야겠으니 제1황자궁으로 따라와."

도미니크가 두 사람을 가로막으며 날 보았다.

"재회의 인사를 나누러 가시죠."

엄마야……. 어떡해!


어떡하죠, 선생님…….

나는 당황스러운 얼굴로 주변을 둘러보았다. 앞엔 도미니크, 양옆엔 미카엘과 황태자.

'도망을―'

미카엘이 빙그레 웃으며 내 팔목을 덥석 잡았다.

'―못 가는구나…….'

황태자가 마뜩잖은 얼굴로 미카엘의 손을 잡았다.

"레이디의 몸에 함부로 손을 대는 건 신사가 아니지."

그러자 미카엘은 아무렇지 않게 실소를 흘렸다. 황태자가 인상을 찌푸리며 그를 노려보았다.

"눈빛이 불경하군."

"이런, 실례. 몹시 '형님'다운 조언인지라."

"아우의 결례를 바로잡는 게 형의 몫이지."

"맞습니다. 그저 평소와는 다르셔서 말입니다."

두 사람의 분위기가 날카로워지자 나는 도미니크에게 눈빛을 보냈다. 날 여기서 꺼내 주세요! 나는 그냥 귀족인데, 내가 황족을 직접 뿌리칠 수는 없잖아.

그러자 이들과 같은 황족인 도미니크가 나섰다.

"놓으시죠."

역시 도미니크다. 안심하고 있는데 그는 가볍게 말을 덧붙였다.

"치고받고 싸우려거든 폐하 앞에서나 하고."

미카엘과 황태자가 동시에 도미니크를 노려보았다. 나는 그제야 깨달았다. 도미니크는 이 공방전의 구경꾼이 아니라 참전자라는 것을.

"내가 자리를 오래 비웠군. 아우란 것들이 모두 형에게 이토록 무례한 것을 보면."

"미령하신 몸이니 도리가 없지요. 오늘도 그리 괜찮아 보이시진 않은데 이만 들어가시는 게 어떠십니까, 큰형님. 작은형님도 오랜만에 귀환하셨는데 폐하를 만나 보셔야지. 비빌 곳은 아발론뿐인데."

"너야말로 황후궁에 갈 시간이 아닌가. '엄마'가 기다리잖아."

"두 사람 모두 그 손 놔라. 길라게온 차기 태양의 명이다."

"그리 황태자 위(位)가 흡족하셔서야. 잃으시면 어찌 사시려고. 영애는 제가 데려가야겠습니다."

"영애는 내 손님이다."

서로 한 발자국도 양보하지 않는 세 사람을 보다가 눈빛이 흐려졌다. 그런데 그때였다.

"프렌시프가 여긴 무슨 일이지?"

익숙한 목소리와 함께 세 여성이 등장했다. 황후. 로웨나 황비. 그리고 가브리엘라 황비. 나는 한숨을 내쉬며 생각했다.

'오늘 하루는 운이 없나 봐.'

황후와 로웨나 황비까지 나를 사이에 둔 전쟁에 끼어들어 말을 보탰다.

"잘됐군. 그렇지 않아도 부를 생각이었는데. 영애, 미카엘과 함께 내 궁으로 가지."

"프렌시프는 제1황자궁의 요리사이니 사사롭게 다른 궁을 찾아선 아니 되지요."

"본궁의 명이다."

"아직 내궁은 제 소관이랍니다, 폐하."

가브리엘라 황비가 난처한 표정으로 그 사이에 끼어들었다.

"소란이 일면 아발론(황제의 궁)께서 불편해하실 겁니다."

그러자 모두 입을 다물었다. 로웨나 황비는 황후와 더는 말을 섞고 싶지 않다는 듯 고개를 돌리고 나를 쳐다봤다.

"그런데 프렌시프는 무슨 일로 황궁에 있니?"

휴가 첫날부터 다시 입궁했으니 궁금할 만도 했다. 내가 "그게……." 하고 말을 흐리자 도미니크가 대신 대답했다.

"소피아 대부인을 뵈러 오셨습니다."

좋은 핑계다! 나는 얼른 고개를 끄덕였다.

"네!"

"그렇군. 그래서 도미니크와 같이…… 흐응."

가브리엘라 황비는 나를 힐끔 보더니 다시 입을 열었다.

"다들 영애에게 볼일이 있는 모양인데 하면 함께 가시는 게 어떨까요."

황후와 로웨나 황비는 서로를 보다가 크흠, 헛기침을 했다. 난 가브리엘라 황비를 빤히 보았다.

'아, 가브리엘라 황비는 좋은 사람이네.'

두 사람은 함께 있는 자리에서 내게 개인적인 이야기를 할 수 없을 테니, 가브리엘라 황비는 눈치 없는 행동을 한 거다. 황후나 로웬나 황비는 나를 포기하지 않을 거고, 내가 한 사람을 따라가면 누군가에겐 미움을 사게 될 터. 차라리 본인이 눈치 없는 척 행동하여 내가 곤란해지지 않게 한 것이었다.

두 황후와 황비는 고민하다가 다른 사람에게 보내는 것보다 낫다고 생각했는지 이내 고개를 끄덕였다. 우리는 황궁 내 유리온실로 이동했다. 황후는 나와 속도를 맞춰 걸으며 귓가에 속삭였다.

"도미니크와 인연이 많은 건 안다만, 남녀가 단둘이 마차에 타는 건 보기 좋은 그림이 아니지."

"……."

"다음부턴 조심해라."

그 말을 끝으로 그녀는 유리온실 안으로 들어갔다.


황후와 황비들, 황자들은 원형 테이블에 둘러앉아 말이 없었다. 마차 앞에서의 치열한 말다툼이 거짓인 양 조용해지자 난 엄청 불편했다.

'돌아가고 싶다…….'

그런 생각을 하고 있을 때 손끝에 온기가 닿았다. 도미니크의 손이었다. 나는 깜짝 놀라 그를 쳐다봤고, 그는 날 보며 다정하게 미소지었다.

'아니, 이 남자가!'

들키면 어쩌려고. 하지만 불안한 공간에서 익숙한 온기가 닿으니 한편으로는 안심이 되기도 했다.

"영애는 실론을 좋아하지?"

로웨나 황비가 내 앞에 찻잔을 내밀며 말했다.

"아, 네. 좋아해요."

그러자 황후가 다른 차를 내어 주며 "앞으론 다즐링을 즐겨 보렴." 하고 말했다.

"내가 좋아하는 차거든."

"취향을 강요하지 마셔요, 폐하."

"선택의 폭을 넓혀 주는 거지."

"언제나 말씀은 참 잘하십니다."

"빈정대는 건가?"

"설마요."

나는 눈치를 보다가 찻잔 두 개를 한 번에 쥐었다.

"둘 다 마시면 되지요! 아…… 욕심쟁이 같을까요…….."

가브리엘라 황비는 후후 웃고 고개를 저었다.

"다과 욕심도 부려도 된단다."

나는 가브리엘라 황비에게 호감이 생겼다. 생각해 보면 그녀는 항상 자신보단 남을 먼저 생각해 주었다.

'우리 선생님 같다.'

나는 가브리엘라 황비와 마주 보고 미소짓다가 찻잔을 집었다. 그런데―

'윽.'

찻물에서 불쾌한 향이 올라왔다. 살이 썩어들어가는 것만 같은 불쾌한 냄새, 성식의 향이다.

'뭐지? 성식이 벌써 황궁까지 흘러든 건가.'

성식을 처음 맛보는 사람들은 불쾌한 향을 느낀다. 샤르파크 저에서 만났던 루시 요리사와 나처럼. 그런데 나와 도미니크를 제외한 황족들은 다들 말없이 성식 향이 나는 차를 마시고 있었다.

"저…… 황비님, 폐하."

내 말에 두 사람은 "응?" 하며 나를 보았다.

"차향이 어떠신지요?"

"다른 때보다 훌륭하군."

"역시 황제 폐하께서 주신 차야."

뭐라고? 황제까지 성식을 섭취하고 있단 말이야?

성식은 많이 먹으면 샷된 자가 되어 아탈란의 명에 복종하게 된다.

'에이레네처럼.'

"영애도 들어 보렴."

"그래."

황후와 황비 두 사람이 나를 재촉했지만, 난 차를 마시고 싶지 않았다. 이건 샷된 자의 일부를 떼어 내 정제한 것이다. 꺼려지기도 했지만, 기록에 따르면 '성녀'는 샷된 자와 상극이었다. 내가 이걸 마시게 되면 어떻게 될지 모른다.

'하지만 이미 마시겠다고 했는데 거절할 수는…….'

내 눈에 스친 난처한 기색을 본 가브리엘라 황비가 나섰다.

"참, 그렇지. 영애가 준 주스 말이야."

"주스…… 아, 셰이크요."

방학 때 그녀에게 셰이크를 만들어 가져간 적이 있었다.

"맛이 좋던데 어떻게 만드는 거니?"

"그건 오곡 가루와…… 간단한데 지금 만들어 올까요?"

"괜찮겠니?"

"저는 황궁의 요리사이니 편하게 부려 주세요."

"그럼 부탁하마."

가브리엘라 황비가 빙그레 웃으며 말하자 황후와 황비는 "그런 것은 다른 요리사들도 할 수 있지 않나." 하며 투덜거렸다. 나는 얼른 몸을 일으켰다. 일부러 가브리엘라 황비가 만들어 준 틈인데, 놓칠 순 없었다. 온실을 나서 궁에 딸린 작은 다이닝룸에 들어갔다.

'성식을 넣은 차가 이곳에 있을 텐데.'

찬장을 뒤지다 붉은 찻잎이 든 병을 발견했다. 뚜껑을 열어 냄새를 맡는데…….

"윽!"

냄새가 몹시 독했다.

'샤르파크 저에서 가져온 성식만큼 독해.'

그렇다는 건 사람 몸에 큰 악영향이 올 수도 있다는 건데……. 병을 손에 든 나는 고민했다. 아탈란이 나를 황궁의 요리사로 들이지 않으려고 했던 이유가 성식을 퍼뜨리기 위해서인가. 하지만 저들은 내가 성식의 정체를 안다는 것도 모르잖아.

"그렇다면 대체 왜……."

"영애가 왜 궁에 있죠?"

등 뒤에서 날카로운 목소리가 들렸다. 나는 깜짝 놀라 뒤를 돌아보았다. 조리복을 입은 샤를리나가 눈살을 찌푸리며 나를 보고 있었다.

"……일이 있어서요."

"무슨 일? 설마 후·비, 황자들과 함께 유리온실에 들었다던 사람이 영애인가요?"

그녀의 손엔 반질반질하게 닦은 호프 팬, 계량스푼 등의 베이킹 도구가 들려 있었다.

'다과를 만든 사람이 샤를리나구나.'

징계를 받았다더니 근신 기간을 줄이기 위해 아발론이 아닌 유리온실에서 허드렛일을 하고 있나 보다. 샤를리나는 제가 만든 요리가 내 입에 들어간 것이 몹시 분한 모양이었다.

"또 알량한 혀 놀림으로 황족들을 구슬린 모양이네."

신랄하게 중얼거리던 샤를리나가 베이킹 도구를 던지듯 내려놓고 나를 노려보았다.

"스스로 저질이라고 생각하지 않나요?"

"상대방보다 자신을 먼저 점검하세요."

"뭐라고?"

"그런 말을 들을 사람은 내가 아닌 것 같으니까."

새하얀 얼굴이 붉게 달아올랐다. 눈을 희번덕거리며 입을 열던 찰나, 내 손에 들린 병을 보고 표정을 굳혔다.

"그게 왜 영애의 손에 있죠?"

"……."

"왜 네가 그 병을 들고 있냐고 묻잖아!"

"후·비님들을 위해 음료를 만들어 드리려고 찬장을 살피다 발견했어요."

시침을 뚝 떼자 샤를리나는 마른침을 삼켰다. 그리고 나를 떠밀며 병을 빼앗았다.

"쓸데없는 짓 말고 사라져."

"왜 그렇게 흥분해요? 그게 내 손에 있어선 안 되는 물건이라도 되는 것처럼."

"그건……!"

입술을 꾹 베어 물던 그녀가 앞치마 속에 병을 숨기고 나를 살벌하게 응시했다.

"황족들의 음식에 영악한 짓을 할지도 모르니까요."

"흐응……."

"간악한 당신이라면 그럴 수도 있잖아요?"

샤를리나는 금세 표정을 수습하곤 입꼬리를 바짝 끌어당겼다.

"알아요? 다른 요리사들은 영애에게 요리를 맡기는 걸 불안해해요."

"……."

"요리에 무슨 짓을 하진 않을까. 형편없는 실력이지만 황비님의 귀여움을 받아 들어온 불순물이 로열 키친을 흐리진 않을까."

"……."

"아발론 주방의 책임자들은 영애를 절대로 아발론에 들이지 않을 거라고 했어요."

킥킥, 웃고는 어깨를 으쓱했다.

"아쉬워서 어떡하죠? 이제 사신 접대 같은 일은 없을 테니, 영애는 쭉 제1황자궁에서 썩겠군요."

"……."

"차라리 그게 좋을지도 모르죠."

샤를리나가 내게 바짝 다가와서 속삭였다.

"다들 싫어한단 말이야, 당신."

"……그동안 아발론에서 제대로 이간질을 했나 봐."

"늘 그랬듯이 후·비들의 밑이나 닦아 주면서 도약을 꿈꿔 봐요. 할 수 있을진 모르지만. 참!"

그녀가 짝! 손뼉을 치고 나를 쳐다봤다.

"저는 당신 때문에 근신을 받아서 듀란 공작의 생일 파티에 가요. 젊은이들이 잔뜩 모일 거라던데…… 오빠들도 있겠군요."

"오빠?"

"란슬롯과 가웨인."

샤를리나가 생글생글 웃으며 말했다. 나는 굳은 얼굴로 그녀의 손목을 잡았다.

"우리 오빠들에게 무슨 짓을 하려는 거야!"

"짓이라니. 나는 너 같은 일은 안 해. 그냥 이번엔 친해져야겠다는 뜻이야. 오빠들과."

"너―!"

내가 소리치려던 때였다. 샤를리나가 울상을 지으며 내 곁에서 떨어졌다.

"무슨…… 너무해요, 영애."

다이닝룸 안으로 사람들이 들어오고 있었다. 요리사와 시녀, 시종이 놀라서 샤를리나에게 다가갔다.

"무슨 일인데 황궁 안에서…… 세상에! 카렌듈라, 손목이 새빨갛군요."

"세니아나가……."

"네?"

그녀는 처연한 표정으로 고개를 저었다.

"아니에요. 그냥, 그냥…… 프렌시프 경들의 이야기가 나오니 세니아나가 조금 흥분했을 뿐이에요."

"프렌시프 경들이라면……."

"세니아나는 아직도 정말로 순수해요. 오빠들 얘기만 나와도 빼앗길까 봐 겁내는 건, 가족을 많이 사랑하기 때문이겠죠."

사람들은 기가 막힌 얼굴로 날 보았다. 이곳의 책임자인듯한 시녀가 한숨을 내쉬었다.

"프렌시프, 이곳은 황궁입니다. 규율이 존재하는 한 이곳에서도 영애님이라 불리길 기대하지 마세요."

"……예, 시녀장님."

"정리는 카렌듈라가 할 테니 나가보세요."

나는 고개를 숙이고 다이닝룸을 나서다가 잠시 멈춰 뒤를 바라보았다.

"샤나."

내가 상냥하게 부르자 샤를리나는 빙그레 미소지었다.

"오늘 좋은 방법을 알려 주었네요."

"무슨 뜻인지?"

"어떤 나라엔 이런 속담이 있어요."

"속담?"

"눈에는 눈, 이에는 이."

나는 샤를리나처럼 해사하게 웃고 다이닝룸을 빠져나왔다. 빈손으로 유리온실로 들어가자 황후와 황비, 그리고 황자들이 나를 의아한 표정으로 바라보았다.

"주스를 만들러 가지 않았나?"

"그게…… 아닙니다. 황비님, 송구하지만 셰이크는 다음번에 만들어 올게요."

로웨나 황비가 눈을 깜빡였다.

"무슨 일이라도 있었니?"

"제가 아직 많이 부족한 모양이에요."

"그럴 리가. 영애처럼 훌륭한 요리사이자 레이디가 어디에 있다고."

로웨나 황비는 내 뺨을 다정하게 두드리며 어르듯 말했다. 나는 고개를 단호히 저었다.

"아니에요, 화를 참지 못하는 걸 보면 저는 아직 많이 부족해요."

"화라니?"

"샤나의 말에…… 아니, 어느 요리사의 말에 화를 참지 못하고 소란을 일으켰어요. 내궁을 관리하시는 후·비님들께 송구할 따름입니다."

샤나라는 말에 황후가 움찔하여 나를 쳐다봤다.

"샤를리나와 일이 있었군."

"……."

"말해 봐라. 무슨 일이니."

"하지만 황궁엔 규율이 있으니…… 아래에서 벌어진 일을 궁의 주인들께 고하는 건……."

"괜찮네. 본궁이 묻지 않나."

나는 눈을 내리깔며 웅얼거렸다.

"후·비들의 밑이나 닦아 주면서 도약을 꿈꿔도 저는 제1황자궁에서 썩을 거라고……."

제1황자궁의 주인인 황태자의 표정이 딱딱하게 굳어졌다. 나는 황후의 눈치를 보며 말했다.

"저는, 제가 화가 난 건 황후 폐하의 혈육이 고매하신 후·비님들께 그런 저열한 말을 했기 때문이에요. 황후 폐하의 입장은 고려치 않고……. 그런 말에 화가 난 저는 아직 많이 부족한 것이겠지요. 좀 더 수양할게요."

황후의 표정이 살벌해지더니 이내 벌떡 일어났다.

"영애의 생각이 틀리지 않았네. 내 입장은 전혀 고려하지 않은 말이었어. 영애가 속상해할 이유가 없으니 개의치 말게."

"……."

"나는 볼 사람이 있으니 먼저 가지."

유리온실을 떠나는 황후를 물끄러미 바라보았다. 황후와 미카엘이 나선 뒤 로웨나 황비는 실소를 흘렸다.

"별……. 해괴한 게 황궁을 다 흐려 놓는구나."

"……."

"카렌듈라엔 제대로 된 종자가 없어. 기가 막혀서. 황후 면이 단단히 상했겠구나. 프렌시프 앞에서 자존심이 완전히 뭉개졌으니."

입꼬리를 비죽 올린 그녀는 황후가 나선 문을 지그시 응시했다.

*　　*　　*

미카엘과 함께 황후궁에 돌아온 그녀는 샤를리나를 데려온 시녀장을 향해 소리쳤다.

"내 그리 입단속을 시키라지 않았어!"

황후의 진노에 시녀장을 포함한 황후궁의 시녀들이 거무죽죽한 얼굴로 무릎을 굽혔다.

"송구합니다, 폐하."

"로웨나와 황태자 앞에서 이게 무슨 망신이란 말이야!"

미카엘은 표정 없는 얼굴로 샤를리나를 바라보았다. 수치심에 얼굴이 붉게 물든 샤를리나는 고개를 수그렸다. 황후가 샤를리나를 매섭게 노려봤다.

"이 황궁이 네 세상인 듯한가. 그래? 그래서 앞뒤 분간하지 못하고 천방지축 날뛰는 게야?!"

"세니아나가 무슨 이야기를 어떻게 했는진 모르겠지만, 제 말을 들어 보세요. 모두 오해 — 꺄악!"

황후가 협탁에 놓였던 유리잔을 내던졌다. 샤를리나의 어깨를 스치고 지나가 벽면에 처박힌 잔이 날카로운 파열음을 내며 우수수 떨어졌다.

"어디 더 지껄여 봐라."

새하얗게 질린 샤를리나가 주춤 뒷걸음질 치자 시녀들이 황급히 고개를 저으며 그녀를 막아섰다. 황후가 머리를 거칠게 쓸어올렸다.

"아버님이 노망이 드신 거지. 그러니 저따위 것을 황궁에 들이신 게야!"

"언니, 저는……!"

"후·비의 밑이나 닦아?"

샤를리나가 움찔, 몸을 굳혔다.

*[늘 그랬듯이 후·비들의 밑이나 닦아 주면서 도약을 꿈꿔 봐요. 할 수 있을진 모르지만.]*

그 말을 그대로 일러바쳤구나.

샤를리나는 황급히 고개를 내저으며 황후의 팔을 붙들었다.

"언니, 그게 아니에요. 저는 그런 의미로 한 말이 ―!"

"무슨 의미든, 뭐가 됐든!"

그녀는 샤를리나의 팔을 쳐내며 고함을 내질렀다.

"이 궁에선 말 한마디로 명운이 달라지는 것이다. 너 같은 망아지를 이복동생으로 둔 내게도 여파가 미친단 말이야. 황위가 본격적으로 논의되는 시기에 감히 내 면을 상하게 해?"

"……아, 아니에요. 그게 아니라…… 그게…… 그게, 저는……."

웅얼거리던 샤를리나가 고개를 내저었다.

"세니아나, 그게 거짓말을 한 거예요. 저는 그런 말을 한 적이 ―"

어둡게 가라앉은 방 안에 날카로운 실소가 울려 퍼졌다. 벽에 기대 있던 미카엘이 샤를리나를 빤히 바라봤다.

"금방은 그런 의미로 한 말이 아니라더니, 이제는 그런 말을 한 적 자체가 없다."

"……!"

"아무래도 우리 어린 이모님께선 나와 모후가 우스운 모양인데."

"저, 저는―"

성큼성큼 걸어온 그가 순식간에 샤를리나의 목을 틀어쥐었다. 깊게 가라앉은 그의 눈에 당황으로 어찌할 바를 모르는 샤를리나가 비쳤다.

"이모님."

"끄으……. 끅― 화, 황자……!"

"제 인내가 나날이 짧아지고 있습니다."

"크흑!"

"사고를 치려거든 부디 내 눈에 안 띄는 곳에서, 조부님이 해결 가능한 선 안에서 부탁드립니다."

"흑, 흐윽……!"

미카엘이 그녀를 내팽개쳤다. 바닥에 널브러진 샤를리나는 잔뜩 붉어진 목을 떨리는 손으로 매만졌다.

'저자가 정말로…….'

정말로 날 죽이려고 했어.

죽음의 고통은 '서약' 때 외에 처음 느끼는 것이었다. 어릴 땐 부모 잃은 아이를 가여워하는 사용인들에게, 세니아나가 되어서는 프렌시프 휘하의 만인에게, 이 몸에 들어와선 아탈란에게 귀여움을 받았다.

세니아나 프렌시프로 살 적엔 귀족의 생리를 몰라 미움을 받았으나, 아탈란의 대사제가 지시한 대로만 따르면 모두가 자신을 좋아했다. 그런 자신을 죽이려고……. 죽이려고.

팔짱을 낀 채 오들오들 떠는 샤를리나를 보던 황후가 쯧, 혀를 찼다.

"더는 내 눈에도, 프렌시프 영애의 눈에도 모습을 드러내지 마라."

"……."

"썩 꺼져!"

샤를리나는 비척비척 일어나 황후궁을 벗어났다. 복도 벽면에 기댄 그녀는 입을 틀어막았다.

"흑, 흐윽……!"

감히 내게 이따위 짓을 해.

샤를리나의 눈이 수치와 분노로 검게 물들었다.

'가만두지 않을 거야.'

얼굴이 푹 젖어 들도록 눈물을 흘리던 샤를리나가 이를 악물었다. 나는 세상에 오직 하나뿐인 성녀. 고매한 귀족 레이디며, 아탈란의 오롯한 태양이란 말이다.

그녀는 걸음을 재촉했다. 궁을 나선 후 바로 카렌듈라 저로 이동했다. 소파에 앉아 서류를 살피던 카렌듈라 후작은 엉망이 된 꼴로 들어온 샤를리나를 보고 눈살을 찌푸렸다.

"무슨 일이냐."

"미카엘 황자가 저를 죽이려고 했어요."

"뭐?! 그게 무슨—"

"황후는 저를 불러 야단이었고. 단지 세니아나에게 말실수를 했다는 이유 하나로 말이에요."

"말실수라니, 그게 대체 무슨 소리야!"

"2월—!"

샤를리나가 서릿발 같은 고함을 내질렀다. 아탈란 내에서 불리는 암호명을 부르짖자 카렌듈라 후작의 표정이 굳어졌다.

"그게 중요해? 나를 보필하는 게 당신 일이잖아. 내가 위험에 처하지 않도록, 원하는 건 모두 이룰 수 있도록!"

"……."

"대사제에게 말할까? 그래? 당신 손주가 나를 해하려 했다고 고해바쳐야겠어? 미카엘의 황위가 멀어지는 건 물론, 눈엣가시 같은 북부 세력이 황태자를 등에 업고 회회낙락하는 꼴이 보고 싶어?"

"너……."

"당신 딸과 손주를 내 앞에 꿇어 앉히고 사과시키란 말이야!"

치맛자락을 꽉 비틀고 소리를 내질렀다. 후작은 속으로 신음을 삼켰다. 대사제와 거래하여 아탈란의 성녀를 서녀로 공표했다.

그의 입장에선 손해 볼 것이 없는 장사였다. 서자를 보는 귀족들은 헤아릴 수 없이 많았다. 사교계에선 그의 도덕성을 헐뜯겠지만, 지나는 바람일 뿐이었다. 성녀를 딸로 들이고, 아탈란과의 끈을 공고히 할 수 있다면 고작 그따위 대가쯤 몇 번이고 내줄 수 있었다.

'……빌어먹을.'

하지만 딸과 아탈란의 성녀는 내내 서로를 견제했다. 만나기라도 하면 못 잡아먹어 안달이었고, 황후와 샤를리나는 번갈아 가며 사고를 쳐댔다.

"일단 얘기부터 들어 보자. 그래야 뭐든 수가 생기지."

샤를리나는 소파에 털썩 주저앉아 여전히 아린 목을 매만졌다. 절대로 가만두지 않을 거야. 세니아나 프렌시프도, 제 앞에서 뻗대는 황후와 미카엘도.

*　　*　　*

나는 도미니크와 아쉬운 작별 후 집에 돌아왔다. 셔츠 차림으로 문 앞에서 기다리던 가웨인이 눈을 번뜩였다.

"좋은 시간 보내고 오셨나 보지?"

참, 핑계를 대고 저택을 빠져나왔었다! 나는 어색하게 웃고, 살금살금 그의 옆을 빠져나갔다.

"이리 와, 이리 와."

그가 내 드레스의 카라를 잡으며 으르렁거렸다.

"어……. 그게, 그러니까……."

나는 후다닥 물러서며 "잘 다녀왔습니다." 하고 귀가 인사했다.

"소용없어."

"와! 셔츠가 잘 어울려요."

"얼씨구."

"식사는 하셨어요? 곱창볶음을 만들어 드릴까요?"

가웨인은 잠시 움찔했지만, 다시 나를 노려봤다.

"지금 몇 시야."

"……열한 시요."

"이르게도 귀가하셨네. 아주 새 나라의 어른이야. 너무 발라서 조카가 태어나면 알려 줘야겠어."

나는 우물쭈물하다가 고개를 수그리고 그를 슬쩍 올려다봤다.

"황궁에서 황후 폐하와 황비님들을 만나서요……."

"그 속에 도미니크도 있었겠지."

"……."

그가 허리춤에 손을 올리고 실눈으로 나를 보았다.

"내가 뭐라고 했어."

"그 속에 도미니크도 있었겠지?"

"말고! 남자가 네게 수작을 부리면 어떻게 하라고 했어."

"어……, 정강이를 걷어차고, 쓰러뜨린다."

"그리고."

"일어서기 전에 칼로 찌른다……. 그치만 저하는 황자인데 칼로 찌르면—!"

"정강이 정도는 걷어차야 할 것 아냐."

"수작 안 부렸어요!"

"부리기도 전에 넘어가 주셨지."

"씨!"

내가 인상을 찌푸리며 가웨인을 흘기자 가웨인은 어처구니없다는 듯 내게 바짝 다가왔다.

"씨이 — ?"

"······아니, 자꾸만 오빠가······ 나도 이제 어른인데······."

"아직 스무 살 생일 안 지났잖아!"

"이 나라에선 성인이잖아요! 저는 다른 세계 있을 때도 성인이었단 말이에요."

"그래서 다른 세계에서도 이렇게 늦게 들어오셨다?"

"그건······."

내가 주저하니 가웨인은 눈을 부릅뜨고 소리쳤다.

"형! 아버님! 조부님!"

나는 놀라서 "히익!" 하고 그의 입을 틀어막았다.

"어른들 깨시겠어요!"

앞에서 다정하지만 이상하게 오싹한 목소리가 들려왔다.

"안 자고 있었으니 걱정하지 마라."

란슬롯이 빙그레 웃으며 다가왔다.

"크, 큰오빠······."

"조부님과 아버님도 기다리시니 가자. 무슨 일이 있었는지 자세히 들어야겠어."

"······."

아빠와 할아버지가 있다는 서재가 어쩐지 평소보다 어두워 보였다.

이건 취조실 같은데······.

2인용 소파에 혼자서 덜렁 앉은 난 뒤에서 팔짱을 끼고 있는 오빠들과 맞은 편의 할아버지, 그리고 그 뒤의 아빠를 번갈아 힐끔거렸다.

"이건 그저 네 일상이 궁금하여 하는 질문일 뿐이니 편하게 대답해라."

편하게 대답하라는 사람의 표정이 마치 저승사자 같았다. 할아버지는 입꼬리를 실룩이며 내 앞으로 몸을 기울였다.

"그놈이 뭐라고 너를 꼬여내더냐."

"꼬여내지 않았는데."

"아니야, 그럴 리 없어. 내 손녀가 냉큼 그 작자를 따라갔을 리 없다. 협박을 한 게지?"

"……."

"가서 무얼 했어. 한 공간에 있던 거냐?"

"한 공간이긴 했지만 다른 사람도 있었어요……."

"이런 쳐죽일 놈! 너와 함께 있으려고 수작을 부렸구나!"

"아닌데……."

"이렇게 순진해서야!"

그는 이마를 쥐고 분하다는 듯 씨근덕거렸다.

"너무 맑고, 순진하고, 순수하고, 사려 깊게 컸어. 그래서 개수작을 분간하지 못하는 게야."

아니, 나는 맑고, 순진하고, 순수하고, 사려 깊지 않은데…….

오늘 이복 자매를 이간질하고 온 터라 양심이 콕콕 찔렸다.

"자, 세니아나. 나를 보아라."

할아버지가 마치 기도하듯 내 팔을 잡고서 말했다.

"자, 따라 해라. 남자는 다 쓰레기다."

"남자는 다…… 그럼 할아버지랑 아빠랑 오빠도요?"

"우리는 달라."

"하지만 다들 남잔데……."

내가 웅얼거리자 할아버지가 당황한 듯 얼른 말을 돌렸다.

"다시 따라 해라. 남자와는 옷깃도 스치지 않는다."

"옷깃도…… 지금 제 손 잡고 계시잖아요, 할아버지."

"우리는 달라."

자꾸 다르다고 하는데 왜 다른지는 알려 주지 않는다. 나는 고개를 갸웃했다.

"사내놈이 저는 가정적이고, 다정하고, 때때로 꽃을 선물할 줄 안다고 하면 전부 개수작이다."

"진심일 수도 있잖아요."

"아니야! 나도 네 할머니 꼬실 땐—"

"꼬실 땐?"

"아니, 이게 아니라……."

할아버지가 허둥지둥하자 아빠가 그를 밀어냈다.

"말실수 그만하시고 나와 보십시오."

할아버지는 시무룩해져서 순순히 일어났다. 아빠가 진지한 얼굴로 나를 보았다.

"세니아나."

"네?"

"너는 이 세계에서 자라지 않았으니 모를 테지. 달콤한 말을 하는 놈들은 전부 개자식들이다."

"걔…… 왜요?"

아빠가 잠시 침묵했다. 그러자 내 등 뒤에 있던 가웨인이 냉큼 말했다.

"변태야, 변태."

나는 깜짝 놀라서 고개를 돌렸다.

"변태요?"

"그러니까 그게……."

가웨인이 눈을 데굴데굴 굴리자 란슬롯이 다정히 웃으며 대신 대답했다.

"세니아나, 네가 살던 곳에도 어떤 행동이 때에 따라 다른 의미가 되기도 하지?"

"아……. 네, 있어요!"

연인 사이에 반지를 돌려주면 헤어지자는 의미였다. 마찬가지로 연인에게 구두 같은 건 선물하지 않는다. 바람난다고.

란슬롯이 고개를 끄덕이며 말을 이었다.

"이 세계에선 얼굴을 만지면 잠자리로 가고 싶다는 거야."

"헉!"

도미니크는 엄청 많이 만졌는데!

"머리카락을 만지면 단둘만의 장소에서 은밀한 행위를 하고 싶다는 거고."

"그런……."

"손가락을 만지면 나를 때려 달라는 거다."

"왜요?! 왜 맞고 싶어 하지요!?"

"성적 취향이 특이한 사람들인 거지."

나는 질겁해서 입을 틀어막았다.


이튿날, 도미니크가 연락했다. 일전에 만났던 오두막 카페에서 만나자는 얘기였다.

"영애."

"저하!"

나는 반갑게 인사하고서 자리에 앉았다.

"어제는 잘 들어가셨습니까."

"네⋯⋯."

오기는 잘 왔다. 와서 두 시간 동안 잔소리를 들어서 그렇지.

"다행이군요."

그는 다정히 웃으며 내 얼굴을 향해 손을 뻗었다. 나는 흠칫해서 얼른 얼굴을 피했다.

"고, 곤란해요."

그건 아직 마음의 준비가 안 됐는걸. 내가 시무룩한 얼굴로 대답하자 그는 잠깐 눈을 크게 떴다가 이내 미소지었다.

"그럴 때가 있죠."

"⋯⋯이해해 주셔서 감사해요."

"샤를리나 카렌듈라의 이야기는 들으셨습니까?"

"무슨 일이 있었나요?"

내가 눈을 깜빡이자 도미니크는 실소를 흘렸다.

"어제의 일로 황후궁에서 큰 소리가 오갔다더군요. 카렌듈라에 심어 둔 세작에 의하면 저택에서도 소란이 일었고요."

"그랬나요……."

역시 현시점에서 가장 강력한 공격은 이간질일 수도 있겠다. 나는 눈을 가늘게 뜨며 테이블을 두드렸다.

'황후와 샤를리나에게 싸움을 붙여서 세를 약화시켜야 해. 그동안 아탈란이 나를 로열 키친에 오지 못하도록 한 이유를 찾고.'

생각을 정리하던 중에 바람이 불었다. 머리카락이 흩날려 입가에 감겼다. 도미니크가 내 머리카락을 귀 뒤로 꽂아 주며 손을 내려 손가락을 부드럽게 쓰다듬었다.

어떡해……. 나는 정말로 당황스러운 얼굴로 고개를 숙였다. 남자친구의 소망이라면 들어줘야 하는 걸까. 하지만 난 좋아하는 사람을 때리는 건 정말로…….

속으로 끙끙 앓다가 그를 힐끔 쳐다보았다. 선생님의 말씀이 떠올랐다.

[마음이 불편할 적엔 상대에게 솔직하게 말하는 것도 방법 중에 하나란다. 홀로 멀어져 버리면 상대는 어찌할 바를 모를 테니까.]

나는 치맛자락을 꾹 쥐고 웅얼거렸다.

"여, 역시 저하는……."

"예?"

"변태인가요?"

내가 울상을 짓고 얘기하자 도미니크는 어처구니없다는 듯 "예?" 하고 되물었다.

가웨인은 기분이 좋았다. 제 형과 함께 조부에게 서류를 올리는 중에도 싱글벙글이었다.

"가웨인, 조부님 앞이다. 표정을 단속해야지."

"도미니크, 그 자식 애 좀 탈 거다."

이 세계에 온 지 아직 일 년밖에 되지 않은 세니아나는 순진했다. 여기의 관습이라는 말엔 깜빡 속아 넘어갔다.

"귀여워 죽겠네."

가웨인이 실소를 흘리자 란슬롯의 입가에도 희미한 미소가 떠올랐다. 나베리우스 또한 히죽 웃었다.

# 17장

그 시각, 도미니크는 어이가 없다는 듯 실소를 흘렸다.

"왜 그런 생각을?"

"그게……."

나는 웅얼대다가 그를 힐끔힐끔 쳐다보았다.

"길라게온에선 남녀 사이에 머리카락을 만지는 건……."

"뭐가 됐든 아닙니다."

"……아?"

"프렌시프의 사람들은 영애를 아주 귀여워하나 보군요."

이해가 안 돼서 눈을 데굴데굴 굴리다가 "아얏!" 소리쳤다.

또 속았다! 길라게온은 한국과 비슷한 면이 있지만, 어느 부분에
선 전혀 다르기도 했다. 예를 들어 한국에선 타인의 집 안에서도 신

발을 벗는 게 당연하나, 길라게온에선 타인의 집에서 신발을 벗는 건 몹시 무례한 행동이었다.

또 노년의 윗사람에게 흰색의 물건을 선물하는 것도 결례였다. 성성한 흰머리를 조롱하는 행동이라고 했다. 이런저런 다른 점이 있다 보니 나는 '길라게온의 관습'이라는 말에 몹시 약했다.

'알면서 자꾸 속이고……!'

화도 나고 창피하기도 했다. 나는 새빨개진 얼굴로 "저기, 그 게……." 하며 웅얼거렸다.

"제, 제가 평소에도 저하를 변태라고 생각했던 건 아니고요…… 가끔 그러긴 했는데, 아주 가끔이었고…… 아니, 그러니까 그 게……!"

턱을 괸 도미니크가 입꼬리를 비죽 올렸다.

"원하시면 새로운 취향에 눈 떠보죠."

"아니에요!"

"또 뭐라고 하십니까. 가족들이?"

"……."

"말씀해 보세요."

나는 우물쭈물하다가 입을 열었다.

"얼굴을 만지면 잠자리로 가고 싶다는 거라고……."

"그리고?"

"머리카락을 만지면 단둘만의 장소에서 은밀한 행위를 하고 싶 다는……."

"아, 그래서."

"또 손가락을 만지면…… 때려 달라는 거라고……."

도미니크가 헛웃음을 터뜨렸다. 그는 "사람을 변태로 만들었군." 하며 작게 중얼거렸다. 나는 엄청나게 미안해져서 그의 눈치를 보았다.

"죄, 죄송……."

"됐습니다."

"네?"

"그런 생각을 안 했던 건 아니니까."

뭐라고?

의미를 생각하고 있는데 도미니크가 내 목을 끌어당겼다. 입술이 달콤하게 뭉개지며 그의 숨결이 입안으로 훅, 밀려들었다. 한참 그에게 끌려다니다 숨이 부족해서 얼굴을 떼어 내자 도미니크는 희미하게 웃었다.

"아주 오래 당신을 기다리고 있다는 것만 알아 두십시오."

나는 눈을 데구루루 굴렸다.

"뭘 기다리고 계시는……?"

도미니크는 내 볼을 쓰다듬다 머리카락을 귀 뒤로 넘겨주었다. 난 헉, 하고 숨을 삼키고 떠듬떠듬 물었다.

"……잠자리를?"

그는 답하지 않았다. 그저 미소지었을 뿐.

"뭐야……, 야해요."

내가 울상을 짓자 도미니크가 쿡쿡 웃으며 눈가에 입 맞췄다.

집에 돌아온 나는 계단을 올라가다 말고 우뚝 멈춰 섰다. 도미니크가 걸쳐 준 재킷은 크고 따뜻해서 내가 여전히 그의 품에 안겨 있는 것만 같았다.

'아우우!'

붉어진 뺨을 양손으로 감쌌다. 헤어지기 전까지도 그는 아주 달콤했다.

[저하…… 이제 슬슬 가야 하는데, 놔 주세요.]

[보내고 싶지 않아.]

[……]

[이제 더는 헤어지고 싶지 않습니다.]

내내 안겨 있다가 이따금 입을 맞추고, 카페 주인인 기사가 질색을 하면 떨어져서 손을 잡고 있었다. 아카데미에서보다 더 애틋해져서 난 심장이 아릴 정도였다.

'저하, 살이 빠진 것 같았지……'

그래서 평소보다 더 위험한 분위기…… 아니, 이게 아니라! 일이 많은가? 무슨 일이라도 있는 걸까?

그런 생각을 하고 있을 찰나 "아가씨?" 하고 부르는 소리가 들렸다. 나는 깜짝 놀라서 고개를 돌렸다. 시트론이 다정하게 웃으며 계단으로 올라왔다.

"어디 다녀오셨어요?"

"어? 아, 아니!"

시트론은 내 드레스를 빤히 보다가 입가에 희미한 미소를 걸치고 "흐응." 고개를 끄덕였다.

"그러셨군요."

"……할아버지랑 오빠들한테는 비밀이야?"

시트론이 후후 웃으며 고개를 끄덕였다.

"그럼 환복하시고 내려가세요. 다들 찾으세요."

"……안 갈래."

오늘 창피했던 걸 생각하면 울컥 화가 치민다고.

내가 계단을 올라가자 시트론은 눈을 동그랗게 뜨며 날 쳐다봤다.

옷을 갈아입고서 책상 앞에 앉으려는데 쾅! 쾅! 문 두드리는 소리가 들렸다.

"세니아나, 세니아나."

"얘기 좀 하자."

"무슨 일이냐, 응? 누가 널 불쾌하게 하든?"

"세니안."

방 밖에서 가족들의 목소리가 들려왔다. 나는 문을 열고 빼꼼 얼굴만 내밀어 그들을 쳐다봤다. 시트론이 '보고 싶지 않다'던 내 말을 전한 모양인지 그들은 몹시 당황스러운 얼굴이었다.

"식사도 않고 왜 방에만 있는 게야. 자, 어서 내려가자."

"흥."

내가 고개를 휙 돌리자 할아버지는 엄청나게 충격받은 얼굴로 주춤 물러났다. 가웨인이 미간을 좁히며 물었다.

"뭐야, 왜 골이 났는데?"

"오빠랑 얘기 안 할 거예요."

"뭐?!"

가웨인도 당황해서는 "왜?!" 하고 소리쳤다. 란슬롯이 다정하게 웃으며 내게 말을 붙였다.

"우리 막내가 왜 화가 났을까. 오빠한테 알려 주지 않을래?"

"싫어요!"

"······."

가웨인이나 할아버지한테라면 몰라도 란슬롯에게 '싫다'는 말을 한 적은 없었다. 그는 내 단호한 대답에 놀라 움찔 굳어졌다. 할아버지와 가웨인이 어느새 다시 내 방문 앞으로 다가와 물었다.

"왜! 왜 나랑 얘기하지 않겠다는 거야!"

"무슨 일이냐, 세니아나!"

나는 어쩔 줄 모르고 동동 구르는 그들을 새초롬히 노려보았다.

"거짓말쟁이······."

"뭐?"

"어?"

나는 허리춤에 양손을 올리고서 말했다.

"자꾸 속이고! 미워요!"

*     *     *

그 말을 끝으로 세니아나는 방 안에 쏙 들어가서 나오지 않았다. 복도를 지나던 사용인들이 하늘이 무너진 얼굴의 나베리우스를 보

고 크게 당황했다. 하녀들은 "무슨 일일까요?" 하고 속삭였고, 집사
는 고개를 절레절레 저으며 세니아나의 방을 향해 턱짓했다.

"아."

"그렇다면."

그들은 금세 납득했다. 세상에 무서운 게 없는 네 남자를 한순간
에 무너지게 할 유일무이한 사람. 어느새 프렌시프 제일의 권력가로
부상한 세니아나였다. 사용인들은 불똥이 튀기 전에 얼른 복도를 지
나갔다. 나베리우스는 멍하니 세니아나의 방문을 바라보았다.

미워요. 미워요. 미워요~!

사랑하는 손녀딸의 냉정한 목소리가 귓가에 몇 번이나 울려 퍼
졌다.

"누구냐. 누가 세니아나를 저리 화나게 한 것이야."

"조부님이 가장 가능성 크지 않겠습니까."

"아니지, 가웨인 너지."

"형일 수도……."

"아서 너일 수도……."

날카로운 눈빛으로 상황을 짚어 보던 란슬롯이 짓씹듯 말했다.

"아무래도 전략에 구멍이 있었던 듯싶습니다."

"무슨 소리야."

"어제의 이간계가 드러난 모양이지요. 역풍."

"……이런!"

나베리우스는 통탄한 얼굴로 벽을 내리쳤다.

"적에게 우리의 전략을 알린 세작이 있던 것이 아니냐."

가웨인은 방문 반대편 벽에 도열한 시트론과 마릴린, 그리고 기사들을 쳐다보았다. 마릴린이 펄쩍 뛰며 손을 내저었다.

"서운합니다, 어르신! 저희는 대의를 가지고 뭉친 결사대가 아닙니까!"

아가씨를 능구렁이에게 빼앗기지 않을 테다! 마릴린의 이글이글한 눈엔 진정한 충의가 엿보였다. 가웨인이 고개를 젓고 나베리우스를 쳐다봤다.

"세작의 수에 놀아난 것 같지는 않습니다."

"하면 어찌 우리의 진영에 불화살이 넘어왔단 말이냐! 어떤 놈이 이런 사달을 낸 게야!"

란슬롯이 고개를 젓고 말했다.

"지금은 아군의 잘잘못을 따질 때가 아닙니다. 다음 수를 생각해야지요."

"어찌하면 좋겠느냐."

상황을 지켜보고 있던 빅터·카터 형제 중 형인 빅터가 조용히 손을 들어 올렸다.

"저…… 어르신."

"말해 봐라."

"비통하나 지금은 신임을 회복하는 것이 우선입니다. 자비를 구하십시오, 어르신."

"자비?"

빅터의 의도를 정확히 짚은 가웨인이 일전에 에이레네의 납치 사건 때 다친 팔을 잡으며 커다랗게 신음했다.

"날씨가 궂으니 다친 곳이……!"

방 안에서 날카로운 목소리가 들려왔다.

"그게 언제 적 일인데! 다 나으셨잖아요!"

흥! 콧방귀 소리가 들리자 가웨인은 시무룩해졌다.

"안 통하는데……."

형제의 아우인 카터가 얼른 말했다.

"부러뜨려 보십시오!"

내, 내 팔을……?

가웨인이 당황하자 방 안에서 세니아나가 소리쳤다.

"그러기만 해봐요!"

프렌시프의 사람들이 가웨인을 노려봤다.

'세니아나가 듣기 전에 부러뜨렸어야지!'

힐난의 시선이 가웨인에게 모였다. 그는 어쩐지, 여전히 팔이 멀쩡한 것이 죽을죄를 진 것만 같아 시무룩해졌다.


세니아나의 화는 쉽게 풀리지 않았다. 저녁도 먹지 않겠다고 해서 나베리우스는 하늘이 노란 표정으로 세니아나의 방 앞을 서성였다.

"차라리 내가 굶으마!"

"……."

"누가 네게 간악하게 속살거렸는진 모르지만, 나와서 오해를 풀자."

"……."

부서져라 노크하던 나베리우스가 "으응?" 하며 문에서 떨어졌다. 왜 갑자기 조용하지.

가족들은 불안한 표정으로 방문을 응시했다. 서, 설마 화가 나서 또 가출을ㅡ! 동시에 같은 걱정을 한 가족들이 득달같이 방 안으로 뛰쳐들어갔다.

"어머……."

그들을 따라서 들어온 시트론이 침대에 누워 잠든 세니아나를 바라봤다. 마릴린은 "우리 아가씨, 귀엽기도 하시지." 하며 얼른 침대로 다가가 이불을 덮어 주었다. 그러다 세니아나가 끌어안은 재킷을 보며 눈을 깜빡였다.

"이건……."

못 보던 재킷이다. 사이즈를 보면 큰 도련님의 것은 아니고, 가웨인 도련님은 이런 화려한 재킷은 취향이 아니었다. 그녀가 살며시 세니아나에게서 재킷을 빼 오며 프렌시프 일가를 쳐다봤다. 나베리우스, 아서, 란슬롯과 가웨인이 대번에 얼굴을 구겼다.

"빌어먹을 도미니크."

"그놈이었구나."

시트론은 끄응, 끙, 신음하는 세니아나의 잠자리를 정리해 주며 빙그레 미소지었다.

"아가씨 표정이 어제보다 좋아진 이유가 있었군요."

다들 마뜩잖은 표정이었는데, 그녀만은 아주 자애로운 얼굴이었다.

"이리 다정한 친구가 있으니 아가씨께서 기분이 좋아지신 것도 이해가 됩니다."

그냥 인정해 주는 게 어때? ─ 하는 소리였다. 나베리우스가 얼굴을 왈칵 일그러뜨렸다.

"안 돼!"

여태 세니아나라고 알고 산 건 악귀였다. 진짜 손녀를 만나서 가족의 정을 쌓은 건 고작 일 년도 되지 않았다. 세니아나의 또래는 슬슬 결혼을 했다. 빠른 사람들은 이미 자식도 보았을 것이다. 알고 있지만, 그렇지만 이제야 만난 친손녀를 빼앗기고 싶지 않았다.

'게다가 도미니크라면.'

란슬롯의 시선이 날카로워졌다. 가웨인과 란슬롯은 두 사람의 사이가 그저 친구가 아니란 것을 눈치채고 있었다. 아카데미에서 끌어안고 있던 둘을 목격했기 때문이었다. 도미니크 로젠카로튼은 그릇된 핏줄이었다. 피의 절반은 황제로부터 났으나 절반은 아탈란의 신관이었다.

"도미니크를 보는 황제의 시선이 묘했습니다."

"……그래."

아서가 낮게 대답했다. 자식에 관해서는 호불호를 드러내지 않는 황제가 도미니크만은 끼고돌았다. 오래 황제를 봐 온 아서는 그의 속내를 알고 있었다.

다들 우습다 여기지만, 황제의 심중에 후계로 자리 잡힌 이는 도미니크일 것이다. 그러니 황태자와 미카엘에겐 싸움을 붙여 놓고, 도미니크는 안전한 동부로 피신시켜 두는 것이다.

과거 도미니크를 전장에 전전하게 한 것도 황후와 4비의 시야 밖에서 도미니크를 지키기 위해서일 터. 그에게 붙여 준 노기사만 봐도 그랬다. 그는 황제가 제위에 오르기 전부터 모시던 자였다. 황제가 가장 신임하며 아버지처럼 여기던 자.

"하필이면 도미니크인가."

가웨인이 쯧, 혀를 찼다.

"우리가 황태자를 민다고 해도 황제의 뜻이 도미니크에게 있다면 제위의 향방을 확신할 수 없겠죠."

"그가 황제가 된다면 세니아나는……."

나베리우스가 눈을 부릅떴다. 세니아나를 황후로 만드는 건 어려운 일이 아니었다. 하지만…….

"후궁들이 생길 것 아냐!"

나베리우스가 소리치자 프렌시프 남자들의 표정이 굳어졌다. 보기만 해도 아까운 아이가 내궁 암투에 휩쓸린다고?

"개소리."

"절대 안 돼."

"기필코 방해하고 말겠다."

아서는 미아의 말을 떠올렸다.

*[세실 언니가 아이를 낳았대요. 아주 예쁜 왕자님이라고 하더라고요.]*

도미니크의 모친은 미아와 친자매 같던 신관이었다.

*[내가 딸을 낳으면 그 아이와 맺어 주기로 했어요.]*

아서는 침대 밖으로 나온 딸의 손을 이불 안에 넣어 주며 한숨을 삼켰다.

'미아.'

나는 그 새끼가 아주 마음에 안 들어.

＊　　＊　　＊

다음 날 아침. 침대에서 일어난 나는 눈을 끔뻑였다.

'배고프다…….'

생각해 보니 어제 먹은 건 스콘과 차 한 잔이 전부였다. 나는 끙끙
거리며 일어나서 방을 나섰다. 식당으로 가다가 가족들과 마주쳤다.

"세니아나, 일어났구나."

란슬롯이 다정하게 웃으며 내 머리를 쓰다듬었다. 나는 퉁퉁 부
은 눈을 손등으로 비비며 대답했다.

"네에……."

"배고프지?"

"네……."

대답하던 나는 "아, 맞다." 하고 가족들에게서 물러섰다.

"나 화났는데."

내가 가늘게 뜬 눈으로 보자 란슬롯이 곤란한 듯 웃으며 말했다.

"미안."

"……."

"뭐든 우리가 다 잘못했어."

"……."

"네가 너무 예뻐서. 우리에게도 예쁜 동생이 다른 놈들에겐 얼마
나 예쁠까 싶어서 걱정이 됐거든."

그의 말을 들은 난 으으음, 신음하다가 손을 꼼지락거렸다.

"다음부터는 그러시면 안 돼요?"

"웅. 아, 참. 오늘 갈 데가 있어."

"어딘데요?"

란슬롯이 쓱 입꼬리를 올리자 아빠와 할아버지, 가웨인도 히죽 웃었다.

"……?"

왠지 엄청나게 불안한데…….


정신없이 씻고, 옷을 차려입고 나오자 마차가 대기하고 있었다. 우리 가족은 모두 달리는 마차에 앉아 있었다. 나는 불안한 얼굴로 창을 보다가 아빠를 힐끔거렸다. 그러자 아빠가 다정한 눈빛으로 "왜?" 하고 물었다.

"어디에 가는 건가요?"

"클럽."

"사교 클럽이요? 살롱 같은?"

"그래."

"어째서……."

란슬롯이 빙그레 웃으며 대신 대답했다.

"모처럼 얻은 휴가인데 집에서만 있으면 서운하잖아. 또래가 많을 테니 즐거운 시간을 보낼 수 있을 거야."

아, 놀러 가는 거구나.

나는 불안하게 생각했던 게 괜히 미안해져서 손을 꼼지락거렸다. 아빠와 란슬롯은 그런 나를 귀엽다는 듯 보았고, 가웨인은 불쑥 얼굴을 내밀더니 장난스럽게 말했다.

"왜, 서커스단에라도 팔아 버리러 가는 줄 알았어?"

"아니에요…….."

"그럼?"

"그냥, 으음, 아! 저 건물이죠!"

나는 얼른 말을 돌리며 창문 밖을 가리켰다. 가족들이 픽픽 웃었지만, 난 모른 척 "와!" 소리쳤다. 엄청나게 커다란 건물이다. 릴리의 모친이 운영하던 살롱과 비슷한 크기였는데, 젊은이들의 놀이 장소답지 않게 고풍스럽다.

마차에서 내리니 클럽에 들어가기 위해 줄은 선 사람들이 보였다. 다들 귀족 청년이었다. 나도 얼른 그들의 뒤에 섰다. 다른 사람의 신원을 확인하던 남자가 곁눈질로 사람들을 둘러보다가 나와 시선이 마주치자 펄쩍 뛰었다.

"아니, 프렌시프 영애!"

그가 황급히 내게 달려왔다. 나는 깜짝 놀라서 주춤 물러섰다.

"어찌 서 계십니까. 어서 안으로 드시지요."

"하지만 다들 기다리는데……."

"영애 같은 귀한 분을 어떻게 대기줄에 세우겠습니까. 자자, 이리로."

남자는 대기자를 기입하던 명단을 다른 일꾼에게 던지듯 떠넘겼다. 할아버지와 아빠, 오빠들은 아무렇지 않게 앞장서 걸었다.

'나만 불편한가 봐.'

나는 우물쭈물하다가 가족들을 따라서 종종걸음으로 걸었다. 거대한 문이 열리고 클럽 내부로 들어갔다.

"세상에……."

프렌시프 성도, 저택도, 심지어 황궁까지 본 나에게도 놀라운 인테리어였다. 그보다 더 호화로워서가 아니라 —

'신식이야!'

마치 윤세나의 세계에 있는 고급 호텔 같은 느낌. 대리석 바닥과 벽, 화려한 샹들리에, 중후한 분위기의 가구 등은 비슷했으나 한쪽 벽면을 통으로 차지한 스크린은 전에 보지 못한 것이었다.

"오빠, 오빠!"

내가 란슬롯의 팔을 잡으며 부르자 그가 빙긋 웃었다.

"그래."

"저건 뭐예요? 티브이예요?"

"티브이……?"

"광고 같은 거 나오잖아요."

"티브이가 뭔지는 모르지만 저건 마법사들이 움직이는 거야."

"그럼 통신료나 전기세는 안 내나요?"

가웨인이 "통신료, 전기세? 그딴 걸 왜 내?" 하며 어깨를 으쓱했다. 그러더니 씩 웃으며 천장에 붙은 조명 같은 것을 가리켰다.

"저기, 보이지?"

"네."

"저걸론 우리를 볼 수 있어."

"아하, CCTV 같은 거구나. 제가 살던 세계에도 있었어요."

"거긴 뭐든 티브이라고 하나? 냉장창고도 냉장 티브이라고 해?"

그의 질문에 나는 고개를 저었다.

"아니요. 그냥 냉장고라고 하는데…… 아, 티브이가 되는 냉장고도 있기는 하다."

"호오……. 거기 사람들은 티브이라는 것 없이는 못 사나 보군."

"그런 건 아닌데요. 오빠도 그 세계에선 놀랄 게 많을걸요?"

내 말에 가웨인은 코웃음을 쳤다.

"그럴 리가."

"정말이에요. 엘리베이터 같은 것도 있는데."

"엘리베이터?"

"서 있기만 하면 계단을 오를 필요도 없이 원하는 층에 저절로 올라가요."

"거짓말."

나는 억울해져서 "아닌데!" 하고 소리쳤고 가족들은 다들 농담이라고 생각했는지 웃음을 터뜨렸다.

"그래, 그래. 우리 막내의 말이 다 맞지."

"정말이에요!"

그런 잡담을 하며 올라가자 엄청나게 화려한 문이 보였다. 이름을 대지도 않았는데, 경비병들은 당연한 양 문을 열었다.

'파티장인가?'

노인부터 청년까지 나이를 막론하고 여러 사람이 있었다. 클럽이라더니 사교회를 하는 모양이다. 나를 본 사람들이 하나둘씩 다가오기 시작했다.

"어머나, 우리 성녀님을 이런 데서 다 뵙는군요."

"아…… 반갑습니다, 마담."

"로벨리아 백작이랍니다."

다음엔 흰머리가 성성한 중년의 신사가 다가왔다.

"파티장이 밝아졌다 싶었더니 이리 귀여운 숙녀분께서 걸음해 주셨기 때문이군요."

"과찬이세요."

"클라리올 리엥스터입니다."

리엥스터라면 사신단 접대 때 있던 사람이다. 그러니까…… 아!

"리엥스터 후작님."

"기억력도 좋으셔라. 일전에 아네모네궁에서 맛본 수프는 극상의 맛이었습니다."

그다음은…….

나는 내게 샴페인 잔을 내민 사람을 보고 활짝 웃었다.

"칼리안 할아버지!"

내가 그의 품에 안기자 칼리안 할아버지, 그러니까 대공은 허허 웃으며 등을 두드렸다.

"오냐, 오냐."

"서운해라. 나는 보고 싶지 않았니?"

어느새 다가온 로자리오 할머니도 생긋 웃었다. 다들 반가운 사람들이었다. 그리고…….

'엄청나게 높은 사람들.'

나는 내게서 샴페인 잔을 빼앗아 가서 다른 테이블에 내려놓는 할아버지를 쳐다봤다.

"놀러 간다고 하셨잖아요."

"놀아라. 저기 당구대도 있고, 저긴 다트판도 있단다."

이런 데서 어떻게 논담. 클럽을 기대하던 나는 조금 시무룩해져서 어깨를 떨궜다. 그때였다.

"벌써들 모이셨습니까."

문이 열리고 들어온 사람을 본 나는 순식간에 얼굴을 굳혔다.

'황후가 여긴 왜.'

그녀가 직접 참석하는 파티는 황궁 주최 파티 외엔 몇 없었다. 샤를리나의 데뷔탕트 또한 무려 석 달 만에 참석한 개인적인 파티였다. 나는 얼른 란슬롯을 쳐다봤다. 그러자 그가 내 귓가에 낮게 속삭였다.

"황후의 책무지. 이 클럽과 클럽 안의 귀빈들이 허튼 생각을 못 하도록 관리하는 건."

황후는 나를 보고 빙그레 미소지었다.

"오늘은 아침부터 기분이 좋더라니, 반가운 사람을 만나려고 그랬나 보군. 게다가……."

그녀가 날카로운 눈빛으로 우리 가족을 돌아보며 중얼거렸다.

"영애 덕에 놀라운 면면도 보게 되고 말이야."

"황가에 광영 있기를. 황후 폐하를 뵙습니다."

내가 치맛자락을 손끝으로 잡으며 인사하니 그녀가 손을 내저었다.

"5번가의 클럽에선 그런 인사는 필요치 않지. 앉게."

그러자 다른 사람들이 모두 의자에 앉았다. 테이블도 없이 곳곳에 있는 의자에 말이다. 황후도 마찬가지였다. 리엥스터 후작이 앞으로 나서 말했다.

"자, 오늘 의견을 나눠 볼 책은 〈전장에 버려진 아이〉입니다."

토론?

나는 가만히 그들을 지켜보았다. 우리 가족을 제외하고는 손을 들며 각자 〈전장에 버려진 아이〉에 관한 이야기를 나눴다. 그런데 이상했다. 책 내용에 빗대서 개인적인 이야기를 하잖아? 잠깐만 저거…….

'도미니크의 얘기다.'

"시궁창에서 자란 생명이라고 모두 하찮은 것은 아니죠."

"하지만 시궁쥐는 만악의 근원입니다. 황도에 창궐한 역병도 쥐를 말미암은 것일 수도 있을 터."

"비약하지 마세요. 그리 따지면 세상의 나무를 모두 뽑아야지 않겠습니까. 병든 나무가 토양을 오염시키고 사람을 죽이기도 하잖습니까. 아주 낮은 확률로."

도미니크의 거취에 관해 논의하고 있는 거다.

'그렇구나, 여기가 사교계의 중추인 거야.'

가장 영향력 있는 사람들이 모여서 황후에게 뜻을 전하고, 황후는 그것을 또 황제에게 귀띔하는.

"주인공에게 분란의 소지가 있다는 것만은 부정할 수 없지."

"그릇된 핏줄이 황자 — 아니, 태양의 보물이라는 것 자체가 말이 안 됩니다. 작가의 의도는 대체 무엇일지. 등장인물들의 분열을 초래하기 위해서가 아닐는지요."

나는 굳은 얼굴로 란슬롯을 쳐다봤다.

"……자주 오가는 주제야. 〈전장에 버려진 아이〉는."

"……."

"황후가 아주 싫어하는 책이거든. 어쩌면 〈병약한 후계자〉보다
더."

도미니크가 얼마나 위태로운 사람인지 알려 주려고 데려왔구나.

"오빠는…… 나빠요."

나는 란슬롯과 그 곁에서 묵묵히 사회자인 리엥스터 후작을 바
라보는 가족들을 쳐다봤다. 란슬롯이 아무렇지 않은 표정으로 대
답했다.

"더 나빠질 수도 있어. 너를 위해서라면."

"그건 저를 위한 일이 아니에요."

"그래, 나를 위한 일이지. 내 동생이 정쟁에 휘말리는 걸 보느니
차라리 원흉을 죽이고 싶은 건."

처음이었다. 란슬롯이 내게 이토록 싸늘한 목소리로 말하는 건.
그러한 찰나, 누군가 또다시 문으로 들어왔다.

"늦어서 죄송합니다."

고개 숙인 그녀는 샤를리나였다. 황후의 얼굴이 딱딱하게 굳어
졌고, 나는 미간을 좁혔다. 아빠가 "세니아나?" 하고 물었다.

"……샤를리나 카렌듈라예요."

순식간에 아빠의 얼굴에서 표정이 사라졌다. 황후가 반쯤 몸을
일으키고서 샤를리나를 노려봤다.

"네가 여길 어떻게 ―!"

"아버님께서 데려다주셨어요. 바쁜 일이 있어 함께하지는 못하신다고 말씀 전하셨습니다."

"너, 이······!"

그녀가 소리치려고 하자 시녀장이 황급히 귓가에 속삭였다. 아마도 여기가 어딘지 상기시킨 듯했다. 황후는 이를 악물고 자리에 앉았다.

"세니아나, 잘 지냈나요?"

샤를리나가 생글생글 웃으며 우리 쪽을 다가왔다. 그리고 굳이 아빠와 할아버지 사이에 있는 의자에 앉아 고개를 모로 꼬았다.

"눈이 붉은데요. 무슨 일 있었나요?"

"지금 생겼어요."

"저런. 속상해라."

샤를리나는 아무렇지 않게 웃고 사회자를 응시했다. 그의 손에 잡힌 책을 본 그녀가 고개를 가볍게 끄덕이고 손을 올렸다.

"저도 좋아하는 책이랍니다. 〈전장에 버려진 아이〉요."

"허허, 그렇습니까. 하면 영애의 생각은 어떠신지요."

"저는······."

그녀가 나를 힐끔 쳐다보며 말했다.

"주인공이 가여워요."

"가엽다?"

"주인공은 모친에 의해 전장에 버려져 노예나 다름없는 생활을 했죠. 본래 남작의 아들이었는데 말이에요."

"흐음······."

"그러는 동안 남작이 입양한 늙은 종의 아들은 호의호식하며 살았어요. 가짜가 진짜의 것을 빼앗은 거예요."

사람들이 묘한 눈으로 샤를리나를 쳐다봤다. 할아버지와 아빠, 오빠들 또한. 샤를리나는 처연한 목소리로 말을 이었다.

"주인공은 얼마나 속상했을까요. 또 남작은 얼마나 괴로웠을까요. 가짜는 가짜일 뿐인데."

불길한 기운이 스멀스멀 올라왔다. 이상하다. 정말로.


잠시 쉬는 시간이었다. 나는 내 시중을 들기 위해 따라온 시트론과 함께 화장실을 찾았다. 이런저런 스트레스를 받아서인지 눈 안이 쓰리다. 손을 씻고 있는데, 마릴린이 얼음주머니를 가지고 안으로 들어왔다.

"아가씨, 이걸로 눈을 식히세요."

"고마워."

"별말씀을요. 그런데⋯⋯."

마릴린은 입매를 우그러뜨리며 화장실 문을 노려봤다.

"샤를리나 카렌듈라는 왜 온 거람."

"글쎄."

황후를 엿 먹이거나, 나를 엿 먹이거나. 둘 중에 하나는 하려고 온 듯했다. 나는 마릴린이 가져온 얼음주머니를 눈가에 대며 한숨을 내쉬었다. 시트론이 걱정스러운 듯 나를 쳐다봤다.

"아가씨, 요새 너무 피곤해하시는 것 같아요."

"일이 많아서⋯⋯."

"아카데미에서는 이 정도로 피곤하지는 않으셨지요?"

"어……?"

그러고 보니 이상하다. 아카데미에선 이보다 더 바빴던 적도 있었다. 그것도 꽤 자주. 그런데 왜 요새는 이렇게 피곤한 거지?

'잠이 너무 많이 늘었어.'

나답지 않게 하루 종일 자기도 했고. 그것도 이틀 연속으로. 눈이 자주 붓기도 한다. 오늘도 그랬고 어제나, 그저께도…….

'뭐지? 그동안의 피로가 축적된 걸까?'

아니면 마음을 놓아서? 나는 고개를 갸웃했다. 그러자 시트론이 "감기 기운 때문일 수도 있겠어요." 하며 고개를 끄덕였다.

"그런가……."

"일단 외투를 가져올게요. 마릴린 님은 감기약이 있나 알아봐 주세요."

"네."

두 사람이 밖으로 가고, 나는 잠깐 화장실에 서 있다가 휴게실로 가기 위해 나섰다. 휴게실 쪽으로 가기 위해 코너를 돌려는데 그 뒤에서 익숙한 목소리가 들려왔다.

"제겐 무슨 볼일이시죠?"

시트론의 목소리에서 불쾌한 기색이 느껴졌다.

"시트론……."

그리고 이건 샤를리나의 목소리다. 시트론에게 무슨 짓을 하려고?

나는 얼른 그쪽으로 뛰어갔다. 그런데 순간 땅이 크게 진동했다.

'클럽 결계가 흔들렸어?'

그렇게 느끼고 정면을 보았다. 시트론과 샤를리나가 사라졌다.

*　　*　　*

주변을 둘러본 시트론이 날카롭게 말했다.

"영애, 이게 무슨─!"

"아가씨, 잖아."

샤를리나의 표정을 본 시트론은 미간을 좁혔다.

'대체 무슨 말을 하는 거지.'

그녀는 의미를 알 수 없는 샤를리나의 말을 곱씹다가 표정을 굳히고 대답했다.

"제게 아가씨는 세니아나 프렌시프 님 단 한 분이십니다."

"그러니까."

"……네?"

"그런 너를 알아서, 네게 제일 먼저 온 거야."

샤를리나가 한 발, 한 발 다가오자 시트론은 주춤 물러섰다.

"그게 무슨……."

"플로헤타가 그토록 혹독하게 매질해도 나를 지키려 했던 너니까."

"이보세요, 영애."

"네 호의가, 애정이 무섭고 부담스러웠던 나를 용서해."

"그게 대체 뭔……."

"하지만 약속했잖아."

샤를리나가 울먹이며 그녀의 손을 잡았다.

"나를 동생처럼 여긴다고. 그러니까 내가 아무리 본심을 숨긴들 전부 알아낼 수 있다고. 내가 아무리 밀어내도 나를 지킬 거라고."

"……!"

"시트론, 나야."

말도 안 돼.

시트론이 조그맣게 중얼거렸다. 시트론은 샤를리나에게서 한 발짝 멀어지며 고개를 돌렸다. 말도 안 되는 일이라고 생각하면서도 뛰는 심장을 진정시킬 수 없었다. 샤를리나의 입에서 쏟아진 말들은 분명 제가 한 것이 맞다.

[하인에게 과분한 말이란 건 압니다. 하지만 아가씨, 저는…… 아가씨를 동생처럼 생각하고 있어요.]

[항상 조급해 보이시니까요. 진심을 숨기려고 하셔도 알 수 있어요. 부디, 아가씨. 제가 아가씨를 도울 수 있게 해 주세요.]

[밀어내신다고 해도 쉽게 나가떨어지지 않는다는 걸 아시잖아요.]

분수에 넘치는 말을 입에 담았던 기억이 머릿속을 스쳐 지나갔다. 도무지 이해할 수 없었다. 어째서. 왜. 어떻게 그녀가 이러한 말을 알고 있는 걸까.

샤를리나는 입술을 꾹 베어 물며 중얼거렸다.

"도움이 필요하면 말하라고 했지."

"……."

"언제나 등 뒤에 있을 거라고."

시트론의 떨리는 눈동자가 샤를리나에게 고정되었다. 샤를리나는 울먹이며 그녀의 손을 잡고 읊조렸다.

"나, 네 도움이 필요해."

"무슨, 무슨⋯⋯."

샤를리나가 잔뜩 붉어진 얼굴로 치맛자락을 말아쥐었다.

"다 날 싫어해서, 그래서 내 자리가 아니라고 여겼지만⋯⋯ 바보 같은 짓을 하고 나서야 깨달았는데⋯⋯ 그래도, 나!"

샤를리나가 눈물을 터뜨리며 시트론의 눈을 빤히 응시했다.

"돌아가고 싶어."

"그게 무슨 소리⋯⋯ 대체⋯⋯."

이마를 쥔 시트론은 당황스러운 눈으로 그녀를 쳐다봤다.

"지금 있는 세니아나 프렌시프는 가짜야."

쿵! 커다란 파열음이 귓속을 가로질렀다.


시트론은 비척비척 걸었다. 샤를리나와 헤어진 후 무슨 정신으로 클럽까지 왔는지 모르겠다. 약병을 손에 쥔 마릴린이 "시트론 님?" 하고 불렀다.

"아⋯⋯ 네."

"외투를 가져오신다더니 어째서 그곳에서 오시나요?"

"잠깐 만날 사람이 있어서."

정신을 반쯤 놓고 얘기하는 시트론을 보고 마릴린은 고개를 갸웃 기울였다.

"어서 가시죠. 아가씨가 기다리고 계실 거예요."

아가씨.

시트론이 코트 자락을 꽉 비틀었다.

*[기억나지 않아. 자살 시도 후에 몇 가지 기억을 잃었거든.]*

*[약속했잖아. 나를 동생처럼 여긴다고. 그러니까 내가 아무리 본심*

*을 숨긴들 전부 알아낼 수 있다고.]*

세니아나와 샤를리나의 목소리가 마구 뒤엉켰다. 이전엔 모른 척 넘어간 것들에서 이제야 모순이 느껴졌다. 아가씨는 기억의 일부를 잃었다. 기억의 '일부만' 잃었는데 완전히 다른 사람인 양 변했다.

재작년만 해도 아카데미의 시험조차 보지 않던 사람이 저도 모르는 제국 구석의 음식을 안다. 지혜로워졌다. 목숨같이 여기던 자존심보다 타인을 우선할 수 있게 되었다. 언변은 당당해졌다. 단 한 달 만에.

'아가씨……!'

약병과 함께 가져온 물이 쏟아지지 않도록 조심조심 걷던 마릴린은 우후훗 웃었다.

"아가씨를 모시는 건 기쁜 일이죠?"

"……."

"저는 프렌시프의 막내 따님을 모시는 걸 몹시 기대하고 있었거든요. 참!"

그녀가 빙글 몸을 돌리며 속닥였다.

"사실은 저, 어릴 때의 아가씨를 본 적 있어요. 저희 아버지가 프렌시프에서 오래 일하셨잖아요. 아버지 따라 영지 성에 간 적이 있거든요."

"……."

"새순 같은 보드라운 머리칼이랑 아장아장 걸으면서 어르신을 쫓던 모습이랑 하인의 자식인 저를 보면서 '언니!' 하다가 '……동생이야?' 하던 모습. 다 생생해요."

마릴린은 킥킥 웃으며 말을 이었다.

"처음엔 기사가 되어서 아가씨를 지켜야겠다고 생각했는데, 검엔 재주가 없어서…… 하녀가 되었지만 원하던 주인을 모실 수 있어서 기뻐요. 시트론 님은요?"

"저는……."

그녀 또한 그랬다. 시트론의 부모는 아서와 나베리우스에게 신임받는 사용인이었다. 그래서 유일하게 미아의 출신을 알고, 엄마 잃은, 아니, 엄마에게 버려진 세니아나를 전담하게 되었다. 어느 날 어머니가 시트론을 성으로 데려와서 잠든 영애님을 보여 주었다.

*[보렴, 시트론. 아가씨란다.]*

어머니의 팔뚝엔 생채기로 가득했다. 패악이 늘어난 세니아나는 이따금 발작하듯 사용인들의 몸에 손을 댔다. 우직한 부모님은 시트론에게 '평생 모실 분이니 아끼고 사랑해 드리렴' 당부했다.

*[싫어요.]*

*[응?]*

*[다들 못된 영애님이라고 했다고요. 저는 아가씨가 싫어요.]*

곤란한 표정을 짓는 아버지를 보고 어머니가 나섰다. 시트론의 어깨를 가볍게 쥔 그녀는 다정한 목소리로 속삭였다.

*[아프면 속상하고 예민해지지? 일전에 다리가 부러졌을 때 시트론
도 그랬잖아, 그렇지?]*

*[네…….]*

*[아가씨도 그런 거야. 마음이 아파서, 속상해서. 그래서 예민하고
난폭해지셨단다. 상처가 있는 아가씨를 동생처럼 보듬어 주렴.]*

"시트론 님?"

"저는 아가씨가 가여워서…… 그렇게 생각하다 보니 외로워하는
심중을 헤아릴 수 있게 되어서…… 그래서."

웅크려 잠든 아가씨는 정말로 외로워 보였다. 그래서 그녀는 어
머니의 말씀처럼 아가씨를 아끼고 헌신하기로 결심했다. 어린 날의
다짐이 눈앞에 잡힐 듯 선명했다. 순간, 덜컥 겁이 났다. 정말로 샤
를리나가 진짜 아가씨라면. 그렇다면…….

'여전히 웅크려서 외로워하고 있는 게 아닐까.'

아무도 모르는 곳에서, 자신을 잃고, 그렇게 스스로마저 잊어버
리는 건 아닐까. 그때 마릴린이 "아가씨!" 하며 소리쳤다. 세니아나
가 급히 시트론에게 다가갔다.

"시트론!"

"……네, 아가씨."

"괜찮아? 방금 샤를리나와 함께 있었지? 무슨 일이 있진 않았어?
다친 곳은? 응?"

세니아나는 걱정이 가득한 얼굴로 자신을 보았다. 시트론은 그런
그녀의 눈을 빤히 응시했다. 이 불안과 공포, 서운함이 어디서 기인
하는지 알 수 없었다. 진짜 주인이 홀로 외로워할까 봐? 아니면…….

시트론은 이내 고개를 저었다.

"아닙니다."

"하지만 샤를리나와―!"

"……잘못 보신 거겠지요. 외투부터 입으세요. 감기 걸리시겠어요."

시트론은 말을 돌리며 세니아나의 어깨에 외투를 걸쳐 주었다.

*　　*　　*

마차를 타고 오는 내내 가족들은 내 눈치를 살폈다. 말이 없어지고, 표정이 가라앉자 막상 일을 저지른 이들이 더 당황한 것이다.

"……니아나."

"……."

"세니안."

"……아, 네."

할아버지와 가웨인은 커흠, 헛기침을 하며 나를 힐끔 쳐다봤다.

"오늘 일은 앞날에 대한 경고가 아니라…… 뭐랄까, 음……."

"사람을 사귈 땐 좀 더 세세한 부분까지 고민할 필요가 있다는 거지!"

"……네."

내가 기계적으로 대답하자 마침 마차가 저택에 도착했다.

"저 먼저 들어갈게요!"

나는 멈춘 마차에서 얼른 내려서 뛰어갔다.

"세니아나!"

"세니아나! 우리는 그게 아니라……!"

"잠깐, 아가ㅡ!"

뒤에서 가족들의 목소리가 들렸지만, 난 시트론을 찾는 데 여념이 없었다.

이상해. 분명히 뭐가 있어.

시트론이 날 제일 잘 알 듯, 나도 시트론을 잘 알았다. 아무렇지 않은 척하지만 무언가 숨기고 있는 게 틀림없다. 나는 가족의 마차를 따라온 사용인 마차로 달려갔다.

"마릴린!"

"아가씨? 추운데 바로 내저로 들어가지 않으시고요!"

"시트론은?"

"저택으로 들어갔습니다."

이마저 이상했다. 시트론은 외출 후엔 늘 내 뒤를 쫓으며 '손을 씻어라', '추운 날 밖에서 고생하셨으니 모과차로 몸을 녹여야 한다'며 나를 챙겨 주기 바빴다.

난 저택으로 들어갔다. 방과 다이닝룸엔 없어서 사용인 숙소까지 살폈다. 시트론의 방문이 열려 있기에 문을 두드리며 말했다.

"시트론, 얘기 좀ㅡ"

"3년 전, 아가씨 생신 때 말이에요."

시트론이 무언가를 들고서 낮은 목소리로 내게 말했다.

"응?"

"아가씨 생신 때 마담 버지니아로부터 받은 선물이 뭔가요?"

"……."

"아가씨가 열세 살일 적에 영지 상점가에서 잠시 사라지셨잖아요. 그때, 제가 아가씨를 발견한 곳이 어디죠?"

"……."

"여덟 살 생신 때, 사용인들이 돈을 모아 선물했던 것은요?"

"……."

시트론이 내게 어떤 사진을 보여 주며 물었다.

"이 사람들이 누군가요?"

"……."

"말씀해 주세요. 이 사람들, 기억나세요?"

"……아니."

시트론은 힘없이 팔을 떨구었다. 사진이 팔랑, 바닥으로 가라앉았다.

"시트론, 그 사람들 혹시……."

"고용인들이에요. 어려서부터 아가씨를 모셨던."

"……."

"부모 잃은 저를 맡아 준, 제게는 가족 같은 사람들이고…… 란슬롯 도련님의 외가가 영지로 쳐들어왔을 때 성을 지키려다 죽었지만, 모두 기억하고 있는……."

힘없이 중얼거리던 시트론이 "죄송해요." 하고 말하며 짐가방에 사진을 넣었다.

"저기, 시트론! 사실은…… 사실은 할 말이!"

"이제 와서요?"

나는 움찔 몸을 굳혔다. 어떤 말도 나오지 않았다. 시트론은 내겐 정말로 소중한 사람이었다. 어쩌면 가족보다 더 의지하고 있었는데, 그런데…….

'시트론에겐 사정을 말하지 않았어.'

가족들에겐 내가 사실 세니아나고, 아탈란에 의해 오랫동안 몸이 바뀌어 있었다고 말했지만 시트론은 전혀 모른다. 사실, 나는 여전히 무서웠다. 내가 진짜 세니아나라는 걸 증명할 수 있는 방법은 없다.

이 몸에 남은 기억의 주인도, 세니아나로 더 오래 산 것도 내가 아니었으니까. 혹시나 시트론이 오해할까 봐, 그래서 나를 믿지 못할까 봐서. 나는 차마 그녀에게 사실을 털어놓지 못했다. 시트론이 고개를 돌리고 중얼거렸다.

"불충한 말씀을 드렸습니다. 용서하세요."

"……아니야."

"씻으셔야죠. 목욕물을 받아 놓을게요."

"잠깐만, 시트론!"

나는 떠나려는 그녀를 붙잡았다.

"내 말을 들어 줘. 나는 － !"

"다음에요. 다음에 들을게요."

"변명까지 들어 주지 않는 건 잔인해."

시트론의 손이 보였다. 새빨갛게 튼 손, 곳곳에 얼룩이 가득했다. 그녀는 아무도 시키지 않았지만, 언제나 피곤에 절어 잠든 내 몸을 주물렀다.

이 세계에서 사용하는 파스 대용의 약물은 과하게 사용하면 손이 갈라지고, 종국엔 곪아 진물과 피가 줄줄 새어 나오는 부작용이 있는데도 시트론은 하루도 마사지를 거르지 않았다.

내가 좋아하는 꽃을 사 오기 위해 새벽같이 일어나 시장에 다녀왔다. 아침이면 발이 시릴까 양말과 신발을 데웠다. 이른 아침에 나갔다가 새벽에 들어오는 나를 한 번도 거르지 않고 기다렸다.

"……."

"가 보겠습니다."

나를 스쳐 지나간 시트론의 옷깃이 쇠처럼 무겁게 느껴졌다.


깊은 밤. 나는 서재에서 멍하니 생각에 잠겨 있었다. 문 앞에 옹기종기 모여 있던 가족들이 란슬롯을 떠밀었다.

"어서."

"빨리!"

란슬롯은 내 옆에 앉아서 찻잔을 내밀었다.

"세니아나, 오늘 일은, 그러니까……. 준비되지 않은 너를 몰아붙였을 수도 있─"

"오빠."

"응?"

"오빠……."

나는 그의 허리춤을 잡고 품에 얼굴을 묻었다. 가슴이 시려서 냉기가 손끝, 발끝까지 전달된 기분이었다. 란슬롯은 당황한 표정으로 잠시 나를 내려다보았다. 가족들이 슬금슬금 곁으로 다가왔다. 란슬롯이 어색하게 내 머리를 쓰다듬으며 물었다.

"세니아나?"

"······."

"무슨 일이 있어?"

"······."

싸웠다, 시트론과. 아니, 서운하게 만들어 버렸다. 이 세계에 온후 처음 마음을 연 사람. 언니이자…… 첫 친구. '친구'라고 부를 수있는 사람과 처음 마찰이 생긴 나는 너무너무 겁이 났다. 시트론이영영 전처럼 돌아오지 않으면 어떡하지.

겁이 났다곤 하지만 사실은 그녀를 믿지 못해서 사정을 털어놓을 수 없었던 걸지도 모른다. 시트론이 준 마음에 반도 보답하지 못했다. 나는 왜 이렇게 바보 같을까. 의아한 표정으로 시선을 교환하던 가족들이 나를 둘러싸고 말했다.

"무슨 일이냐, 응? 세니아나."

할아버지가 다급히 닦달했고, 아버지는 할아버지의 어깨를 툭치며 고개를 저었다. 가웨인이 "누구야? 어? 죽여 줄까? 내가 다 죽여 줘?" 하고 소리치자 란슬롯은 그의 발을 지근지근 밟으며 말했다.

"우리 막내가 왜 그럴까. 오빠 속상하게. 응?"

"친구랑, 친구랑……."

"그래."

참으려고 했는데도 자꾸만 눈물이 비죽 솟았다. 나는 어린애처럼 얼굴을 엉망으로 일그러뜨리고 흐어엉 소리 내 울었다.

"친구랑 싸운 거야, 그래?"

"화해하고 싶은데…… 면목이 없고, 또 어떻게 해야 하는지 모르겠어서, 흑, 흐으윽!"

"그랬구나."

나는 어린애처럼 펑펑 울다가 코를 훌쩍이며 가족들을 올려다보았다.

"친구랑 화해하려면 어떻게 해야 돼요?"

"……."

"……."

"……."

"……."

가족들은 전부 말이 없었다. 난 딴청을 부리는 가웨인을 쳐다봤다.

"오빠?"

"……화해할 일이 따로 있나, 친구면 뭐…… 치고받고 싸우다 진 쪽이 비는…… 아! 내가 대신 때려 줄까?"

"안 돼요!"

할아버지도 눈을 데루룩 굴리다가 커흠, 헛기침을 했다.

"내가 화해하라고 명령, 아니, 말해 보마."

"그것도 안 될 것 같은데…… 큰오빠?"

"싸울 일이 딱히 없어서……."

그러자 가웨인이 "형은 친구가 없잖아. 다 추종자지." 하고 중얼거리다가 란슬롯에게 얻어맞았다. 한심한 표정으로 할아버지와 오빠들을 보던 아빠가 무릎을 굽히고 나와 시선을 맞추었다.

"세니아나."

"……네."

"사과는 했니?"

"하고 싶은데…… 무서워서."

사과를 하려면 지금까지의 일을 전부 말해야 하고, 그럼 시트론이 더 실망할까 봐…….

내가 웅얼거리자 아빠가 머리를 쓰다듬었다.

"네게 그토록 소중한 친구라면, 친구에게 너도 몹시 소중할 거다. 싸운 게 속상하고 괴로운 건 상대방도 마찬가지겠지."

"……."

"네 친구는 네 사정을 이해하지 못하는 옹졸한 녀석이냐?"

"아니에요! 엄청 상냥하고, 선하고, 성실한 데다 사려 깊어서 제가 아주 좋아하는ー 아……!"

아빠는 빙그레 웃었다. 나는 후다닥 일어나서 치맛자락을 꾹 잡았다.

"사과하고 올게요."

"그래."


\*　　　\*　　　\*


재빨리 서재를 떠나는 세니아나를 보던 가족들이 실소를 터뜨렸다.

"아쉬워라. 계속 속상했으면 귀여운 모습을 더 볼 수 있었을 텐데."

란슬롯이 웃음기 가득한 목소리로 중얼거리자 가웨인이 어깨를 으쓱했다.

"귀엽긴 하지만 보기 힘들잖아. 서럽게 우는 건."

"뭐."

"시트론인 것 같지?"

"어떤 친구보다 세니아나에게 가장 소중한 사람이라면."

다른 하인이었다면 세니아나 모르게 '내 손녀 눈에서 눈물을 내다니 온몸에서 피가 분수처럼 솟구치게 해 주지'라고 협박이라도 할 텐데, 시트론은 달랐다. 시트론이 세니아나에게 얼마나 헌신하는지는 지척에서 본 가족들이 제일 잘 알고 있었다.

그 시각, 시트론은 통신석을 보며 표정이 굳어졌다.

"도련님들을 만나게 해 달라고요……?"

[그래, 오빠들.]

"곤란합니다."

[나, 변했어. 알잖아, 시트론! 이제 가족이 얼마나 소중한지 알게 되었단 말이야. 오빠들이 보고 싶어…….]

"……."

[오빠들도 진짜 동생이 보고 싶을 거야.]

시트론이 침묵하자 통신석에선 침울한 목소리가 새어 나왔다.

[오빠들과 내가 과거엔 그다지 사이가 좋지 않았다는 건 알고 있어. 하지만 시트론, 우리는 가족이잖아. 관계는 언제든지 회복할 수 있을 거라고 믿었어.]

"……."

[가족들이 날 오해하고 있다는 걸 알아.]

"오해…… 라고요."

[그래, 여전히 내가 가족에게 상처 주기 위해 우리 군의 정보를 적군에게 넘겼다고 생각하지.]

"……!"

시트론은 주먹을 꾹 말아 쥐었다. 그건 오직 프렌시프 일가와 그들이 신임하는 소수의 몇몇만이 알고 있는 내용이었다.

'정말로…… 정말로 이 사람이…….'

[하지만 생각해 봐, 시트론. 적군은 큰오빠의 외가였어. 그 웬에 의해 찢어 발겨진다면 큰오빠와 그들이 어떻게 화해할 수 있겠어?]

"……그래서 그런 일을 하셨다고요."

[그래, 모두 가족을 생각한 일 ─]

"몇만이나 되는 사람이 죽었습니다. 어르신과 각하가 비운 성을 지키기 위해 사용인들마저 칼을 들었고, 모두…… 모두…….."

부모님처럼 여기던 사람들이 죽었다. 성문 앞에 넝마처럼 너덜 거리는 반백 년 지기 전우의 시체를 보고, 어르신은 석 달 열흘을 잠들지 못했다.

아서가 유일하게 마음을 내어 주던 사촌 형제도, 가웨인이 부모처럼 믿고 따르던 검술 스승까지 전부. 모든 질책과 힐난은 적군의 핏줄인 란슬롯의 몫이었다. 그랬기에 그는 지금도 하루에 네 시간을 채 자지 못한다.

"그건 가족을 위한 일이 아니라 ─!"

순간, 등 뒤에서 인기척 소리가 들려왔다. 시트론은 황급히 통신을 종료하고 뒤를 바라보았다.

"아가씨……."

"통신 중이었어?"

"……네. 무슨 일로 여기까지 오셨어요. 필요하신 게 있다면 설렁줄을 당기시죠."

"나는, 네게……."

중얼거리던 세니아나가 시트론이 든 통신석을 빤히 쳐다봤다.

"누구야?"

"개인적인 일입니다."

"내가 알고 있는 목소리였어."

"……."

"누군지 내가 말해?"

세니아나의 목소리가 낮게 가라앉았다. 시트론은 고개를 돌리고 묵묵히 바닥에 시선을 고정했다.

"샤를리나."

"……."

"맞지?"

통신석을 쥔 시트론의 손끝이 가늘게 떨렸다.

"시트론, 이건 네 주인으로서 묻는 거야. 네가 왜 샤를리나와 연락하고 있지?"

"말씀드릴 수 없습니다."

"시트—"

그때였다.

"네 이놈!"

문밖에서 벼락같은 고함이 들렸다. 부모 잃은 시트론의 보호자가 되어준 영지 성의 총괄 집사, 안토니오였다. 그의 곁으로 램프를 들고 있는 마릴린과 저택의 총집사 마일로도 보였다. 성큼성큼 걸어온 안토니오가 시트론의 뺨을 올려붙였다. 짝! 날카로운 마찰음과 함께 시트론의 얼굴이 돌아갔다.

"아가씨께 무슨 말버릇이냐!"

"……송구합니다."

"사용인이 절대 잊어선 안 되는 두 가지가 뭐야!"

"……."

"마릴린."

대신 대답하라는 듯 안토니오가 마릴린을 쳐다봤다. 마릴린은 당황한 표정으로 사람들을 둘러보다가 웅얼거렸다.

"보안과 충심입니다……."

안토니오는 다시 시트론을 사납게 쏘아보았다.

"잘한다, 잘한다 하였더니 어디서 이따위로……!"

"……."

"당장 말씀드려! 네가 왜 카렌듈라 영애와 연락을 취하는 게야!"

시트론은 고개를 수그린 채 고집스레 입을 닫았다.

"이 녀석이 정말! 마일로, 가서 징벌방을 열어라!"

그러자 마릴린이 놀라 펄쩍 뛰었다. 징벌방은 가문에 피해를 입히거나 사용인으로서 분수를 잊었을 때 열리는데, 징벌방에 들어간 사용인은 대부분 불구가 되어 기어 나왔다. 마릴린이 희게 질린 얼굴로 "하, 하지만 징벌방은……!" 하고 소리치자 마일로가 딸의 팔을 잡고 단호히 고개를 돌렸다.

"가서 하녀장과 집사들, 마부장, 보안대장을 데려와라."

마릴린은 말려 달라는 듯 세니아나를 쳐다보았다.

"분명 뭔가 착오가 있었을 겁니다. 시트론 님이 아가씨를 배신할 일은—"

"나는 배신당해도 괜찮아."

사용인의 시선이 동시에 세니아나에게 향했다. 그녀는 표정 없는 얼굴로 자신을 올려다보는 시트론을 쳐다봤다.

"시트론, 너라면 괜찮아."

"……."

"하지만 나는 아가씨잖아. 나 하나 배신당하는 거로 끝나지 않아."

세니아나의 얼굴이 아프게 일그러졌다.

"나는 가족들과 우리에게 헌신하는 사용인들, 영지의 모두를 지켜야 할 의무가 있어."

시트론의 배반을 감당하는 게 오로지 자신이라면 얼마든지 당해 줄 수 있었다. 하지만 아니니까. 그녀의 배반을 감당해야 하는 건 프렌시프의 모두라서, 세니아나는 결코 시트론을 용서해 주라는 말을 꺼낼 수 없었다.

"네 발로 징벌방으로 가."

안토니오와 마일로의 눈빛이 가늘게 떨렸다.

'언제 저렇게 자라셨는가.'

어린 주인은 자신의 기분보다 어깨에 멘 짐의 무게를 우선하게 되었다. 마릴린은 불안한 얼굴로 시트론을 쳐다봤지만, 시트론은 고개를 수그리고 징벌방으로 향했다.

다음 날, 시트론은 끝끝내 통신을 취한 이유를 털어놓지 않았고, 곤죽이 된 상태로 의무실에 옮겨졌다.

샤를리나의 입매가 삐뚜름하게 올라갔다.

"그래, 시트론이 징벌방에 들어갔단 말이지……."

요요한 웃음을 머금고 중얼거리자 소식을 전한 하인이 고개를 숙였다.

"세작에게선 성녀님과 접촉한 이유를 토설하지 않았다고 소식을 전해 들었지만…… 정말일지는……."

그의 중얼거림에 샤를리나는 픽 실소를 흘렸다.

"사실일 거다."

"예?"

"그런 사람이거든, 시트론은."

목숨보다 충성을 우선하는 사람. 세니아나의 몸에서 빠져나오기 직전, 영지에서 득세한 것은 아서의 약혼녀로 내정되었던 플로헤타 메리아덴이었다. 플로헤타는 세니아나를 감싸는 시트론을 갖은 방법으로 괴롭혔다.

어느 겨울밤엔 총괄 집사 안토니오의 눈을 피해 시트론을 끌고 나와 마비약을 입속에 쏟아 넣은 적도 있었다. 하지만 시트론은 굴하지 않았다. 마비약 때문에 몇 달을 고생했어도, 뼈가 부러질 때까지 맞은 적이 있더라도 세니아나의 앞을 묵묵히 지켰다.

'그런 시트론이 토설할 리가 없지.'

제가 '진짜 세니아나'라는 걸 알아차린 순간부터 시트론의 목줄은 제 손에 있는 것이나 마찬가지였다.

"지금은 의무실에 있다고?"

"예."

"첩자에게 내 편지를 전하라고 해. 저택 근처에서 오빠들을 봐야겠으니 데려오라고."

"하지만 운신도 못 할 정도로 엉망이라던데요."

"죽은 건 아니잖아."

샤를리나가 인상을 찌푸리며 말하자 하인은 고개를 수그렸다.


편지는 곧 프렌시프 저택에 심어 둔 첩자에 의해 전해졌다. 시트론은 또 한 번 은밀히 샤를리나에게 통신을 취했다.

"그래, 나야."

[정말로…… 정말로 세니아나 아가씨십니까?]

"증거를 원한다면 뭐든 물어봐."

[삼 년 전 아가씨의 생신 때…….]

샤를리나는 코웃음을 쳤다.

"그때만 생각하면 아직도 분해. 프렌시프 앞에선 넙죽 엎드려도 못할 계집애들이 내가 가족과 사이가 나쁘다고 이죽거렸으니까."

[……그날, 마담 버지니아에게 받은 선물은 뭐죠?]

"팔찌였잖아. 싸구려라 버렸지만."

[아가씨가 열세 살일 적에 상점가에서 사라지신 적이 있잖아요.]

샤를리나의 손이 움찔했다. 그땐, 급작스럽게 아탈란의 대사제로부터 만나자는 연락이 왔다. 그래서 시트론과 하인들을 따돌리고 몰래 대사제와 만났다.

[제가 아가씨를 찾은 곳이 어디죠?]

"웬 노파가 하는 무기거래소였지. 노인네 주제에 상냥한 척, 배려심 넘치는 척. 내게 그따위 치킨 수프를 먹이려고 한 것만 생각하면 화가 난다고."

그녀가 흥, 코웃음 쳤다. 시트론은 한참 침묵했다.

"그래서? 더 물어보고 싶은 건 없니?"

[란슬롯 도련님의 외가가 쳐들어온 날.]


자신을 키워 준 본성의 사용인들이 모조리 도륙당한 날이었다. 지금 총괄 집사인 안토니오의 형인 알베르토는 자신을 대신하여 아니, 대신한다고 믿으며 칼을 맞았다.

*[아가씨, 도망…… 도망치십……!]*

다 죽어가면서도 적군의 다리를 끌어안고 놓아주지 않았다. 혹여 소중한 아가씨를 쫓아갈까 봐서. 그녀는 그를 비웃어 주었다.

*[내가 왜 도망을 쳐?]*

*[……예?]*

*[내가 불러들인 사람들인데.]*

알베르토의 눈이 잘게 흔들렸다. 죽어갈 때가 되니 우둔한 노인네에게도 눈치가 생겼다.

*[너, 아가씨가 아니구나.]*

*[역시 바보는 아니네.]*

그를 '집사 할아버지' 하고 부르며 키득거리자 그는 믿을 수 없다는 표정으로 자신을 보았다.

*[샤를, 샤……샤를리나.]*

그의 잇새에서 마지막으로 새어 나온 사실은 비통했다. 근처에 있던 하인과 하녀 몇도 그 목소리를 들었다.

*[설마 너……!]*

*[어떻게 네가…… 샤를리나, 샤를리나가 맞는 거야?!]*

다들 귀신이라도 본 것 같은 표정이었다.

'하지만 내가 하녀의 딸로 살았다는 걸 아는 사람은 이제 아무도 없지.'

모두 죽었으니까.


샤를리나는 침울한 척 말했다.

"그래, 그 가슴 아픈 날."

[……아가씨는 어디에 계셨나요?]

"뭐?"

샤를리나의 미간이 좁아졌다.

"성에 있었지. 알베르토가 날 지키려다가 죽었잖아."

[그다음, 말이에요. 아가씨를 찾기 위해 제가 온 성을 뛰어다녔지만 찾을 수 없었어요.]

"그건……."

아탈란의 군사들과 함께 있었다. 피 웅덩이가 있는 곳이 싫었으니까. 아름다운 드레스가 젖을까 봐서.

"나도 숨어 있었어. 별채…… 옷장 말이야. 별채의 옷장에."

[그렇군요. 역시 당신이…….]

"그래, 내가 진짜야."

[어떻게든 도련님들을 모시고 가겠습니다. 진짜 동생과 화해하셔야 할 테니…….]

시트론의 목소리가 우울했다. 샤를리나는 빙그레 웃으며 고개를 끄덕였다.

"내일 저녁, 달이 뜨면 일러 준 오두막으로 와."

[예.]

통신을 종료한 샤를리나는 키득거리며 머리카락 끝을 꼬았다. 세니아나가 그 광경을 본다면 좋을 텐데. 제 노릇을 대신하는 가짜가 진짜의 앞에서 절망하는 얼굴은 절경일 터였다.


다음 날, 샤를리나는 아침 일찍부터 오두막으로 향할 준비를 했다. 과거에 즐겨 입던 브랜드의 드레스를 구매해 왔다. 그대로 입을까 하다가 가슴이며 치맛단에 붙은 비즈와 장식을 다 떼어 냈다.

플로헤타가 들어오기 일 년쯤 전에 나베리우스는 그녀의 사재를 몰수했다. 제 취향과는 동떨어진 밋밋한 옷들만 겨우 구매할 수 있게 했다. 그래서 그녀는 엉망인 꼴로 영지 성을 활보했다. 자, 어떠냐. 네 덕분에 내가 거지만도 못한 꼴로 지낸다. 나베리우스 보란 듯이.

'익숙한 모습이 좋겠지.'

"수수하게 꾸며, 수수하게."

"예."

매일 꽃 기름을 발라서 한 올, 한 올 정성껏 손질하던 머리를 세니아나일 적과 같은 엉망인 꼴로. 새하얀 분과 화사한 블러셔로 단장하던 얼굴을 화장기 없는 초췌한 꼴로. 준비를 마친 샤를리나는 만족스러운 표정으로 거울을 쳐다봤다. 하녀는 불안한 표정으로 그녀를 바라봤다.

"외출하시는데 그런 모습으로 괜찮으세요?"

"그래."

란슬롯과 가웨인이 가슴 아플 정도로 못난 꼴이어야 호사를 누리는 가짜 세니아나가 더 가증스러울 것이다. 대사제로부터 배운 처세였다. 해가 저물 무렵, 샤를리나는 오두막으로 향했다. 마차에서 내리자 익숙한 문양의 다른 마차가 보였다.

'왔구나.'

그녀는 은근했던 미소를 지우고, 오두막 안에 들어갔다. 오두막 내부는 어두컴컴했다. 그녀가 조명의 스위치를 더듬거리며 찾다가 인기척 소리를 듣고 얼른 고개를 돌렸다.

"시트론!"

반갑게 소리치며 달려갔다.

"왔구나. 고생했다는 말 들었어."

"네……."

"내 몸에 든 악귀는 잔인하기도 하지."

"……."

"너를 알아. 충성심 강한 네가 악귀에겐 오죽 잘했겠니? 그런데도……."

샤를리나는 안쓰러운 표정으로 시트론의 손을 잡았다.

"너를 징벌방에 보내다니."

"……."

"정말이지 못돼먹은 여자야. 세상에, 손이 다 텄구나. 마일로니? 안토니오가 그런 거야? 걱정하지 마. 내가 내 몸으로 돌아가면 그것들은 모두 네가 당한 것의 몇 배로……."

"제가 징벌방에 간 건 어떻게 아셨나요?"

잠깐 주춤한 샤를리나가 어색하게 웃었다.

"저택 일이 궁금해서 알아봤지."

"제게 편지를 전한 사람은 누구예요?"

시트론이 간절한 목소리로 샤를리나의 팔을 잡았다.

"아가씨, 그런 일은 이제 그만 하세요."

"……가족 일이 궁금한 거야 당연한 일이지."

"이제 죄는 그만 지으세요."

시트론의 눈에 눈물이 차올랐다.

"반성하시고, 사과하세요. 벌은 제가 나누어 받을 테니 제발……."

샤를리나는 날카로운 시선으로 시트론을 보다가 거칠게 팔을 떼어 냈다.

"내가 뭘 잘못했다는 건데? 내 자리를 빼앗기고도 그저 침묵해야 한다는 거니? 바보처럼?"

"……."

"오빠들은 어디에 있어. 내가 봐야겠으니까 얼른 나오라고 전해."

"역시 반성하실 생각은 없으신가요……."

"그놈의 반성, 반성! 그만 좀 해! 네가 바보처럼 산다고 나도 바보처럼 살아야 하ー"

"시트론은 바보가 아니야."

어둠 속에서 익숙한 목소리가 들려왔다. 샤를리나의 등허리로 흠칫, 소름이 내달렸다.

'이 목소리…….'

그녀는 믿을 수 없다는 표정으로 뒤를 돌아보았다. 순간, 조명이 탁! 켜지며 굳은 얼굴의 여성이 보였다.

"세니아나…… 네가 어떻게……."

설마! 샤를리나는 얼른 시트론을 돌아보았다.

"너야? 네가 내 말을 저 악귀에게 전한 거야?!"

말도 안 돼! 어떻게 시트론이……!

"내가 진짜라고 했잖아. 내가, 나만이 진짜 프렌시프 영애님이라고 말했잖아! 믿지 않았어? 그래서 저 계집애를 불러들인 거야?"

시트론은 고개를 수그린 채 비통한 목소리로 중얼거렸다.

"알아요. 아가씨가 제가 모시던 분이라는 걸."

"그런데 왜……!"

시트론이 천천히 고개를 들었다. 눈물로 일그러진 얼굴이었다.

"죄송해요, 죄송해요, 아가씨."

"뭘, 대체 뭐가!"

"저는 이제 선대의 인연이 아니라…… 제가 모시고 싶은 분을 모시려고 합니다."

갈등했다. 평생 모셔 온 사람이 샤를리나라면, 그렇다면 자신이 취할 수 있는 선택은 오직 하나뿐이니까.

[시트론, 사람에게 가장 중요한 건 신의다.]

[너 하나로 사용인 기천의 목숨이 경각에 달릴 수 있음을 명심해라.]

어머니와 안토니오가 평생을 주의시킨 말이 귓가에 아른거렸다.

진짜 주인을 도와야 해. 하지만 진짜라는 게 뭐지. 선대의 선대부터 모셔 온 가문의 친딸, 아니면…….

[나는 가족들과 우리에게 헌신하는 사용인들, 영지의 모두를 지켜야 할 의무가 있어.]

따르고 싶은 사람은 달리 있었다.

[겁이 나서 그랬어! 친절이 나를 약하게 만들까 봐서 그래서 사람들의 동정에 익숙해질까 봐 무서웠어…….]

[상처 줘서 미안해.]

사용인을 생활의 편의를 위해 부리는 사람으로 인식하지 않고, 지켜야 할 존재라고 여기는 사람. 저보다 한참 못한 자도 '사람'으로 여겨 주는, 그래서 선뜻 사과를 하는 그런 사람.

고민을 하고, 또 했으나 결론은 하나였다. 가짜라 할지라도 지금 세니아나의 몸에 있는 그녀를 버릴 수 없었다. 징벌방행을 명했으면서도 쓰러져 의무실로 옮겨진 시트론을 보며 눈물짓고, 애탄 한숨을 짓는 사람을 어떻게 버릴 수 있을까.

샤를리나는 제 반대편에서 일그러진 얼굴로 눈물 흘리는 시트론을 노려봤다.

"너…… 감히 네가 나를!"

시트론의 우직한 성품을 잘 알았기에 의심조차 하지 못했다.

저 바보가, 어떻게 저 미련한 계집애가 나를 배신할 수 있어?

샤를리나의 눈빛이 번뜩였다. 득달같이 시트론에게 달려들려는데 세니아나가 그 앞을 가로막았다. 높게 쳐든 샤를리나의 손목을 틀어쥔 세니아나가 소리쳤다.

"그만둬!"

"이거 안 놔?! 감히 네깟 게 어디서 나를—!"

짝! 마찰음이 고성을 갈랐다. 붉은 뺨을 감싸 쥔 샤를리나는 믿을 수 없다는 표정으로 세니아나를 쳐다봤다.

"너…… 감히, 감히 나를…….."

짝! 반대편 뺨까지 내리친 세니아나는 당황하여 주저앉은 샤를리나를 노려봤다.

"시트론, 나가 있어."

"하지만 아가씨……!"

"나가 있어."

시트론은 잠시 머뭇거렸다.

'내가 있으면 방해만 될지도.'

세니아나는 성수를 가진 강력한 성녀이고, 샤를리나도 마찬가지였다. 힘이 비등하다면 지켜야 할 게 있는 쪽이 약세일 터. 시트론은 결국 오두막을 나섰다. 샤를리나는 부들부들 떨며 주먹을 움켜쥐었다.

"나한테 이런 짓을 하고도 무사할 줄 알아?!"

세니아나는 새빨갛게 충혈된 눈으로 악을 내지르는 샤를리나를 가만히 내려다보았다.

"감히, 감…… 히……."

표정 없이 고요하기만 한 얼굴이 어쩐지 섬뜩했다. 샤를리나는 마원이 달린 초커의 브로치를 쥔 채 성수의 이름을 소리쳤다.

"미오라!"

순간 바닥이 가늘게 진동하기 시작했다. 진동은 벽을 더듬고 올라와 천장까지 이어졌다. 순식간에 콰광―! 굉음과 함께 온몸이 짓눌렸다.

"미오라, 미오라!"

아무리 불러도 성수는 응답하지 않았다.

"뭐, 뭐야. 왜 갑자기……."

포털이 열려 있으면 다른 포털은 열 수 없다. 포털이 실체화된 성수도 마찬가지였다. 아탈란의 후원에서 곱게 자란 샤를리나는 아직 모르는 사실이었다.

세니아나는 천천히 그녀에게 다가갔고, 겁에 질린 샤를리나는 다급히 주변을 둘러보았다. 대사제와 카렌듈라에게 들키지 않기 위해 성기사들을 두고 왔다. 근처에 있던 마부도 치워 두었기에 그녀를 도와줄 사람은 아무도 없었다.

"오, 오지― 꺄악!"

샤를리나의 손등을 밟은 세니아나는 낮게 읊조렸다.

"너였구나."

"……."

"내 몸을 훔친 약탈자가."

"……!"

*      *      *

샤를리나는 일순 당황한 표정을 지었으나 시트론이 변심한 이상 내게 들킨 건 당연한 일이라고 정리한 모양이었다. 그녀는 붉은 입술을 꽉 깨물고, 짓씹듯 말했다.

"누가, 누구더러."

그러곤 날 매섭게 노려보며 소리쳤다.

"약탈자? 하!"

"……."

"본래 내 몫이던 인생을 빼앗아 간 기생충은 너야! 너 때문에 나는 가족에게 인정받지 못하고 평생을 불행하게 살았어!"

"그럼 왜 내 몸에서 도망쳤니?"

"그건……!"

"어째서 가족들이 널 인정하지 않았어?"

"……."

"네 것이라면서 내 인생을 소중히 여기지 않은 이유가 뭐지?"

"……."

그녀는 대답하지 못한 채 이를 악물었고, 난 그런 그녀의 손목을 꽉 틀어잡았다.

"이거 놔! 아프 —"

"아파? 고작 이게 아파?"

샤를리나의 동공이 지진이라도 난 양 잘게 흔들렸다. 나는 핏발이 선 눈으로 그녀를 노려보며 날카롭게 소리쳤다.

"너로 인해 가족도, 인생도 빼앗긴 난 어린 시절 내내 차라리 죽여 달라고 애원하며 살았어!"

"그, 그게 왜 내 잘못이야! 애초에 그 삶은 신이 나를 위해 안배한……!"

"망상은 그만해! 네 자기합리화 따위 지겨우니까."

"……."

나는 샤를리나를 벽으로 떠밀며 소리쳤다.

"이건 내 몸이고, 내 인생, 내 가족, 내 사람, 모든 게 내 거야."

샤를리나의 낯빛이 새파래졌다가 하얘졌고, 종국엔 붉어졌다. 오두막이 크게 진동했고, 내부에 있는 가재들이 바닥으로 와르르 떨어졌다. 챙강 — ! 날카로운 파열음이 귀를 가로질렀다.

[누나, 내 '길'이 닫혔어!]

테디의 전음이 느껴졌다.

[오물 여우가 온다!]

바람이 휘몰아쳤다. 순식간에 2층과 지붕이 파열하며 나뭇더미들이 쾅! 쾅! 굉음과 함께 쏟아졌다. 멀린의 마원이 새파랗게 빛나며 그가 현신했다.

"주인!"

눈부신 은발이 휘날리는가 싶더니 나는 어느새 그의 품 안에 있었다. 캐애앵―! 찢어지는 듯한 포효와 함께 새카만 검은 여우가 샤를리나의 앞에 나타났다.

"죽여 버려. 죽여 버려, 미오라!"

여우가 울부짖으면 울부짖을수록 괴로워졌다. 머릿속으로 온갖 사념이 억지로 흘러드는 기분이었다. 내가 신음하며 떨자 멀린이 앞을 가로막고 "크르릉!" 포효했다.

"사라져라, 삿된 것."

허공에 금사 같은 실선이 잔뜩 떠오르더니 이윽고 뭉쳐져 수없이 많은 화살이 되었다. 화살이 장대비처럼 검은 여우를 향해 쏟아졌다.

"아!"

나는 깜짝 놀라 얼굴을 굳혔다. 멀린의 화살은 검은 여우에게 직격하였으나, 상처를 내지 못하고 그대로 흡수되었다. 마치 늪지에 빠진 것처럼.

"캐애앵!"

검은 여우가 절규하듯 울부짖으며 우리를 향해 달려왔다. 멀린은 순식간에 백사자가 되어 내 앞을 가로막았다. 커다란 앞발로 주둥이를 후려쳐 짓밟고, 단숨에 목덜미를 물어뜯었다. 검은 여우가 고통에 몸부림쳤다.

하지만 괴로워 보이는 건 멀린도 마찬가지였다. 산에 녹기라도 한 양 아름다운 털이 검은 것에 엉망으로 젖어 들었다. 멀린이 비틀거리던 찰나, 검은 여우가 도약했다. 십(十)자로 벌어진 입 사이에서 기괴하리만큼 많고, 날카로운 이빨이 드러났다. 그 순간, 붉은빛이 사방으로 퍼지며 구구궁, 천지가 요동쳤다.

"테디!"

커다란 곰이 포효하자 마치 오물이 씻겨 내려가듯, 일렁이던 검은 오라가 뒤로 밀려났다. 멀린과 테디가 동시에 검은 여우에게 달려들었다.

"캐애앵 —!"

괴롭고 괴로워서 내 사지가 발발 떨릴 만큼 고통스러운 비명이었다. 나는 벽면 앞에서 떨고 있는 샤를리나를 향해 소리쳤다.

"그만둬! 성수를 물러나게 해!"

샤를리나의 눈빛에 당황스러움이 묻어났지만, 그녀는 이내 표독스럽게 눈꼬리를 올리며 검은 여우를 힐난했다.

"미오라, 이 쓸모없는 것! 뭐 해! 당장 저년을 죽여!"

바닥에 무너졌던 여우가 바들바들 떨면서 다시 몸을 일으켰다. 여우는 일전에 보았던 하녀의 모습으로 돌아와 허공으로 손을 치켜들었다. 그러자 이상한 기분이 들었다. 불쾌감이 온몸을 옥죄고, 오두막을 향해 무언가 움틀거렸다. 수 초 후, 오두막으로 기어든 것은…….

'샷된 자들!'

영지 근처 부족에서 보았던 것이나 란슬롯을 공격했던 것들과는 질적으로 달랐다. 더 커다랗고, 소름 끼치도록 음울한 느낌의 괴물. 마치 에이레네가 샷된 자화되었을 때처럼!

"칫!"

혀를 찬 테디가 인간화되어 내 허리를 끌어안았다. 멀린도 동시에 돌아와 내 앞을 막았다.

"가자, 누나."

"하지만……."

"도망쳐. 지금 누나의 몸 상태론 우리가 저것들을 모두 이길 수 없어."

나는 왜인지 계속 피곤한 상태였다. 지금 멀린과 테디를 현신시킨 것만으로도 온몸이 무너질 것 같았다. 그렇지만 나는 쉽사리 고개를 끄덕일 수 없었다.

"누나의 하녀라면 내가 데려올 테니까!"

"아니……!"

나는 급히 고개를 저었다.

"저게 말을 걸고 있어."

"뭐?"

나는 테디를 밀어내고 어느새 불에 그을린 시체처럼 새까매진 미오라를 쳐다봤다.

[구…… 해 줘.]

마치 테디나 멀린이 전음을 보낼 때 같았다.

"누나?"

"주인."

하지만 아무도 그 말을 듣지 못하는 것 같았다.

[구해…… 주세요.]

[나…… 를 구…… 해 줘.]

[돌아가고 싶어!]

미오라가 오열하듯 소리치고 있어서 나는 차마 멀린과 테디를 따르지 못했다. 멀린과 테디는 정신없이 달려드는 삿된 자들을 떨쳐내고 있었다.

> [우리 공주님이 요새 왜 이렇게 오래 주무실까. 몸이 아픈 건 아니니?]
>
> [아니에요.]
>
> [아프면 솔직하게 말해야 해. 넌 참는 게 너무 익숙한 아이라 걱정이 되니까.]
>
> [그게 아니라……. 선생님 저, 요새 이상한 꿈을 꿔요.]
>
> [기다리던 첫사랑 소년이라도 보았어?]
>
> [그 애는 아니고…….]
>
> [응?]
>
> [여우예요. 두 손에 들어갈 것처럼 작은 사막여우가 자꾸만 제 뒤를 쫓아와요. 저를 기다리고 있었다고.]

지난날, 윤세나의 세계에서 나눈 대화가 떠올랐다. 그리고―

> [날 찾아 줘. 찾아 주세요. 그리고 이름을 불러 주세요. 제 이름은…….]

"치요리나타."

홀린 듯 이름을 불렀을 때였다.

"주인!"

"누나!"

"아으윽……."

온몸을 칼날로 베어낸 듯 격통이 전신을 내달렸다. 드레스 위로 핏물이 배어들자 테디가 이를 악물고 검은 여우를 노려봤다.

"너, 죽여 버릴 거― 으응?"

그녀의 표면을 둘러싼 검은 물이 뚝뚝, 떨어지기 시작했다. 황금색 머리칼과 흰 피부, 그리고 샛노란 눈동자가 점점 드러났다.

"미오라, 뭐 하는…… 꺄악!"

샤를리나가 찬 쵸커의 브로치가 챙―! 균열음과 함께 바스러졌다. 동시에 사람의 몸으로 서 있던 여우가 무너졌다. 테디는 황급히 달려갔다. 오물 속에 파묻힌 아주 작은 여우가 바들바들 떨고 있었다. 테디는 믿을 수 없다는 얼굴로 나를 돌아보았다.

"누나…… 동생이야."

"……."

"우리 동생이 여기에 있었어."

그리고 난…….

"다행이다."

그 말을 끝으로 정신을 잃었다.

\* \* \*

"……나."

목소리가 들린다. 아주 상냥하고 다정한 목소리.

"세나야."

"······."

"세나야, 우리 공주님. 일어나세요."

선생님의 목소리였다. 난 얼른 눈을 뜨고 주변을 더듬거렸다. 고아원에서 처음 만난 모습 그대로 선생님은 빙그레 웃고 있었다.

"선생님!"

나는 얼른 그녀의 품에 안겨 들었다.

"선생님, 선생님······."

"그래."

선생님은 눈물 고인 눈으로 나를 바라보며 연신 머리를 쓰다듬었다.

"왜, 왜 안 나타나셨어요? 보고 싶었는데······! 할 말이 엄청 많아요. 선생님 저······!"

"아서를 만났구나."

"······."

"행복해져서 다행이야."

나는 다정한 얼굴의 선생님을 보면서 손을 꾹 말아 쥐었다.

"행복하지 않아요."

"어째서?"

"선생님이 여기에 없으니까."

그녀는 내게 어머니였고, 언니였고, 친구였고, 동시에 내 삶이었다. 그녀의 뼛가루를 끌어안던 날, 난 심장을 한 움큼 떼어 낸 것 같았다. 믿을 수가 없어서. 선생님이 살아계시지 않다는 것을 도무지 인정할 수 없어서. 가족을 만나고, 그들이 내 진짜 가족이라는 걸 알고 나서도 마음 한켠이 허전했다.

"난 홀로 외로울 텐데, 혼자서 행복해질 수 없어서? 세나야, 내가 네 불행의 원천이었니?"

"그건…… 선생님 때문에 불행했던 게 아니라……."

선생님은 희미하게 웃었다.

"좋은 사람들을 많이 만났지? 할아버지도 있고, 형제도 있고, 또……."

그녀가 우후후, 웃으며 귓가에 속삭였다.

"꿈속의 소년도 만났잖니."

"……!"

나는 깜짝 놀라 그녀를 올려다보았다.

"어떻게 아세요?"

"늘 세나를 지켜보고 있으니까."

"……."

"네가 꿈을 펼치고, 사랑하는 사람과 가정을 이루고, 아이를 낳고, 지금보다 몇 배는 더한 행복에 파묻히길 바라."

"그럼 선생님은요?"

그녀는 날 위해 모든 걸 희생했다. 사랑하는 남자를 버려야 했고, 만인에게 오해를 사야 했고, '미아'로서의 인생을 송두리째 바쳐야 했다. 오직 나를 쫓아 다른 세계로 오기 위해.

"네가 자라는 모습을 보면서 내가 얼마나 행복했는지 모를 거야."

"……."

"네가 날 선생님이라고 부를 때, 학교에서 돌아와 '다녀왔습니다' 하고 말해 줄 때, 어버이날에 나를 위해 카네이션을 접어 왔을 때. 나는 태어나길 잘했다고 생각했단다."

그녀는 내 얼굴을 쓰다듬으며 나긋한 목소리로 중얼거렸다.

"너 때문에 내가 무언갈 잃거나 포기했다고 생각하지 말렴, 세니아나. 네가 내게 준 게 훨씬 많으니까."

한숨과 함께 그녀는 말을 이었다.

"난 아주 많은 사람의 피를 이 손에 묻혔어."

"……아탈란의 신관이었기 때문에요?"

그녀는 쓰게 웃었다.

"그래. 그들의 이상향을 위해 해선 안 될 일을 무수히 많이 했단다. 너를 볼 때마다 그런 내가, 이토록 나쁜 내가 이만큼 행복해도 되는 걸까, 고민했지."

선생님은 나를 꽉 끌어안았다.

"세나야, 세나야."

그녀의 말에 나는 입술을 꾹 깨물었다.

"……마."

"…….."

"엄마."

선생님의, 아니, 엄마는 얼굴을 잔뜩 일그러뜨렸다. 입을 틀어막고서 어깨를 들썩이며 오열했다.

"부족한 나를 엄마라고 불러 주는구나."

엄마는 울면서도 미소지었다. 아주, 아주 행복하다는 듯이.

그녀가 내 손을 잡고 말했다.

"곧 일월이 너를 찾아갈 거야."

"일월…… 아탈란의 일월이요?"

"그래, 그는…….'

그녀가 무어라 말을 하기 위해 입을 열었을 찰나였다. 공간이 일그러지기 시작했다. 선생님이 '해선 안 될 말'을 할 때 나타나는 징조였다.

"미아!"

어떤 여성의 목소리가 들렸다. 그녀는 얼른 나와 선생님을 떼어 냈다.

"가야 해!"

"하지만, 언니ー!"

"어서!"

신관의 예복을 입고 있는 여성을 본 나는 눈을 크게 떴다. 그녀는 어쩐지…….


"아가씨!"

울먹이는 목소리에 나는 눈을 비볐다.

"시트론……?"

"아, 세상에…… 아가씨."

시트론이 떨리는 손으로 내 손을 꽉 붙들었다. 나는 멍하니 주변을 보았다. 내 방이다.

'꿈이었나.'

퍽! 시트론이 내 팔을 내리쳤다. 그리고 다시 한 번 손을 올리려다가 멈칫하고 고개를 수그렸다. 시트 위로 눈물이 뚝뚝 떨어졌다.

"도망치셨어야죠!"

"……어?"

"성수들이 가자고 할 땐 얼른 따라가셨어야죠! 이렇게……, 이렇게 걱정시키시고!"

밖에서 다 들은 모양이었다. 내가 정말로 세니아나라는 것도.

나는 시트론의 손을 쥐며 말했다.

"시트론, 아직 네게 못한 말이 있어. 나는 사실……."

"뭐라도 괜찮아요."

"응?"

"아가씨가 악마라도, 괴물이라도 괜찮아요. 악마라시면 뿔을 닦아 드릴 테고, 괴물이라시면 인간이라도 담을 수 있는 접시를 준비하겠어요."

시트론은 의지 가득한 눈으로 나를 쳐다봤다. 나는 그녀의 말이 우습고, 또 감격스러워서 입술만 꾹 베어 물었다.

"시트론……."

"아가씨……."

마침내 우리는 서로를 끌어안고 엉엉 울었다.

"사실은, 사실은 처음부터 이상한 느낌을 받고 있었어요. 기억을 잃었다는 게 이상하다고 알고 있으면서 모른 척했어요. 아가씨를 계속 모시고 싶어서. 그런 제가 혐오스러워서 더 못된 말을 ─ 흑흑!"

"무서워서 말 못 했어! 가짜라고 생각해서 더는 내 곁에 있어 주지 않을까 봐! 어허헝!"

"사실은 결혼하시는 건 싫어요! 옆에서 더 모시고 싶어요!"

"결혼해도 데려갈 테야!"

"아가씨 코 고는 소리가 귀여워서 어르신과 주인님들께 말씀드린 적 있어요! 다들 함께 구경했어요!"

"시트론이 매일 갈아 준 녹즙, 너무 써서 마릴린한테 준 적이 있어!"

"네?"

"뭐?"

우리는 어벙벙해져서 서로를 쳐다봤다.

"코 고는 걸 구경한 건 너무해……."

"그걸 마릴린 님한테 주셨다고요? 그게 얼마나 비싼 건데!"

그러던 중에 밖에서 우당탕하는 소리가 들렸다. 나는 깜짝 놀라 침대에서 일어나 밖으로 향했다.

"놔! 놔아ー! 이 못된 계집애!"

"그 나이 먹고 귀여운 척하는 멍청한 곰돌이가 어디서 말대꾸죠!"

"너도 하잖아, 너도 하잖아! 누나한테서 떨어져!"

"시끄러워~! 주인님은 날 더 죠아해요! 내 이름도 알고 있었다고요!"

"죠죠거리지마, 바보야!"

"당신이나 징징거리지 마쩨요!"

무릎까지 오는 반달곰과 사막여우가 서로 들러붙어 머리채를 잡고 있었다.

"테디!"

내가 테디를 부르며 그들을 떨어뜨리자 테디는 양손으로 입가를 가리고 낄낄 웃었다.

"봐! 누나는 내 이름만 얘기하잖아."

"대체 무슨……."

나는 당황해서 사막여우를 쳐다봤다. 금빛이 너울너울 퍼지더니 사막여우를 감쌌다. 대여섯 살 꼬마 숙녀가 된 사막여우가 치마를 넓게 펼치며 무릎을 굽혔다.

"만나 뵙길 오랫동안 고대하고 있었습니다, 주인님."

"아……."

나는 눈을 끔뻑였다. 멍하니 꼬마 숙녀를 보고 있자 테디가 불안한 표정으로 "누나, 누나?" 하며 날 쳐다봤다.

"귀여워~!"

인형처럼 생긴 꼬마 숙녀를 보고 나는 눈을 반짝이며 무릎을 굽혔다.

"네가 테디의 동생이야?"

"그렇쭙니다, 주인님."

"우리 꿈속에서 봤지?"

"저는 정신계와 이어지는 길을 가지고 있으니까요."

"그렇구나. 세상에, 너무 귀엽다."

"영광이에요."

"그러니까 이름이 치요……."

꼬마 숙녀는 눈을 깜빡이며 내게 안겨들었다.

"쵸라고 불러주쩨요."

이름도 귀여워! 나는 눈을 반짝였고, 문 앞에서 기웃거리던 하인들도 꺄악, 소리를 지르며 달려왔다.

"인형 같아요!"

"역시 아가씨의 성수라서 사랑스럽기가……!"

집사가 커흠, 헛기침하며 말했다.

"아가씨의 성수님께 무슨 무례냐."

그러자 쵸의 눈이 날카롭게 빛났다. 그 애는 내 품에서 폴짝 뛰어내리고 다시 치마를 잡고 무릎을 굽혔다.

"주인님을 위해 애써 주시는 분이시군요. 감사합니다."

집사가 "뭐……." 하며 허허 웃었다.

"애쓰고 있긴 합니다만, 잘하고 있는지는……."

"멋진 신사는 곁에 있는 것만으로도 든든하죠."

하녀들이 "어머머, 말도 잘하네!" 하며 까르륵 웃었다. 테디가 씩씩거리며 나를 붙잡았다.

"누나, 저거 다 내숭이야. 쟤가 얼마나 포악한데!"

뭐라고 말했는데 나는 쵸의 귀여움에 푹 빠져 테디를 잊고 있었다.


테디는 볼을 뿌, 부풀린 채 흥! 팔짱을 끼고 있었다.

"안 먹을래? 달콤한 거 좋아하잖아."

미안해진 나는 초콜릿을 들고 테디를 살살 구슬렸다.

"못된 곰돌이! 주인님을 곤란하게 하면 안 되죠!"

어느새 사막여우가 되어 내 어깨에 올라탄 쵸가 테디를 향해 눈을 부라렸다.

"씨이—씨!"

"씨라니……. 주인님, 저 곰돌이는 말버릇도 나쁘군요."

쵸는 은근한 눈으로 나를 쳐다봤고, 난 곤란해졌다.

"싸우면 안—"

"이 살쾡이가!"

"여우예욧!"

둘은 다시 들러붙어 투닥투닥 싸우기 시작했다.

"이, 이 못된, 못된 바보!"

"등신이."

그러자 테디는 엄청나게 충격받은 얼굴로 얼어붙었다.

"혀, 형아가 그건 나쁜 말이랬어!"

"좋은 이에게 쓸 때나 나쁜 말이죠. 그것도 몰랐어요? 머저리, 천치, 등신!"

"이익—!"

그는 씩씩거리다가 쵸를 가리키며 나를 쳐다봤다.

"쟤 나빠, 나쁘다고!"

"테디……. 동생이랑 싸우면 어떡해."

"하지만 쟤는 엄청 못됐고, 또 거짓말쟁이야! 쟤는, 쟤는 남자애란 말이야! 근데 치마를 입고!"

남자애라고?

"여동생이라고 하지 않았어?"

쵸는 움찔하더니 서글픈 척 나를 쳐다봤다.

"성수는 성별이 없는걸요. 인간체는 남자지만, 저는 여자애가 더 좋아서 여동생으로 여겨 달라고 했어요……. 안 되는 건가요?"

"그건…… 으음."

나는 고민하다가 웃으며 고개를 저었다.

"아니. 쵸가 원하는 대로 살면 돼."

"상냥한 주인님."

쵸는 작은 얼굴을 내 목에 비비며 킹, 킹, 하고 애교스럽게 울었다.

"으아아앙 —!"

테디가 울음을 터뜨렸다. 그는 자박자박 달려가더니 어떤 남자의 다리에 매달렸다.

"우아아아앙! 형아! 쟤 좀 봐! 우아아앙!"

긴 은발과 시리도록 푸른 눈을 가진, 멀린의 인간체였다. 그는 쯧 혀를 차고 테디의 목덜미와 내게 들러붙은 쵸의 목덜미를 잡고 내던졌다.

"주인을 귀찮게 하지 마라."

둘이 "킹!", "꾸아앙!" 울더니 순식간에 인간체로 변했다. 붉은 머리를 가진 미소년과 멀린처럼 긴 금발을 가진 아름다운 소년의 모습이었다.

'머리 색이 알록달록해서 아이돌 같다.'

아이돌처럼 잘생기기도 했고.

쵸는 흠칫하고, 얼른 일전에 보았던 꼬마 숙녀의 모습으로 변했다. 테디가 쵸를 가리키며 소리쳤다.

"쟤가 누나 마력 낭비한대요!"

"으응? 마력 낭비?"

"본래 가진 인간체가 아니라 다른 모습으로 바꾸려면 마력이 엄청 많이 든다고!"

테디가 의기양양하게 말했다. 그러고 보니 좀 피곤해진 것 같다. 쵸는 깜짝 놀라서 내게 달려왔다.

"주인님, 주인님, 저는 주인님을 피곤하게 하려는 게 아니라……!"

"귀여워."

"그, 그런가요?"

쵸가 고사리 같은 손으로 뺨을 가렸다. 드레스 엉치 쪽 구멍으로 튀어나온 꼬리가 빠르게 흔들렸다.

'여우도 갯과였던가. 기분이 좋은가 봐.'

킥킥 웃고 있던 찰나였다.

"다 웃었으면 일어나지."

아빠가 팔짱을 낀 채 문에 기대 나를 쳐다보고 있었다. 어쩐지 서늘한 목소리였다.

"아, 아빠……."

"따라와."

나는 얼른 멀린과 테디, 쵸를 다시 마원화시키고 아빠를 따라서 방을 나섰다. 서재에 들어가자 할아버지가 소파에 앉아 기다리고 있었다. 곁에 있는 란슬롯과 가웨인의 표정도 좋지 않았다.

"거기가 어디라고 너 혼자 간단 말이야!"

가웨인이 소리를 쳐서 나는 움찔 어깨를 좁혔다. 시트론에게서 사정을 들은 가족들은 화가 난 모양이었다.

"그게…… 일단 샤를리나는 카렌듈라 가의 영애니까 군사를 움직이면 황궁도 좋아하지 않을 것 같아서……."

"그렇다고 혼자 가면 어떻게 해! 쓰러져서 온 널 보고 얼마나 놀랐는지 알아?!"

할아버지도 "오늘은 네가 잘못했다." 하며 인상을 찌푸렸다.

"죄송해요. 다음부터는……."

"다음?"

아빠가 낮은 목소리로 읊조렸다. 이렇게 무서운 아빠는 처음 봐서 난 손가락을 꼼지락거리며 아빠의 눈치를 보았다.

"일이 잘못되었다면 다음이 없었을 수도 있지."

"그, 저에게는 멀린과 테디가 있고……."

"세니아나!"

벼락같은 고함이었다. 화를 낼 준비를 하던 할아버지와 가웨인, 란슬롯도 놀라서 아빠를 쳐다봤다. 나는 우물쭈물하다가 고개를 푹 숙였다. 그러자 아빠가 나를 매섭게 쳐다보며 말했다.

"가족들을 걱정시키고, 멋대로 다쳐 왔으니 외출은 금지한다."

"하지만 곧 휴가가 끝나니까 입궁을……!"

"멋대로 굴 생각이면 일도 그만둬."

"아빠!"

나는 얼른 아빠의 팔을 잡고 고개를 저었다.

"잘못했어요!"

"네가 가진 힘에 어떤 위험이 따라오는지 누누이 주의시켰을 텐데."

"그렇지만……."

"네게 일이 생기면 가족들과 이야기를 나누기로 약속했다."

"……."

할 말이 없어서 나는 꿀 먹은 벙어리가 되어 아빠의 옷깃을 쥐었다.

"일은 그만둬."

"그것만은……! 차라리 벌을 받을게요!"

아빠가 미간을 좁히고 날 빤히 쳐다봤다.


"팔이 내려가는구나."

아빠가 무섭게 말하기에 나는 얼른 팔을 번쩍 들었다.

"끄응……."

팔이 마구마구 저리고 아파 오기 시작했다. 할아버지가 어흠, 헛기침을 하며 아빠를 슬쩍 쳐다봤다.

"그, 좀, 너무 오래 벌을 세우는 게 아니냐."

"아직 십 분도 지나지 않았습니다."

가웨인도 내가 점점 울상이 되자 당황한 얼굴로 아빠를 쳐다봤다.

"저…… 세니아나도 반성을 하고 있는 것 같은데……."

"너도 곁에서 함께 손을 들 테냐."

"……."

란슬롯이 "아버님" 하고 나섰다.

"세니아나의 나이가 이제 스물입니다. 말로 충분히 알아들었을—"

"네가 언제부터 내 앞에서 그리 말을 잘했지."

"……."

아빠는 정말로 무서웠다. 나는 한 시간을 꼼짝없이 손을 든 후에야 다시 소파에 앉을 수 있었다. 아빠가 "반성은?" 하고 물었다.

"잘못했어요. 다시는 독단으로 위험을 감수하지 않을게요……."

"입궁·출궁 시 마차와 기사들을 보낼 것이다. 다른 곳에 새지 말고 바로 저택으로 돌아와."

"네……."

철석같이 약속을 한 후 나는 서재를 나섰다. 팔을 주무르고 있자 시트론이 잔뜩 걱정스러운 표정으로 다가왔다.

"괜찮으세요, 아가씨?"

"으응……."

마사지를 받고 밥을 먹으면서도 나는 우울했다. 나보다 가족들을 우선순위에 뒀다. 나 때문에 다치고 고생하는 게 싫어서. 하지만 반대로 생각하면 가족들이 날 위한다는 이유로 홀로 위험에 처하는 건 싫다.

'내가 잘못했어…….'

가족들과 함께 둘러앉아 차를 마시면서도 나는 한숨을 푹 내쉬었다.

"다과를 맛보아라. 저녁도 시원찮게 먹었잖아."

"……입맛이 없어요."

"어제도 시트론 일로 전혀 먹지 않았잖아."

나는 살며시 아빠를 쳐다보고 시선이 마주치자 움찔하며 고개를 돌렸다. 아빠의 시선이 옆얼굴로 따라붙었다.

"저, 저는 올라갈게요."

"더 들지 않고?"

"네."

나는 후다닥 방으로 올라가서 문을 꼭 닫았다.

'어쩌지, 어쩌지.'

아빠가 무섭다. 샷된 자들보다 더 무서운 것 같아서 눈이 마주치자 엄청나게 오금이 저렸다. 그때 문밖에서 익숙한 구두 소리가 들렸다. 똑똑, 노크 소리가 들려서 난 우물쭈물했다.

"세니아나."

"……네, 아빠."

"들어가마."

스르륵 문이 열렸다. 내가 손톱 끝만 매만지며 우물쭈물하자 아빠가 들고 있던 접시를 내밀었다. 계란과 감자, 오이 등이 든 샌드위치와 간장소스에 달게 조린 닭 날개였다.

"……."

"……."

"테라스에서 먹을래요……."

"그래."

아빠와 함께 테라스로 향했다. 자리에 앉아서도 머뭇거리자 아빠는 직접 샌드위치를 들어 내 입에 넣어 주었다.

짭짤하게 간이 된 고소한 달걀노른자와 묵직한 감자가 부드러운

빵과 함께 씹히니 입맛이 슬쩍 돌아왔다. 나는 눈치를 보다가 냉큼 샌드위치를 받고 허겁지겁 먹었다. 아빠가 픽 웃으며 내 입가에 묻는 오이를 떼어 주었다.

"다음부터는 절대로 혼자서 결정하지 않을 거지?"

"……."

나는 슬그머니 샌드위치를 내렸다. 잘못했다고 생각하고, 그러지 않아야겠다고 다짐했지만 선뜻 대답을 할 수 없었다. 만약 시트론이 아니라 다른 사람이, 예를 들어 소중한 내 가족이 위험에 처한다면 난 또 독단을 내릴 테니까.

"고집은 네 엄마를 닮았구나."

"아빠를 닮았다던데요?"

"미아가 그러던가."

나는 고개를 끄덕였다.

*[내 첫사랑 말이니? 음……, 후훗.]*

그때를 추억하며 코웃음 치던 선생님, 아니, 엄마의 얼굴이 선명했다.

"할아버지랑 싸워서 가출하셨다면서요?"

"……어렸으니까."

"스물일곱 살 때라고 하시던데. 그때 선…… 엄마를 만나셨다고……."

"인생에 오점 하나씩은 누구나 가지고 있지."

"할아버지랑 싸우고 혼자서 나쁜 사람들…… 아마 적군이겠죠? 적군과 맞서신 적도 있다면서요."

"……샌드위치가 하나론 부족하겠군. 가서 더 가져오마."

아빠가 말을 돌리며 몸을 일으키려고 해서 난 고개를 갸웃했다.

"설렁줄 뒤에 있는데. 하인에게 시키면 되지 않나요?"

"……먹어, 얼른."

"아! 맞다!"

나는 손뼉을 짝 치며 말했다.

"제가 태어나기 전에 엄마랑 싸우고 가출한 적도 있으시다면서 요?"

"……."

"그때 무슨 오두막의 욕실 청소 문제로 다투셨다고 들었는데……."

나는 슬쩍 아빠를 보며 물었다.

"그렇게 청소하기 싫으셨 -"

아빠는 딱딱하게 굳어져서 허공을 바라보며 가는 한숨을 흘렸 다.

"……?"

"젊을 때 제대로 못 산 벌을 너에게 받는 건가."

"저요?"

"어르신도 나만큼이나 속이 탔을지도 모르겠군."

아빠가 희미하게 웃고는 접시를 더 밀어 주었다. 말하지 않아도 알 수 있었다. 지금 우린 화해했다는 걸.

'싸운 건 아니지만.'

일방적으로 혼난 거지. 나는 헤헤 웃으며 고개를 끄덕였다.

　　　　＊　　　＊　　　＊


　짝! 대사제에게 뺨을 맞은 샤를리나는 달달 떨리는 손으로 치맛자락을 꽉 틀어쥐었다. 허락받지 않은 사람은 머리카락 한 올도 건드릴 수 없는 제가 몇 번이나 맞았다. 그것도 찢어 죽일 세니아나 프렌시프와 제 편이라 믿어 의심치 않았던 대사제에게!

　"이 미련한 년!"

　"……."

　"쳐 죽일 ─!"

　사제들이 얼른 달라붙어 노쇠한 몸을 진정시켰다.

　"성녀님, 어서 잘못을 비십시오!"

　"대사제님, 성녀님도 본래 이런 결과를 원한 것은 아니실 ─"

　"내가 뭘 잘못했는데!"

　샤를리나가 울먹이며 소리쳤다.

　"내가 다시 세니아나가 되면 당신들에게도 좋잖아요. 포털도 그 애가 가진 성수들도 전부 내 것이 되면 ─!"

　"마원이 사람의 육체를 보고 따르는 줄 알아!"

　벼락같은 고함이 신전을 흔들었다.

　"성수의 영혼에 새겨지는 건 주인의 진명이다! 너 같은 가짜가 창조신이 내린 신성한 맹수들을 부릴 수 있을 줄 아느냐!"

　"가짜라니……, 내가 왜 가짜예요? 진짜라고 했잖아요! 내가 진짜잖아!"

　샤를리나는 발작하듯 귀를 막고 소리를 내질렀다. 대사제가 성큼성큼 걸어가 그녀의 멱살을 틀어잡았다. 놀란 샤를리나가 "컥!"
숨을 들이켜자 대사제는 새빨갛게 충혈된 눈으로 그녀를 노려보며
읊조렸다.

"다시 하녀로 돌아가고 싶으냐."

"무, 무슨…… 나는 성녀라고요! 이만한 힘을 가진 내가 왜 하녀
로ー!"

"네 힘이 어디에서 비롯되었느냐."

"……."

"세 마리 성수 중 하나를 네게 붙여 놓기 위해 삿된 자 기백 마리
를 털어 넣었어. 미오라가 없으면 넌 일반인보다 못한 해충이란 말
이다."

그는 진노를 가까스로 잠재우며 말을 이었다.

"이제 포털도 쓸 수 없으니 이 일을 어찌할 테냐."

"……다시 찾아올 거예요. 미오라를, 아니, 그보다 더한ー 그, 그
래! 미아, 그 여자가 부렸다는 신묘한 백사자 말이에요! 그 사자를
보았어요. 제가 빼앗아 올 수 있어요."

샤를리나가 다급히 대사제의 팔을 붙들었다.

"그, 그래! 성수를 붙잡기 위해선 이름이 필요하다고 했죠? 저 알
아요. 세니아나 그게 분명 그 사자를 멀린이라고 불렀ー!"

"머저리 같은 년. 이름을 짓는 건 주인이지. 이미 주인에게 귀속
된 성수를 어찌 찾아온단 말이야."

"그, 그럼, 뭐라도…… 뭐라도…… 오늘로 근신이 끝나니까 다시
로열 키친에서 애쓰면……!"

하녀로 돌아갈 순 없다. 이 아름다운 드레스도, 몸에 찬 고가의 패물도, 저를 향해 엎드리는 자들의 존경도. 그 어떤 것도 받을 수 없는 사람으로 돌아가긴 싫었다.

대사제는 짓씹듯이 억지로 입을 열었다.

"마지막 기회다. 로열 키친은 오랫동안 준비한 계획의 마지막 단계라는 걸 잘 알겠지."

"네……."

"계획이 어그러지지 않게 성녀를 로열 키친에서 도태시켜라."

샤를리나는 마른침을 삼키고 고개를 끄덕였다.

"지원해 주신다면 스스로 황궁을 나서도록 만들 수 있어요."

대사제가 샤를리나를 내던지듯 옷깃을 놓고 다른 신관을 불러들였다.

"로열 키친에 있는 우리 사람이 몇이나 되지."

"3급 이상은 총 여섯입니다."

"모두 샤를리나와 연결해라."

황궁에 숨겨 둔 아탈란의 사람들은 철저한 보안을 유지했다. 그래서 같은 아탈란의 신자끼리도 서로를 알지 못했다. 샤를리나조차 그들의 명단을 본 건 처음이었다. 명단을 확인한 샤를리나의 눈이 잘게 흔들렸다.

"로열 셰프 고프레도가 우리 사람이었다고요?!"

"그 녀석을 로열 셰프로 만들기 위해 얼마만큼의 자금과 사람이 들었을 것 같으냐."

"……그럼 혹시 고프레도가 일월인가요?"

일월만큼은 샤를리나도 정확한 신분을 알지 못했다. 대사제는 흥, 코웃음 치며 상아로 만든 거대한 의자에 앉아 팔을 괴었다.

"그자는 아니지."

"하면 일월은……."

"재촉하지 마라. 곧 모습을 드러낼 터."

샤를리나가 고개를 가볍게 끄덕이고 명단을 끌어안았다.

\*　　　\*　　　\*

휴가가 끝났다. 나는 새벽부터 일어나 입궁 준비를 했다. 씻고 옷을 입었는데도 제대로 잠이 깨지 않아 비척비척 걷자, 가웨인이 "이런." 하며 나를 붙잡았다.

"넘어진다."

"……네."

"조심하라고."

"……네."

"내 말 제대로 듣고 있는 거야?"

"……네."

그가 픽 웃으며 어느새 다가온 란슬롯을 향해 "오늘 출근 못 하겠는데?" 하고 말했다. 그러자 란슬롯이 고개를 끄덕였다.

"이대로 출근시키면 위험하지."

"그러게. 오늘은 자체 휴가라도 내야겠는걸."

나는 깜짝 놀라서 잠이 확 깼다.

"아니에요!"

정말로 못 나가게 할까 봐 눈을 번쩍 뜨고, 팔까지 들었다.

"잠 다 깼어요! 정말이에요!"

가웨인이 웃음을 터뜨리며 내 코를 잡고 흔들었다.

"황궁에 과자라도 숨겨 놨어? 왜 그렇게 가고 싶어 해?"

"오늘 혜성우의 밤(12월 말일. 한 해를 마무리하기 위해 가족들만의 파티를 여는 공휴일. 나무 열매 등을 이용한 요리를 먹는다.) 준비를 한다고 했단 말이에요……."

가장 훌륭한 요리를 만드는 사람은 황족의 모임에 낼 수 있다고 하니, 다들 엄청 열심히 준비를 해 왔을 거다.

'나는 새끼 요리사라 못 내겠지만 맛은 볼 수 있으니까!'

다른 곳도 아니고 무려 로열 키친이다. 이곳의 요리사들은 어떤 것을 만들지 궁금하다.

나는 가족들의 배웅을 받으며 성에 도착했다. 원래 새끼 요리사들은 새벽같이 나와서 밑 재료 준비를 해야 하는데, 아네모네궁에서 요리한 사람들은 오전 열 시에 입궁하라는 배려가 있어서 평소보다 늦게 도착했다. 조리복으로 갈아입고 황태자궁 주방으로 향했다.

"안녕하세요."

고개를 숙였다가 자세를 바로 했는데…….

'뭐지?'

분위기가 이상하다. 다들 어색한 듯 고개를 돌렸다. 나는 일 년 위 선배에게 물었다.

"저…… 무슨 일 있었나요?"

"아, 있었지. 축하할 일. 승진했거든."

"와ー! 정말 축하드려요!"

내가 활짝 웃자 다들 떨떠름한 기색으로 날 주목했다.

"……?"

황태자궁의 총괄 요리사가 나를 향해 다가왔다.

"축하한다, 프렌시프."

"네?"

"이제 아발론의 주방으로 가겠구나."

그는 내 손에 아발론을 뜻하는 쌍용(雙龍) 휘장을 쥐어 주었다.

"무슨…… 저는 아직 막내인데요……."

물론 승진을 거듭해 아발론으로 향한다면 기쁜 일이었다. 하지만 뭔가 께름칙하다. 보통 궁 이동 순서는 황비궁, 황자궁, 제1황자궁, 황후궁, 황제궁이었다.

'그런데 황후궁을 뛰어넘고 바로 아발론으로 간다고?'

나는 이동 신청을 하지 않았다. 아니, 애초에 이동 신청을 할 수 있는 주제도 아니거니와 아네모네궁의 공로를 인정받았다고 해서 순서를 무시하고 바로 아발론에 들어갈 순 없었다. 당황한 얼굴로 휘장을 쥐고 있자 총괄 요리사는 말했다.

"본주방의 결정이니 넌 지금 바로 아발론으로 향해라."

"하지만ー!"

"어서."

총괄 요리사는 주변을 둘러보며 말했다. 황태자궁의 대부분은 아발론으로 가기 위해 밤낮없이 점수를 쌓고 있었다. 그런데 들어온 지 한 달도 안 된 내가 아발론으로 간다고 하니 시선이 곱지 않았다.

'내가 프렌시프 영애라서 내색조차 못 하는구나.'

나는 고개를 수그리며 휘장을 꽉 쥐었다.

"네."

제1황자궁에서 짐을 챙겨 아발론으로 향했다. 그러느라 점심시간이 훌쩍 지났다. 아발론 요리사들의 휴게실에선 투덜거리는 목소리가 흘러나왔다.

"말도 안 돼! 어떻게 이럴 수 있느냐고! 왜 프렌시프가 아발론으로 이동한 건데!"

"프렌시프 영애님이 제1황자궁에서 썩고 있으니 관리급 속이 안 편하겠지."

"빌어먹을! 쥐새끼가 물을 다 흐려 놓고 있어."

"이런 일이 벌어질지 예상 못 했던 건 아니잖아."

"하지만 이상하지 않아? 재작년에 금좌 11석의 후계가 주방에 왔을 땐…… 물론 제풀에 나가떨어졌지만, 이 정도로 대우해 주진 않았잖아."

"그냥 금좌 11석도 아니고 두 자리나 차지한 프렌시프다. 황가에 견주는 가문이라면 그놈과 비교 불가지."

"이래서 금수저들이란."

쯧쯧, 혀 차는 소리가 싸늘했다. 그때였다. 내 등 뒤로 다가온 사내가 문을 벌컥 열며 고함을 내질렀다.

"네 이놈들!"

"수, 수셰프!"

수셰프라면…….

'로열 셰프인 고프레도 님의 최측근 이랬던가.'

그가 내 눈치를 과하게 보며 요리사들을 힐난했다.

"할 짓 없이 남의 흉이나 볼 생각이면 이 궁에서 썩 꺼져! 네놈들 아니라도 대체할 자는 차고 넘친다!"

"저, 저희는 그런 게 아니라……!"

"영애님이, 아니, 프렌시프가 얼마나 가슴이 아프겠느냐!"

그가 내 손을 덥석 잡으며 야살스레 눈을 접었다.

"안심해라. 이놈들이 그렇게 박정한 건 아니다. 서운한 맘에 말실수를 하긴 했지만 속은 환영하는 맘이 더 커. 저…… 아버지께는 말씀드리지 않을 거지?"

"……."

"응?"

"……아니에요."

그가 헤벌쭉 웃으며 내 등을 두드렸다.

"그래, 그래. 사려 깊기도 하지. 참, 칼질은 얼마나 하나? 오늘 저녁에 폐하께 낼 야참을 네가 한 번 만들어 볼래?"

그러자 요리사들이 기겁하여 수셰프를 쳐다봤다.

"수셰프, 야참은 제 순서 —"

"쓥."

그가 입소리를 내며 억울한 표정을 짓고 있는 요리사를 노려봤다. 요리사는 이를 악물며 고개를 수그렸다.

"자, 따라와라. 아! 짐을 풀어야지. 얼른 풀고 주방으로 와."

수셰프가 휴게실을 나섰다. 남은 요리사들은 나를 노려보다가 나와 시선이 마주치자 고개를 돌리며 방을 빠져 나갔다. 마지막으로 남은 사람은 동부 아카데미의 선배인 헤리엇이었다.

'선배도 아발론 소속이구나.'

그녀는 나를 힐끔 쳐다보며 중얼거렸다.

"너."

"……네?"

"여기 오래 있긴 힘들겠다."

그렇게 중얼거리곤 어깨를 으쓱하며 내 등을 툭툭 치곤 휴게실을 나섰다.


수셰프의 환대는 과했다. 대부분의 시간을 집무실에서 보내는 로열 셰프 고프레도 대신 주방의 지휘를 맡은 그는 무조건 나를 우선했다.

"소스가 좀 단 편…… 이 아니라 훌륭하군, 훌륭해! 이 요리는 폐하의 식탁에 내야겠다!"

"저…… 수셰프."

"오, 그래! 다리 아프지? 쉬고 있어. 선배들 기술은 눈으로 훔쳐야 하는 법이니…… 거기, 너! 주방에 의자를 가져와라!"

요리사들의 시선은 점점 더 차가워졌다. 보통 후배의 지도는 선배가 맡는 편인데 수셰프의 과도한 대접 때문에 나를 가르치려는 사람은 아무도 없었다. 반면에.

"샤를리나, 이 부분은 조금 더 신경을 써야 해. 요리에선……."

"칼질이 서툰 편이네. 안 되겠다. 오늘은 남아서 나와 칼 잡는 법을 연습하자."

"달게 졸이고 싶다고 무작정 설탕만 넣으면 재료의 풍미가 상해. 이럴 때는……."

샤를리나는 선배들의 엄격한 지도를 받으며 성장하고 있었다. 그 후로 며칠, 결국 참지 못하고 수셰프와 맞섰다.

"수셰프님, 이런 특별 취급은 저로선 달갑지 않아요. 감사하지만 이젠……."

나는 그가 부끄럽지 않도록 조그맣게 속삭였지만, 수셰프는 와하하! 웃으며 커다란 목소리로 떠들었다.

"특별 취급? 아…… 남들 눈치가 보여서? 걱정하지 마라. 누가 감히 프렌시프 영애님에게 눈치를 주겠어?"

"그게 아니라—"

"아니면."

수셰프의 목소리가 낮게 가라앉았다. 주방에서 바쁘게 손을 놀리던 요리사들이 날 쳐다봤다. 수셰프는 입꼬리를 히죽 올리며 허리춤을 잡았다.

"내가 너한테 뭐라도 요구할까 봐서? 하하, 무슨."

그러더니 그가 내 귓가에 입을 바짝 붙이고 속삭였다.

"설마 남들 보는 앞에선 그러겠어? 필요한 게 있으면 다음에, 은밀히 전하마."

그에게서 한 걸음 물러나 단호히 말했다.

"전 주방에서 프렌시프의 힘을 이용할 생각도 없고, 요구하는 사람이 있더라도 따르지 않을 거예요. 이곳에서 저는 오직 요리사입니다."

내 말에 수셰프의 얼굴이 대번에 일그러졌다. 그는 기가 막히단 얼굴로 중얼거렸다.

"은혜도 모르는 게……."

"……."

"아, 그래? 하! 아주 의로운 요리사였군!"

수셰프는 쯧, 혀를 차고 주변을 둘러보았다. 나를 향한 요리사들의 시선은 여전히 싸늘했다.

"그럼 혼자서 잘해 보시던가."

그는 "못 해 먹겠네." 중얼거리며 조리모를 던지고 주방을 나섰다. 그 순간, 샤를리나와 눈이 마주쳤다. 그녀의 입꼬리가 요요하게 올라가 있었다.

'설마 네가 이 상황을 만든 거야?'

수셰프를 부추겨서?

샤를리나는 눈썹을 까딱 들어 올리며 다른 요리사를 붙들고 말했다.

"데코레이션이 어려워요. 지도해 주실 수 있을까요?"

"아, 그래. 이쪽으로 와."

나는 에이프런을 꾹 말아 쥐었다.


그 후로 일주일이 지났지만, 나를 지도하려는 요리사는 없었다.

수셰프는 이제 내 요리를 식탁에 내주지 않았고, 나는 할 일 없이 밑 준비만 할 뿐이었다. 식사를 함께할 사람도 없어서 주방에 우두커니 앉아 끼니를 때웠다.

주방 밖에서 웃는 소리가 들려왔다. 식사하러 나갔던 요리사들이 돌아온 모양이었다.

"샤를리나를 구박하지 마세요. 이제 칼질도 제법 늘었습니다."

"아카데미에서 뭘 배워 온 거야? 그래도 간은 기가 막히게 맞추지만."

"과찬이세요."

화기애애하게 들어오던 사람들이 나를 보고 말을 뚝 멈추더니 다시 문을 닫았다. 나는 한숨을 내쉬고 잡고 있던 그릇을 내려놓았다. 순간 통신석이 깜빡깜빡 점멸했다. 떠오른 코드를 본 난 반가움에 얼른 통신을 연결했다.

"교수님!"

[점심시간이지?]

"어떻게 아세요?"

[나도 로열 키친의 요리사였으니까.]

"네, 점심시간이에요."

쟝뤼크는 웃으며 물었다.

[선배들에게 많이 배웠느냐?]

"아……."

나는 움찔해서 침묵하다가 대답했다.

"그럼요! 다들 친절하세요."

[로열 키친에서 성장하려면 주변 사람의 도움이 필요해. 훌륭한 요리사인 그들이 널 돕는다면 입관 전보다 크게 실력이 늘 거다.]

"네……. 열심히 할게요."

[잠깐 성 근처에 갈 일이 있는데 얼굴 볼 짬이 나겠느냐?]

"네!"

나는 몇 마디 얘기를 더 나누다가 통신을 종료했다. 이런 일은 윤세나일 적에도 비일비재했는데 왜인지 그때보다 더 서글픈 것 같았다.


며칠 후, 나와 샤를리나는 재료 창고에서 마주쳤다. 토마토를 매만지던 샤를리나가 빙그레 웃으며 날 보았다.

"요새 힘들지?"

"너와 말 섞고 싶지 않으니까 다물어."

"무섭기도 해라."

그녀는 킥킥 웃으며 바구니에 내가 골라 둔 토마토를 담았다.

"여기서 있어 봐야 넌 천덕꾸러기 취급만 당할 텐데 그냥 네 발로 나서지그래?"

"네가 원한다면 꼭 버텨야겠는걸."

샤를리나가 나를 노려보았다. 나는 그녀의 바구니를 빼앗으며 말했다.

"너야말로 도망치지그래."

"……내가 왜? 가족과 동료들을 두고 내가 어째서 도망쳐야 하는데?"

나는 바구니를 끌어안은 채 쵸, 그러니까 샤를리나가 가지고 있던 마원을 잡았다. 캥—! 날카로운 목울음에 놀란 샤를리나가 주춤, 뒷걸음질 쳤다.

　"쵸, 아니, 미오라가 너를 노리고 있거든."

　"……너."

　"샤를리나."

　나는 그녀에게 다가가서 속삭였다.

　"내가 지금 널 참아 주고 있어. 당장 쵸에게 네 목덜미를 물어뜯으라고 명하지 않는 건 너와 네 동료들을 뿌리째 뽑아 버리기 위해서야."

　샤를리나는 부들부들 떨다가 획! 등을 돌리고 성큼성큼 걸었다. 주방 문의 손잡이를 잡은 그녀가 중얼거렸다.

　"아, 그래? 그럼 더 열심히 참아 봐. 아무도 널 지도해 주지 않고, 만인이 널 싫어하는 이곳에서."

　그녀가 문을 활짝 열었을 때였다. 문틈 사이로 익숙한 얼굴이 보였다. 여기 있어서는 안 될 사람이 입고 있는 조리복은…….

　'로열 키친의 조리복이잖아.'

　샤를리나가 미간을 좁히며 나를 보는 남자를 쳐다봤다.

　"당신은 누구기에 본주방에……."

　남자가 테이블을 탕, 내리치며 말했다.

　"루크 쟝. 네 녀석들의 까마득한 선배인 내가 폐하의 명으로 너희들을 지도하기 위해 본주방에 다시 왔으니—"

　그는 샤를리나의 이마를 꾹 누르며 말했다.

"앞으로 기대들 해라."

말도 안 돼! 어떻게 스승님이 이곳에……!


요리사들의 반응은 극과 극으로 나뉘었다. 쟝뤼크 밑에서 일했던 자들은 "죽었다……." 중얼거리며 난색을 표했고, 그의 위명만 알고 있는 자들은 설렘을 금치 못했다. 샤를리나 또한 그의 이름은 알고 있는 표정이었다. 눈빛에 잠시 낭패감이 어렸지만, 이내 화사하게 웃었다.

"대선배님을 만나 뵙게 되어 영광입니다. 다만……."

그녀는 당혹스러운 얼굴의 수셰프를 힐끔 쳐다보았다.

"아발론에서 셰프님의 역할은 무엇인지요. 말씀처럼 지도를 위해 오셨다면 잠시 머물다 가시는 건가요."

그러자 수셰프와 쟝뤼크 휘하에서 일한 적 있는 요리사들의 표정이 일순 밝아졌다. 쟝뤼크는 뻔뻔한 표정으로 목을 주물렀다.

"아니."

"그럼……?"

"수셰프로 아발론 주방을 진두지휘하게 될 것이다."

말도 안 돼! 나 외에도 곳곳에서 기함이 터져 나왔다.

"루크 님이 수셰프로?!"

"수셰프를 할 경력이 아니잖아!"

"아발론의 주방에선 수셰프가 총괄하는 일이 많지만…… 그래도 이건……."

"그래, 고프레도 님과 사연이 깊으신데."

"사연?"

"라이벌이었잖아. 아니, 원수에 가까울까. 원수도 그런 원수가 없을 정도로."

듣자 하니 현 로열 셰프 고프레도와 쟝뤼크 사이엔 깊은 골이 있는 모양이었다. 본래 수셰프가 쟝뤼크에게 뛰어갔다.

"그게 무슨―! 이 주방의 수셰프는 접니다!"

"그런데."

"그런데, 라니……!"

수셰프는 한동안 소리치며 분개하다가 로열 셰프 고프레도의 집무실로 뛰쳐 갔다.

"뭣들 해."

쟝뤼크가 뻔뻔한 얼굴로 요리사들을 쳐다봤다. 요리사들은 어리둥절하여 "예……?" 되물었는데, 나는 쟝뤼크의 말이 떨어지기 무섭게 허둥지둥 자리에 가서 식칼을 들었다. 왜냐하면―

"안 움직이냔 말이다, 이 굼벵이 같은 놈들!"

이렇게 호통이 시작되거든…….

"이건 수프를 만들려고 한 거지? 난 도무지 볶음 요리로는 보이지 않는데. 안 그래?!"

"로열 키친?! 로―열 키친?! 개소리! 삼류 나부랭이들이 잘도 왕궁의 휘장을 달았구나!"

"정신 빠진 놈! 지금까지 뭘 배운 거야!"

"오오, 귀한 재료로 쓰레기를 만들었구나! 아주 대단해!"

로열 키친, 그것도 아발론의 요리사들은 언제나 위풍당당했다.

미식의 나라 길라게온에서 평생 천재 소리를 듣고 자라서 당당히 영광스러운 자리를 차지한 그들은 실패라는 것을 몰랐다. 그러니까 지금 이 순간까지는 말이다.

"이걸 요리라고 만들었어 — ?!"

그들도 깐깐한 쟝뤼크를 넘어설 순 없었다. 점심 타임이 끝났을 땐 모두 혼이 빠져서 패잔병의 몰골로 나뒹굴었다. 끙끙 신음하던 선배 요리사가 울컥 소리쳤다.

"루크 쟝인지, 개잡놈인지 난 못 참아!"

"그래! 천재였던 것도 다 옛날 일이지. 결국은 고프레도 님께 패배했으면서 무슨……!"

"가서 항의하자고. 저 작자가 아발론의 물을 흐리는 건 두고 보지 못하겠으니까!"

원래 수세프가 씩 웃으며 흥분하는 요리사들을 쳐다봤다. 그때, 시종장이 주방 휴게실을 찾았다. 수세프가 헐레벌떡 그의 앞으로 뛰어가 허리를 굽혔다.

"아, 아니, 시종장께서 여긴 무슨 일로 — !"

"황제 폐하께서 자네들의 공을 치하하셨네."

"예?"

"오늘 요리는 유난히 훌륭했다더군. 다들 고생 많았어. 소정의 포상금이 나올 예정이니 자네는 점심에 힘쓴 요리사들의 명단을 재정부에 넘기게나."

시종장이 인자하게 웃자 수세프와 요리사들의 표정이 거무죽죽해졌다.

'스승님의 성질머리와 실력은 비례한다고요…….'

오죽했으면 쟝뤼크만큼 성격 더럽고 야비한 동부 아카데미의 전대 교감이 그를 쫓아내지 못했겠는가. 나는 휴식 시간을 틈타 쟝뤼크를 찾았다.

"스승님!"

복도 끝에서 보이는 그에게 달려가자 쟝뤼크가 고개를 돌렸다.

"무슨 일이냐?"

"제가 드릴 말씀이에요. 어떻게 오신 거예요? 스승님이 정말로 아발론에서 일하시는 건가요?"

"그래."

"하지만……."

스승님 자존심에 라이벌 밑에서 수셰프로 일하신다고?

그의 본명을 알게 된 후, 나는 종종 로열 키친에서의 생활을 들었다. 그때마다 빠지지 않고 나온 이름이 '망할 쓰레기'였다.

'로열 셰프이신 고프레도 님을 엄청나게 싫어하시는데…….'

아마 과거에 황궁을 나선 것도 고프레도 밑에서 일할 수 없기 때문일 거다. 쟝뤼크가 나를 빤히 보다가 내 이마를 손가락으로 퉁겼다. 딱! 소리가 나게 얻어맞은 나는 "으앙앙!" 소리치며 이마를 문질렀다.

"아파요, 스승님!"

"내겐 팔푼이들에게 기죽는 제자는 없다."

그가 인상을 쓰며 나를 노려보았다.

"내 제자는 어때야 한다고 했어!"

"최고여야 한다고……."

"그래, 저깟 놈들 다 씹어 먹어 버려라."

내가 요리사들과 잘 어울리지 못한다는 걸 알고 계셨던 걸까. 나는 그를 빤히 보다가 이내 히히 웃으며 고개를 끄덕였다.

"네."

쟝뤼크는 내 머리를 쓰다듬고 픽 웃었다.

*　　*　　*

세니아나와 헤어진 후 쟝뤼크가 향한 곳은 황자궁의 뒤뜰이었다.

"저하."

도미니크가 고개를 돌리고 표정 없는 얼굴로 입을 열었다.

"영애는 어떻습니까."

"말씀대로 아발론의 요리사들에게 도태되는 중이었던 듯합니다. 예상하신 것과 같이 기묘한 부분이 있더군요."

쟝뤼크를 성으로 불러들인 건 도미니크였다. 세니아나가 바쁜 관계로 만나진 못하지만, 그녀의 주변은 항상 살피고 있었다. 아탈란의 끄나풀들이 프렌시프의 시야 밖에서 그녀에게 어떤 수작을 걸어올지 모르므로.

쟝뤼크는 낮은 목소리로 이어 말했다.

"아발론의 수셰프는 물욕을 전혀 모르는 인물은 아니나, 내색할 만큼 아둔한 인사는 아닙니다."

"그렇다면?"

"프렌시프의 위상에 기대고 싶었다면 이처럼 천박하게 세니아나를 챙기려 들지 않았을 겁니다."

"샤를리나 카렌듈라의 농간대로 놀아나 준 것이겠지."

어린애들 따돌림 같은 얕은수는 분명 샤를리나의 머릿속에서 나왔을 터였다. 쟝뤼크는 실소를 흘렸다.

"따로 방법이 없었겠지요. 이번에도 과한 수로 세니아나를 저격한다면 프렌시프에서 가만있지 않았을 테니."

큰 분란을 야기하는 것보다 세니아나를 흔들어 제 발로 황궁을 나서게 하려던 것이다. 도미니크가 고개를 가볍게 끄덕이며 말했다.

"이토록 영애를 황궁 밖으로 내몰려는 데엔 분명 이유가 있을 겁니다."

"그렇겠지요."

두 남자의 시선이 날카로웠다.

\* \* \*

그 후 며칠간 수셰프가 황당하다는 얼굴로 로열 셰프를 찾아갔지만, 로열 셰프 고프레도는 별말이 없었다.

'황제가 직접 윤허한 일을 가타부타할 순 없겠지.'

쟝뤼크는 펄펄 날아다녔다. 어느 정도냐면, 아카데미에서의 지옥 훈련 동안 그가 어쩌면 자비로웠을지도 모른다는 생각이 들 정도였다.

"이 쓰레기!"

"쓰레기!"

"쓰레기들!"

하루에도 수십 번씩 그의 고함을 듣다 보면 귀가 멍멍해졌다. 그는 요리사들을 하나하나 돌려 가며 구박하면서 지도했는데, 그날 걸리는 요리사는 눈물을 폭포처럼 쏟았다.

"미치고 팔짝 뛸 수밖에 없는 건 루크 쟝이 시키는 대로 하면 실력이 는다는 거야!"

"아으윽!"

"그 실력에 성격까지 좋으면 다들 얼마나 편할 거냐고!"

그리고 오늘은 샤를리나의 차례였다. 주방은 어제와 사뭇 다른 분위기였다. 요리사들은 제 차례가 언제 올까 두려워하는 모습이 아니었다. 쟝뤼크 또한 달랐다. 아카데미에서도 그의 이런 표정은 본 적 없었다.

"너는 대체 로열 키친에 어떻게 들어왔지."

"……다시 만들겠습니다."

쟝뤼크가 고르지 못하고 삐뚤빼뚤 각양각색의 크기로 잘린 무를 하나 들어 올렸다. 싸늘한 얼굴로 무 조각을 보다가 옆에 죽처럼 뭉근해진 시금치로 시선을 옮긴다.

"허."

그의 잇새에서 기가 찬다는 실소가 흘러나왔다.

"로열 키친은커녕 아카데미도 졸업 못 할 실력으로 어떻게 아발론에 남아 있느냐고 물었어."

"오늘은 컨디션이 좋지 않아서……."

"컨디션?"

그가 도각도각 자른 무와 시금치를 쓰레기통에 처넣으며 소리쳤다.

"어제도 컨디션이 안 좋아서 손질하라던 복어를 다른 요리사에게 떠넘겼나!"

우레 같은 고함이 터져 나왔다. 쟝뤼크는 샤를리나 앞에 새 도마를 던지듯 내려놓고 생무를 올려놓았다.

"채 썰어."

샤를리나가 새빨갛게 달아오른 얼굴로 식칼을 잡았다.

"얼씨구."

"……."

"허."

"……."

요리사들이 술렁거렸다.

"저 정도로 실력이 형편없다고?"

"칼질에 능숙하지 않은 건 알고 있었지만, 저건 심하잖아."

"저 녀석, 장난치는 거 아니야? 아발론에 막 들어왔을 적엔 재료를 썰어 두라고 하면 기가 막히게 다듬어 놨잖아."

나는 샤를리나의 벌벌 떨리는 손을 주목했다.

'그렇구나.'

지금까지 포털을 이용해서 요리하는 척했던 거다. 누군가 사람들의 시선을 잠시 돌리는 사이 이미 잘린 재료를 포털을 통해 옮겨 온 게 틀림없다.

'그렇다면 황궁 마법사 중에도 아탈란의 졸개가 있다는 소리야.'

결계에 걸리지 않도록 손을 쓴 자가 있을 테니까. 그리고 당연히 다른 요리사들의 시선을 차단한 그녀의 끄나풀이 이 주방에 있다는 소리.

'주방에 있는 아탈란의 사람은 누구지?'

얼마 지나지 않아서 나는 그의 정체를 알 수 있었다.

"이제 그만하십시오!"

수셰프가 벌건 얼굴로 샤를리나의 역성을 들었다.

'역시 수셰프였구나.'

지금껏 다른 요리사들이 얼마를 당하든 나서지 않던 수셰프가 눈을 까뒤집고 쟝뤼크와 맞섰다.

"주방 분위기가 이따위인데 신입이 어떻게 실력을 발휘할 수 있겠습니까!"

쟝뤼크는 입매를 비틀곤 나를 쳐다봤다.

"세니아나."

"네……"

"이리 와서 네가 마저 썰어라."

나는 우물쭈물하다가 도마로 다가갔다. 그리고 눈치를 보며 식칼을 잡았다. 탕, 탕, 탕, 탕. 나는 경쾌한 소리와 함께 무를 썰었다. 누군가 "시원하네." 하고 중얼거리다가 수셰프의 살기등등한 눈빛을 받고 입을 다물었다. 쟝뤼크는 가지런하게 일정한 크기로 썰린 내 무와 샤를리나의 무를 들어 보이며 말했다.

"똑같은 신입이지. 안 그런가?"

"프렌시프는 배포가 좋은……."

"개소리 집어치워. 아무리 상황에 휘둘리는 놈도 이따위로 칼질을 하진 않아."

수셰프가 입술을 꽉 베어 물었을 때였다.

"그만들 하지."

낯선 목소리가 주방에 울려 퍼졌다. 나는 흠칫 놀라 막 주방에 들어온 남자를 쳐다봤다.

'로열 셰프 고프레도!'

검은 타이를 매고 새카만 머리를 뒤로 쓸어넘겨 고정한 그가 성큼성큼 걸어왔다.

"루크, 자네는 여전하군. 주방 분위기를 해치는 데엔 당할 자가 없어."

"어디 자네만큼 변함이 없을까. 여전히 요리보단 쓸데없는 곳에 관심이 많군."

고프레도는 픽 실소를 흘렸다. 눈빛이 북풍한설보다 더 싸늘했다.

"애꿎은 막내는 그만 괴롭히고, 저녁 준비에나 힘써."

"로열 키친에 뇌물을 먹이고 들어온 미꾸라지라면 애꿎은 게 아니지."

"뇌물을 먹여?"

"네가 받아먹은 것처럼 펄쩍 뛰기는."

스승님…….

그가 여상한 표정으로 고프레도의 성질을 벅벅 긁었다.

"샤를리나의 자질은 심사관 모두가 인정한 것이다."

"그 심사관들을 유심히 살피게나. 다들 재물에 눈 벌건 쓰레기일 테니."

"샤를리나는 특별한 자질을 가진 아이지. 간을 보는 능력에 있어선 너나 나 또한 능가하는 천재다."

쟝뤼크가 껄껄 웃으며 샤를리나가 썬 무를 들어 올렸다. 미처 다 자르지 못해 주르륵, 이어진 그것을.

"이따위로 재료를 낭비하는 녀석이 수석이고 세니아나가 차석? 말이 되는 소리를 해!"

대번에 표정이 바뀐 그가 소리쳤다. 고프레도는 헛웃음을 흘리며 고개를 끄덕였다.

"여전히 오만한 자존심이군. 네 제자가 수석이 되지 못한 데에 앙심을 품었나?!"

"고프레도! 네놈도 요리사라면 이제 헛짓거리는 이제 그만……!"

고프레도가 쟝뤼크의 휘장을 거칠게 떼어 내고 타이를 끌어내려 짓밟았다.

"더는 못 봐주겠군."

"네놈……!"

"내게 불복하고자 한다면 나와 같은 위치에 서. 패배자가 떠드는 말 따위 들을 생각 없으니까."

그러곤 수셰프를 바라보며 말했다.

"징계위원회를 소집해라. 저자가 내 주방에서 물 흐리는 꼴은 더 두고 보지 못하겠으니―"

그때였다.

"뭣들 하는 짓입니까!"

황제의 시종장이 희게 질린 얼굴로 달려왔다.

"그대들의 고함이 폐하의 후원에까지 넘어왔습니다!"

고프레도는 표정을 가다듬고 고개를 수그렸다.

"오만한 휘하의 요리를 벌하고 있었습니다. 송구합니다, 서둘러 정리할 터이니―"

"뇌물을 받아 처먹은 쓰레기를 발고하려던 중이었습니다."

쟝뤼크가 그의 말을 끊으며 애기하자 고프레의 얼굴이 한순간에 살벌해졌다.

"루크 쟝! 얼마나 더 오만하게 굴어야겠는가!"

"요리사의 본분을 잊은 당신이야말로 정신 차려!"

시종장 뒤로 껄껄 웃는 소리가 들려왔다.

"아주 개판이로군."

"폐하!"

화들짝 놀란 요리사들과 굳어진 고프레도, 그리고 쟝뤼크가 한쪽 무릎을 굽혔다. 황제는 유쾌한 듯 그들을 둘러보다가 시종장에게 가벼운 어투로 말했다.

"미친 두 놈을 다 옥사에 가둬라."

"폐하!"

"천지 분간 못 하는 놈들은 곤죽을 내야지, 안 그런가?"

으아아! 나는 발을 동동 구르며 산뜻한 표정으로 명한 황제와 병사들에게 손짓하는 시종장을 쳐다봤다. 그리고 고프레도와 쟝뤼크는 정말로 병사들의 손에 끌려갔다.

'못살아, 정말!'

나와 샤를리나는 희게 질려서 병사들을 쫓아갔다.


"못살아, 정말!"

나는 쟝뤼크를 흘기며 소리쳤다.

"성질 죽이시라고 그만큼 말씀드렸으면 좀─"

"커흠!"

그가 민망한 듯 고개를 돌렸다.

"이 꼴이 뭐예요! 스승님이 옥사에 끌려가신 게 벌써 두 번째란 말이에요!"

"그, 뭐, 크흠! 스승에게 그리 대들어서야……!"

"상관에게 대드는 스승도 있는데요, 뭘!"

그는 민망한 듯 콜록! 기침하며 시선을 허공에 돌렸다. 그때였다. 옥사 안으로 낮은 구두 소리가 들려왔다.

"저하!"

도미니크가 쯧, 혀를 차며 쟝뤼크를 쳐다봤다.

"영애를 지키라고 불러 놨더니, 수습 못 할 사고를 쳤군."

으르렁, 위협하는 것 같은 시선에 쟝뤼크는 꿀 먹은 벙어리가 되어 고개를 수그렸다. 나는 "저를 지키라고요?" 하고 말했다.

"말이 헛나왔습니다."

"……?"

"이제 어쩌실 겁니까. 폐하께선 소란을 가장 싫어하시니 쉽게 풀어 주시진 않을 텐데요."

쟝뤼크가 뻔뻔한 표정으로 허공을 바라보았다.

'방책도 없이 사고를 쳤구나!'

나는 씩씩거리다가 어휴, 한숨을 내쉬었다.

"어쩔 수 없지요."

"그러하시다면……?"

"뇌물을 먹이는 수밖에."

내가 결기 어린 눈으로 중얼거리자 도미니크와 쟝뤼크는 기가 막힌 얼굴로 날 쳐다봤다.

*　　*　　*

"어찌합니까, 성녀님."

수셰프의 말에 샤를리나는 칫, 혀를 찼다.

"빌어먹을 놈들!"

노골적인 욕설을 뱉은 그녀가 분하다는 듯 발을 굴렀다. 세니아나를 몰아붙여 스스로 성을 나서게 하는 건 실패했다.

'왜 갑자기 루크 쟝이 튀어나온 거야!'

선대 로열 셰프의 제자, 불세출의 천재. 요리를 맛본 자들은 신분 고하를 막론하고 금은보화를 짊어지고 바짓가랑이를 붙든다는 길라게온의 대표 요리사. 그가 세니아나 프렌시프를 비호하는 이상 그녀를 주방에서 몰아내는 건 무리였다.

"이 와중에 고프레도까지 잡혀가고……. 되는 일이 없어!"

샤를리나가 고성을 내지르자 수셰프는 거무죽죽한 얼굴로 입을 열었다.

"루크 쟝 쪽은 시간에 구애받지 않겠지만 우리는 다릅니다. 이대로 구금이 지속되면 성식을 제국 전역에 퍼뜨리는 건……!"

"누가 그걸 몰라?!"

손톱을 까득까득 물어뜯던 샤를리나는 신경질적으로 머리를 쓸어올렸다.

'고프레도가 없으면 우리 계획은 물거품이 된다. 그는 위대한 성전의 주축이야.'

카렌듈라 후작에게 도움을 청해야 할까. 하지만…….

때마침 수셰프가 그녀를 닦달했다.

"지금 당장 2월(카렌듈라 후작)에게 연락하셔야 합니다."

"하지만 황제가…….."

"예?"

"고작 주방이 소란스러운 거로 로열 셰프를 구금까지 한 이유가 뭐겠어. 내궁의 기강을 잡으려고 한 걸지도 몰라."

"그건……."

"내 생각이 맞을 거야. 올 한 해 내궁에서 이런저런 사건이 많았잖아. 황후와 황비 세력은 각각 미카엘 황자와 황태자를 등에 업고 다퉜어."

"궁인들의 대부분이 양 파로 갈라졌지요."

"황제의 권위를 잊지 말라는 훈계라면, 여기서 카렌듈라 후작을 이용해 그를 압박하는 건 위험해."

수셰프가 고개를 크게 끄덕이고 "과연!" 하고 소리쳤다.

"물론 황제를 구슬리려고 하는 것도 어리석은 일이지."

"하면 어찌합니까."

"자존심이 상한다고 광고를 하시니 맞춰 드려야지. 눈물로 읍소하는 수밖에."

그녀는 씩 웃으며 창밖으로 보이는 황제의 집무실을 바라보았다.


샤를리나는 즉시 수셰프와 함께 아발론의 요리사들을 이끌고 대전 앞에서 무릎을 굽혔다.

"폐하, 셰프님을 용서해 주십시오."

"자비를 베풀어 주십시오!"

"폐하!"

"폐하!"

벌써 두 시간째. 무릎을 굽힌 채 절절매는 요리사들을 보고 궁인들의 안색이 변했다. 황제가 다른 사람도 아니고 로열 셰프를 구금했다는 건 그의 심기가 몹시 불편하다는 뜻. 잘못 걸리면 제 자리도 위태로울 수 있을 거라는 생각에 모두 숨소리조차 제대로 낼 수 없었다.

귀족들까지 마른 침을 삼키자 샤를리나는 남몰래 웃음을 삼켰다.

'귀찮은 일이지만, 이만하면 황제도…….'

그러한 찰나에 또각, 또각, 구두 소리와 함께 드레스를 곱게 차려입은 세니아나가 등장했다. 요리사들은 귀족 영애의 모습으로 대전을 찾은 그녀를 보고 미간을 좁혔다.

"너, 로열 셰프께서 구금된 상황에 뭐 하는……!"

세니아나는 아무렇지 않은 표정으로 복도에 세워진 괘종시계를 가리켰다.

"저는 오늘 오전 근무만 있어서."

샤를리나가 기가 차다는 듯 실소를 흘렸다.

'저게 돌았구나.'

일부러 반감이라도 사려는 거야?

그렇지 않아도 요리사들은 신분 때문에 차별받는다고 느껴서 세니아나에게 감정이 좋지 않은 상태였다. 반면에 자신은 저 계집애와 다르게 로열 셰프를 구명하자고 앞장서며, 귀족 영애의 몸으로 두 시간째 찬 바닥에 꿇어앉아 있었다. 여론이 어디로 움직일지는 빤한 일이었다.

'멍청하기는.'

샤를리나가 입매를 비틀자, 세니아나도 생긋 웃고는 사뿐사뿐 대전으로 들어갔다. 열린 문을 통해 세니아나가 황제에게 무언가 전달하는 모습이 보였다.

"저거 대체 무슨 수작을……."

"이 상황에서 뭐 하는 거야. 제 스승도 옥사에 갇혔는데!"

황제는 세니아나가 내려놓은 상자를 보며 "호오." 탄성을 흘렸다.

"내게 주는 선물이라?"

"예, 폐하."

"궁인이 사사롭게 궁주에게 선물을?"

"궁인의 선물이 아니라 프렌시프의 딸이 폐하께 드리는 선물이에요."

황제가 껄껄 웃으며 상자를 매만졌다.

"프렌시프 영애가 내게 무슨 선물을 가져왔는지 볼까."

그의 손에 의해 상자가 열렸다. 황제는 상자 속 내용물을 보자마자 딱딱하게 굳어져서 세니아나를 쳐다봤다.

"이건……!"

"보그입니다, 폐하."

그것도 정제되지 않은 보그. 상자에 든 것만으로 황궁의 모두가 일 년은 넉넉히 쓸 양이었다. 얼떨떨한 표정을 짓고 있는 황제를 보고 세니아나는 생글생글 미소지었다.

이건 엘트라의 왕자, 트리스탄이 준 보그의 극히 일부였다. 저보다 족히 열 배가 넘는 보그가 저택에서 잠자고 있으니 아까울 것도 없다.

"이런 것을 대가 없이 바치겠다고?"

"폐하께선 만백성의 어버이시니, 자식인 제가 아버님께 귀한 것을 바치는 건 당연하지요."

"뇌물이냐?"

"기부, 혹은 충심이랍니다."

현재는 이 나라의 모두가 전력석 수급에 허덕이고 있다. 세니아나가 엘트라에서 보그를 가져오기 전까진 이 나라의 전력석은 사비에르가 독점하고 있었다. 하지만 사비에르는 코앞에 멸문이 닥친데다가, 유통마저 난항을 겪는 중이었다.

이제 사비에르엔 포털이 없으므로 제국 전역에 전력석을 고르게 나누는 데에 막대한 금액이 들었다. 때문에 전력석의 값이 천정부지로 솟고, 사재기가 횡행했다. 그러니 황제에게도 보그는 엄청난 가치의 보물이었다. 멍하니 보그를 보고 있던 황제는 으하하, 유쾌한 웃음을 터뜨렸다.

"과연 충성스러운 프렌시프의 딸이다!"

"마음에 드신다니 기쁩니다."

세니아나의 모습을 보고 있던 궁인들이 할 말을 잃었다. 어버버거리는 것은 요리사들도 마찬가지였다.

"저게 말로만 듣던 보그……."

"엄청난 양이잖아! 정제하면 보그 하나당 전력석 일만 개의 가치가 있다면서."

"그런 걸 저렇게 대뜸……!"

프렌시프의 부는 익히 들었지만, 이만큼 대단할 줄이야. 요리사들은 혀를 내두르며 세니아나와 황제를 지켜보았다. 세니아나는 앙큼한 표정으로 고개를 숙였다.

"그럼 폐하, 저는 이만 돌아가 보겠습니다."

"아니지, 아니지. 충성스러운 백성을 그냥 보낼 수야 없지."

황제는 시종장에게 손짓하며 말했다.

"가서 차를 내오너라."

세니아나는 황급히 손을 내저었다.

"아닙니다, 폐하!"

"바쁜 일이라도 있느냐."

"그게 아니라……."

그녀가 침울한 체 손가락을 꼼지락거렸다.

"스승께서 옥사에 갇혀 계신데 저만 호사를 누리는 건……."

"흐음."

"충심이 앞서 폐하를 찾아뵙긴 하지만, 지금 바로 신전에 들러서 스승님을 위한 기도를 올릴 생각입니다."

황제는 입꼬리를 씩 올렸다.

'이것 봐라.'

깜찍하게 구는 것이 보기에 나쁘지 않았다. 황제는 모른 척 고개를 끄덕였다.

"그렇지, 영애가 루크의 제자라고 했었지. 스승을 향하는 마음이 갸륵하구나."

"예, 폐하."

"그러고 보니 짐이 억지를 부려 그를 데려왔는데, 챙겨 주지도 못하였군."

그가 은근한 눈길로 세니아나를 쳐다봤다.

"루크는, 그러니까, 몸이……?"

"약하시지요! 오래 옥사에 갇혀 계시면 혼절하실지도 몰라요."

요리사들은 기함했다.

'거짓말!'

몸이 약한 사람이 그렇게 호통을 치고 펄펄 날아다닌단 말인가! 하지만 황제와 세니아나는 눈빛을 주고받으며 장단을 맞췄다.

죄인은 곧 풀려났다. 두 사람의 죄인 중 쟝뤼크만.

　요리사들이 아무리 애원해도 황제는 고프레도를 풀어 주지 않았다. 주방 관리에 소홀했으니 총책임자인 그가 책임을 져야 한다는 구실이었다. 결국, 요리사들은 물러날 수밖에 없었다. 휴게실에 모인 요리사들은 퉁퉁 부은 다리를 주무르며 이야기를 나누었다.

　"아무리 빌어도 소용이 없더라니까."

　"있을 리가요. 감히 폐하의 심기를 어지럽혔다고 우리까지 잡혀가지 않은 게 다행이지."

　"하지만 이대로 볼 수는 없잖아."

　"차라리 프렌시프처럼 뇌물이라도 바쳤어야……."

　"그만한 금액이면 뇌물이라고도 못 하지. 국가 예산급 뇌물이 어디에 있겠느냐고."

　요리사들은 혀를 내둘렀다.

　"으, 삭신이야. 무릎 꿇는 것보다 뇌물이 더 가치가 있는데 괜한 고생을 했어."

　"카렌듈라도 그렇지. 프렌시프만큼 대단한 가문이라면 그 애처럼 뭐라도 바쳤어야 하는 게 아니냐고."

　"싸게 해결 보려고 했던 거지."

　문밖에서 요리사들의 낄낄거리는 소리를 듣고 있던 샤를리나가 주먹을 꽉 움켜쥐었다. 함께 있던 수셰프는 불편한 얼굴로 그녀를 쳐다봤다.

　"저…… 성녀님. 그, 카렌듈라 후작에게 말씀하셔서서 우리도 뭐

든 바치는 게…… 아니면 성녀님께서 대사제께 받은 재물 중에서라
도……."

샤를리나가 매섭게 노려보자 수셰프는 헛기침을 했다.

"도리가 없지 않습니까……. 내일 당장 월례 회의가 열릴 텐데 그
곳에서 '그 일'을 마무리 지어야지요."

"……."

"아니면 우린 또 몇 달을—"

"시끄러워!"

날카로운 고함에 휴게실 안 요리사들이 웅성이기 시작했다.

"뭐야, 무슨 일이야?"

"카렌듈라의 목소리 아닌가."

"나가 보자고."

수셰프가 당황한 사이 샤를리나는 그의 어깨를 밀치며 걸음을
재촉했다. 황궁 복도에 어둠이 짙게 드리웠다. 희미한 불빛이 일렁
이며 샤를리나의 그림자가 짙어졌다가 흐려졌다. 입술을 짓씹으며
걷던 그녀가 중얼거렸다.

"황제는 대체 무슨—!"

그때, 코너를 돌아오던 인영과 마주쳤다.

"세니아나……!"

"퇴궁할 시각 아니야?"

"너야말로 왜 아직 황궁에 남아 있어. 꼴 보기 싫으니 썩 꺼져."

세니아나는 어깨를 으쓱하며 아무렇지 않게 그녀를 지나쳤다.
샤를리나의 잇새에서 으득, 소리가 새어 나왔다.

"네가 이겼다고 생각하지 마. 그따위 천박한 수라면 역풍 맞기 십상이니까."

"천박한 수?"

"뇌물 같은 게 어디까지 통할 줄 아는 거야? 내일이라도 귀족들이 들고일어나면—"

세니아나가 빙글빙글 웃으며 그녀를 돌아보았다.

"누가 들고 일어나?"

"카렌듈라 후작이 가만있지 않을……!"

"바보, 폐하께서 왜 스승님을 불러들이셨는지 아직도 모르겠어?"

"뭐?"

황제가 쟝뤼크를 불러들인 건 비단 요리 때문만이 아니었다.

'더 큰 이유는 고프레도를 견제할 세력을 만들려는 거야.'

과거, 황제는 올리비에 폐공작의 역모로 크게 진노했다. 때문에 올리비에와 엮인 자들은 남녀노소, 신분 고하를 막론하고 핍박받았다.

고프레도는 올리비에의 저택에서 일한 바 있는 데다, 그의 추천서를 받고 로열 키친 권외 시험을 본 사람이니 설 자리가 없는 것이 당연했다. 그런 고프레도를 지원하여 지금의 자리에 오르게 한 것이 카렌듈라 후작. 그러한 이유로 고프레도는 카렌듈라에 충성했다.

"폐하의 목적은 고프레도와 악연인 쟝뤼크를 끌어들여서 황위 다툼에 더 큰불을 지피려는 거야."

황위 쟁탈전이 뜨거워질수록 황권은 공고해질 테니까.

샤를리나가 발작하듯 소리쳤다.

"말도 안 돼! 황제는 황태자를 버렸어."

"지금은 아니지."

"……!"

"그런데 네가 카렌듈라 후작을 들쑤셔서 폐하가 뇌물을 받았다고 압박하면 어떻게 될까?"

"그건……!"

"완전히 미카엘을 황제의 눈 밖에 나게 하려거든 그러든가."

세니아나는 희게 질린 샤를리나를 보고 생긋 웃었다.

"잘해 봐."

그 말을 끝으로 세니아나는 복도를 벗어났다.

"영악한 계집애!"

샤를리나가 타이를 내던지며 울부짖었다.

*　　　*　　　*

마차 앞에서 날 기다리던 쟝뤼크는 겸연쩍은 얼굴로 헛기침을 했다.

"……오늘은 고생 많았다."

나는 허리춤에 손을 얹고 그를 흘겨보았다.

"대책도 없이 사고 치시면 어떡해요. 용돈을 엄한 곳에 썼잖아요!"

"……용돈?"

"네!"

"용돈이라고…… 그만한 양의 보그가……?"

"아빠랑 할아버지가 용돈 하라고 하셨는데요?"

"……이래서 금수저란."

쟝뤼크는 질린다는 얼굴로 어깨를 부르르 떨었다.

"아무튼, 가세요."

"어디를?"

"저희 집이죠."

"싫어!"

나는 도망치려는 쟝뤼크는 붙잡았다.

"오늘 일로 아탈란에서 약이 바짝 올랐을 거라고요. 무슨 짓을 할지 몰라요. 저희 집에 계시는 게 제일 안전해요."

"그, 그렇지만……!"

나는 그의 등을 탁탁 밀며 "들어가세요." 하고 말했다. 마차에 있는 내내 쟝뤼크는 몹시 불안한 얼굴이었다. 내려서 가족들을 보고는 그답지 않게 마른침만 꿀떡꿀떡 삼켰다. 할아버지가 눈을 가늘게 뜨며 쟝뤼크를 쳐다봤다.

"저택에서 머물게 해 달라고?"

"네, 위험해서요."

쟝뤼크가 "아, 아니……! 나는 괜—!" 하고 버럭 소리를 쳐서 며칠간 주방에서 지옥 훈련을 받은 난 움찔하고 몸을 움츠렸다. 할아버지가 "호……." 하고는 쟝뤼크 주변을 느리게 걸으며 말했다.

"그간 내 손녀에게 아주 잘 해 준 모양이군?"

"그, 그게 아니라……."

"잘 왔네. 며칠이든 머무르게나."

"아, 아님, 아닙니—"

"술은 좋아하나?"

"아니요!"

그가 새파랗게 질려서 소리쳐서 나는 고개를 갸우뚱했다.

'술 좋아하시는데?'

아카데미 연구실에도 각종 술을 모아 놓고, 때때로 홀짝이곤 했다. 할아버지가 그의 어깨에 팔을 걸치며 음산하게 말했다.

"그럼 이제부터라도 좋아해 보도록 해."

"그, 그 말씀은……."

"자, 내 서재로 가지."

쟝뤼크는 할아버지에게 끌려가면서 "세, 세, 세, 세니아나!" 하며 절규하듯 소리쳤다.

# 18장

저택에 돌아온 나는 아빠를 찾았다. 집무실에서 가신과 이야기를 나누던 그가 날 보고 서류를 내려놓았다.

"나가 봐라."

"예."

가신이 나가고서 난 쪼그려 앉아 아빠의 책상 위로 빼꼼 고개를 들었다. 그는 그런 내가 귀엽다는 듯 머리를 쓰다듬었다.

"무슨 일이냐."

"아빠, 폐하한테 예쁨받으려면 어떻게 해야 해요?"

"······뭐?"

아빠는 일순 당황하여 몸을 일으키곤 내 손을 끌고 소파로 이끌었다.

"무슨 소리냐, 네가 왜 황제의 눈치를 본단 말이야."

탐탁지 않은 목소리에 나는 "그게……." 하고 눈을 데구르르 굴렸다.

"으음, 권력자의 애정은 받아 둘 만한 것 같아서요."

"오늘 네가 보그를 가져간 것과 관련된 일이냐."

우와, 벌써 상황을 파악하고 계셨구나. 프렌시프의 정보력은 생각보다 더 훌륭한 모양이었다. 나는 고개를 가볍게 끄덕였다.

"폐하의 의중에 따라서 흔들리는 것보다, 폐하를 흔드는 쪽이 우리 목적 달성에 유리하다는 걸 알았어요."

아빠의 표정이 묘하게 변했다. 그는 나를 빤히 보다가 이내 웃음을 터뜨렸다.

"나를 닮은 구석을 이런 데서 발견하니 좋아해야 할지 싫어해야 할지 모르겠구나."

"안 될까요……?"

"전혀."

그는 다리를 꼬고 소파 팔걸이를 검지로 툭, 툭 두드렸다.

"너는 하필이면 내 딸로 태어나, 하필이면 막강한 힘을 소유하고 있지."

"좋은 일 아닌가요?"

"가까이 보면 그렇겠지만, 멀리 보면 꼭 그렇지만은 않아."

"그럼……?"

"지금이야 나나 어르신이 있지만, 우리가 죽어 없을 땐 틈을 타 흔들려는 자들이 분명 생기겠지."

"그런 말씀은 싫어요!"

끔찍한 생각에 나는 울상을 짓고 씩씩거렸다. 아빠가 픽 웃으며 내 머리를 쓰다듬었다.

"모든 상황을 가늠해야 한다는 뜻이다. 나와 어르신 사후에 란슬롯과 가웨인이 얼마나 잘해 줄 수 있을지 확신하지 못해."

"……."

"시류를 읽는 법을 알아야 한다. 군림하는 법을 알아야 스스로 지킬 수 있어."

내가 눈을 동그랗게 뜨자 아빠는 쿡쿡 웃으며 내 눈가를 가볍게 문질렀다.

"오늘은 잘했구나."

"오늘요?"

"보그를 가져다준 것 말이다."

"왜요?"

"현재 황제가 가장 필요한 것이 그것이거든. 사람은 원하는 것을 쥐여 주는 이에게 약한 법이지."

그렇다는 건 엘트라와의 거래가 제대로 풀리지 않았다는 소리구나.

'잠깐, 그러면……!'

"아! 뭘 해야 할지 알았어요!"

내가 손뼉을 짝 치며 소리치자 아빠가 빙그레 웃었다.

"과연 내 딸, 영리하기도 하지."

나는 히히, 하고 영악하게 웃었다.

다음 날, 아발론의 주방. 로옐 셰프가 구금되고, 함께 일을 만든 쟝뤼크만 풀려나자 아발론의 요리사 몇은 시위하듯 주방에 나서지 않았다. 그 중엔 수셰프와 샤를리나도 함께였다. 나는 요리를 점검하는 쟝뤼크의 곁으로 다가갔다.

"스승님, 오늘 폐하께 점심 설명은 제가 해도 돼요?"

"흠……. 오늘은 카렌듈라의 차례인데 오지 않았으니, 뭐."

그가 고개를 가볍게 끄덕였다. 나는 오늘 점심으로 통과된 음식을 만든 요리사들에게 설명을 전해 듣고, 트레이를 미는 시종들과 함께 아발론의 대식당으로 향했다.

황제와 함께 앉아 있던 가브리엘라 황비가 빙그레 웃었다. 아름다운 회색 눈이 초승달처럼 휘어졌다. 나는 그녀를 보고 얼굴을 조금 붉혔다.

'가브리엘라 황비님은 정말 예뻐.'

황비 넷은 모두 아름답지만, 가브리엘라 황비는 특유의 분위기가 있었다.

"오, 프렌시프가 아닌가."

황제는 호탕하게 웃으며 날 아는 체했지만, 그것이 전부였다. 난 음식을 설명하며 기회를 엿봤다. 황제는 가브리엘라 황비를 보며 말했다.

"로웨나가 엘트라 사신들을 잘 다독이고 있나?"

"로웨나 황비님은 맡은 바 소임을 훌륭히 해내시고 있습니다. 다만, 사신들이 타국에서 예민하여……."

"홍, 예민은 무슨. 짐이 원하는 것을 쥐었다고 경망을 떠는 게지."

그가 마뜩잖은 듯 쯧, 혀를 차자 가브리엘라 황비는 곤란한 표정이었다.

"왕자는 어찌 지내고 있어?"

그때였다.

"폐하!"

시종장이 다급히 식당 안으로 뛰어 들어왔다.

"무슨 일이냐."

"엘트라의 사신들이 ─!"

황제가 벌떡 일어났을 찰나 익숙한 얼굴의 사신이 어흠, 헛기침을 하며 들어왔다. 그러곤 희게 질린 통역관을 슥─ 바라봤는데, 통역관은 어찌할 바를 모르고 마른침만 꿀떡꿀떡 삼켰다. 황제가 인상을 찌푸리며 짓씹듯 중얼거렸다.

"갈수록 오만불손하군."

감히 독대를 청하지도 않고 들어온 사신을 보고 황제는 몹시 불쾌한 얼굴이었다. 엘트라의 사신은 마치 강대국이 소국에게 하듯 무례했다. 카렌듈라와 그 당파가 보그를 얻어 내기 위해 절절맸기에 본인들이 쥔 것이 얼마나 가치가 있는지 깨달은 모양이었다. 통역관이 어찌할 바를 모르고 발을 구르다가 가까스로 입을 열었다.

"저, 폐하……. 그, 엘트라의 대신관이……."

"대신관이!"

황제가 버럭 소리치자 통역관은 우물쭈물하다가 말했다.

"엘트라의 신을 모시는 제단을 설치하고 싶답니다……."

"뭐라!"

제국은 타라 신을 모신으로, 단일교를 이루었다.

'으음, 역사 시간에 배웠던 것 같아.'

왕이 종교를 받아들이는 이유는 민심을 융합하기 위해서였다. 타국의 종교를 핍박하는 이유도 민심의 분열을 막으려는 것이다. 아무리 엘트라의 신관이라고 해도 타국에서, 그것도 황궁에 다른 종교의 제단을 설치하는 건 몹시 무례한 일이었다.

"말도 안 되는 소리! 짐을 우롱하려는 것이냐!"

황제가 버럭 소리치자 통역관으로부터 말을 전달받은 사신이 팔짱을 끼며 무어라 말했다.

"저자가 지금 뭐라는 게야!"

"……."

"짐이 묻지 않느냐!"

"그게…… 수락하지 않는다면 엘트라로 돌아가겠다고……."

어느새 다른 사신들도 들어와 황제를 압박했다.

'아, 이때다!'

나는 타이밍을 잡고 황제를 바라보았다.

"저, 폐하……."

그가 붉어진 얼굴로 나를 쳐다봤다.

"괜찮으시다면 제가 신관들에게 한마디 올려도 될까요?"

황제는 미간을 좁혔지만, 가브리엘라 황비가 "영애는 엘트라의 왕자와 막역한 사이라 들었습니다. 맡겨 보시는 게 어떨까요?" 하며 내 편을 들었다.

"……그리해."

난 허리를 굽히고 엘트라 사신들 앞에 나섰다.

"어떻게 돌아가시려고요?"

역관이 통역하자 사신들은 뻔한 것을 묻는다는 얼굴로 흥, 콧방귀를 뀌었다.

"당연히 왔던 길을 통해서라고…… 하십니다."

"무엇을 통해서 오셨지요?"

역관의 말에 사신들이 어리둥절한 표정을 지었다.

[카렌듈라의 포털을 통해서 오지 않았소!]

[카렌듈라의 성녀가 우리를 데려온 것을 모르시오?]

역관은 통역했고, 나는 생글생글 웃었다.

"이제 그 길은 쓸 수 없습니다."

[뭐라고?]

"카렌듈라의 성녀는 이제 포털을 열 수 없다고 말씀드렸습니다."

[그게 무슨 말도 안 되는 소리요!]

"못 믿으시겠으면 확인해 보시든가."

내 표정이 변하자 사신들은 우왕좌왕했다. 그리고 난 쐐기를 박았다.

"이제 엘트라로 돌아갈 수 있는 방법은 오직 제가 길을 열어드리는 것뿐인데, 저는 이 나라의 백성이니 황제 폐하의 자식이나 마찬가지."

[무, 무슨…….]

"어느 딸이 부친께 무례한 작자들에게 호의를 베푼단 말입니까!"

황제와 황비, 그리고 제국의 궁인들이 다들 눈을 동그랗게 뜨고 날 주목했다.

[말도 안 돼!]

[이런 무례가 어디에 있소! 당신들이 필요해 불러왔으면서, 이제 돌려보내지 않겠다니!]

[여신의 권속이 우리를 협박하고 있는 게 아닙니까!]

　사신들이 당황한 얼굴로 무어라 소리쳤다. 사신단의 대표인 흰머리의 사내가 앞으로 나와 나를 쳐다봤다.

　"여신의 권속이 어찌 사사로운 일에 개입한단 말입니까."

　제국어를 알아?

　'그런데도 굳이 모국어로 통역관을 통해 대화했단 말이지.'

　처음부터 기 싸움을 할 요량이었던 거다. 보그를 내놓을 생각이 없었던 거야.

　"제가 왜 여신의 권속이지요?"

　"그야, 신이 내린 힘을 쥐고 있으니……!"

　"저를 여신의 권속이라 규정한 것은 엘트라지, 제가 아닙니다."

　"그렇다면 여신의 권속이라 믿고 베풀던 것을 거두는 수밖에요. 우리는 이제 프렌시프와 보그를 거래하지 않겠습니다."

　나는 생긋 웃었다.

　"그러세요."

　"뭐, 뭐라고?! 이 나라에선 보그가 필요하지 않소!"

　"그럼 저는 더 확실히 여러분께 매정할 수 있겠군요."

　"여신의 권속!"

'멀린!'

내가 속으로 멀린의 이름을 외치기 무섭게 황궁이 크게 흔들렸다. 쿠구궁—! 바닥과 벽이 빠르게 진동하자 사신들은 겁먹은 얼굴로 나를 바라봤다.

[그만, 그만!]

[그만두시오!]

유약한 자는 부들부들 떨며 주저앉기까지 했다. 대신관이 거무죽죽한 얼굴로 황제를 쳐다봤다.

"사신에게 무례한 백성을 그냥 두실 겁니까?"

황제는 히죽 웃었다.

"영애는 그냥 백성이 아니라서."

"폐하! 무도한 계집입니다! 당장 잡아들여 고신하셔야—"

"어허!"

황제가 크게 일갈했다.

"영애는 짐의 보물이오!"

한순간에 황제의 보물이 된 난 조금 어리둥절해졌다. 하지만 아무렇지 않은 척 사신들을 바라보았다.

"배로 가시는 방법도 있습니다."

"그 먼 곳을 어찌……! 우리가 다 죽는 꼴을 봐야겠소!"

"마음이 아프지만 어쩔 수 없지요. 저는 '아버님'께 효를 다해야 하니까요."

사신들의 총책임자는 이를 악물었지만, 대꾸하지 못하고 끄응, 신음을 흘렸다. 난 생긋 웃었다.

"무례했던 것을 인정하시고 폐하께 사과하시겠지요?"

"……."

"네?"

그는 주먹을 꾹 움켜쥐었다. 하지만 이내 황제에게 고개를 푹 수그렸다.

"신심이 깊어 폐하께 과한 결례를 저질렀습니다."

"흐으음……."

"부디 자비를 베풀어 주십시오, 폐하."

나는 앙큼하게 "어찌할까요, 폐하?" 하고 물었고 황제는 껄껄 웃으며 인자하게 대답했다.

"이리 사과를 하니 아량을 베풀어 볼까."

"과연 성군이십니다, 폐하. 황은이 하늘과 같습니다."

내가 고개를 숙이자 식당 안의 모든 제국민이 무릎을 굽히고 삼창했다.

"황은이 하늘과 같습니다!"

"황은이 하늘과 같습니다!"

사신들은 희게 질린 얼굴로 인사 후, 도망치듯 식당을 빠져나갔다.

\*　　\*　　\*

황제는 몹시 기분이 좋았다. 앓던 이가 빠진 것처럼 속이 시원하고, 어깨가 으쓱으쓱 솟았다. 그는 예정도 없이 황족들의 만찬을 열었다. 황후가 생글생글 웃으며 말했다.

"오늘은 유난히 유쾌해 보이십니다."

황제는 고기를 썰며 껄껄 웃었다.

"역시 딸이 귀엽지. 그렇지 않은가?"

가브리엘라 황비를 제외한 다른 황비들은 어리둥절한 표정이었다. 황제는 턱을 쓰다듬었다.

"짐의 나이에 새로이 딸을 보기엔 늦었고, 흠……. 아들들은 쓸데가 없는데."

코트니 황비가 눈웃음을 치며 말했다.

"이리 훌륭한 황자를 셋이나 두셨으면서 어찌 그런 말씀을 하십니까~"

"저것들은 징그럽게 크기만 해. 딸처럼 귀엽지가 않다고."

로웨나 황비는 눈치 빠르게 물었다.

"귀여운 아이가 있었습니까?"

"프렌시프 영애 말이야, 참으로 사랑스럽지. 영리하고, 귀여워서 보고 있으면 지루하지가 않네."

으하하 ― 황제가 웃는 소리에 가브리엘라 황비는 손등으로 입을 가린 채 쿡쿡 웃었다. 그러자 황후와 로웨나 황비가 그녀에게 물었다.

"무슨 일이 있었나?"

"사신들과 무슨 일이 있었다더니, 혹……?"

그 말에 가브리엘라 황비는 고개를 가볍게 끄덕였다.

"어찌나 말을 잘하는지, 놀랐습니다. 제 속이 다 시원하여서 상을 내릴까 하였지요."

그러자 황제가 "그렇지!" 하며 테이블을 두드렸다.

"좋은 생각이야. 영애는 무엇이 필요할까. 로웨나가 사이좋으니 영애에게 필요한 것을 알고 있겠지?"

"글쎄요. 부족한 것이 있을까요."

"도미니크, 네가 영애를 오래 보아왔지 않으냐. 가지고 싶다던 건 없나?"

도미니크는 표정 없이 고기를 썰며 말했다.

"모릅니다."

"그러지 말고 생각해 봐. 얼마든, 뭐가 됐든 내 귀여운 딸에게 내릴 것이야."

도미니크는 미간을 좁히며 포크와 나이프를 내려놓았다.

"영애가 어찌 폐하의 딸입니까."

"내 백성이니 내 자식과 다름없지! 흐응, 질투하는 것이냐?"

도미니크는 속으로 혀를 차며 다시 나이프를 들었다.

"그런 말씀 마십시오. 프렌시프에서 들고 일어날 겁니다."

"치사하기는. 그런 딸을 가지려면…… 아, 그래. 며느리로 들이면 되겠군!"

황후와 듣던 중 반가운 소리라는 듯 소리쳤다.

"현명하십니다, 폐하!"

"그래, 그래. 누구와 어울릴꼬."

황제는 세 아들의 얼굴을 돌아보았다.

"황태자는…… 몸이 약하지."

로웨나 황비가 펄쩍 뛰었다.

"뭐가 약합니까! 이제 건강해지셨는데요!"

"그래도. 흠, 그럼 미카엘은……."

황후가 후후, 웃으며 고개를 끄덕였다.

"미카엘과 잘 어울릴 듯하지요? 연배도 비슷하니."

"연배는 다들 비슷하지만…… 사비에르의 딸과 약혼한 경험이 있으니 프렌시프에서 난색을 표하겠군."

"결혼한 것도 아니잖습니까!"

황제는 단호히 고개를 돌렸다.

"도미니크는……."

황제가 턱을 문지르며 도미니크를 빤히 쳐다보았을 때였다.

"그런데 말입니다, 폐하."

한 편에서 뾰루퉁 입술을 우그러뜨리고 있던 코트니 황비가 무언가 떠올랐다는 듯 고개를 갸웃하며 말했다.

"오늘 이상한 소문이 돌던데…… 아십니까?"

"소문?"

"샤를리나 카렌듈라가 포털을 열 수 없다던데요."

황제가 "흐음." 하고 고개를 끄덕였다.

"프렌시프 영애가 사신단에게 한 말이라네. 짐이 직접 들었지."

"사신단을 압박하기 위한 거짓말이었나요?"

"프렌시프 영애는 금세 들통날 거짓말을 할 만큼 아둔한 아이가 아니야."

"아무래도 그렇겠지요. 드러나면 체면이 매우 상하고, 엘트라와의 관계를 돌이킬 수 없을 테니까요. 그렇다면 정말로……."

코트니 황비는 황후를 은근한 눈으로 쳐다봤다. 그녀는 황후에게 감정이 좋지 않았다. 과거 황후의 명을 받고 세니아나에게 매혹 저주를 걸어 미카엘과 이어 주려던 적이 있다. 결국 꼬리가 잡혀서 크게 곤란해졌던 일이었다. 그런데 황후는 제 명 때문에 곤란해진 자신을 도와주지 않았을뿐더러 일을 그르쳤다며 괄시했다.

"황후 폐하께서 말씀해 주셔요. 어떻게 된 일인가요?"

황후는 대꾸하지 못하고 나이프만 꾹 말아 쥐었다. 샤를리나의 포털에 관한 이야기라면 듣자마자 확인하기 위해 친정으로 사람을 보냈다.

'아버님도 모르는 일 같았어.'

저보다 더 길길이 날뛰며 그게 무슨 소리냐고 되묻지 않았던가. 외부에 있는 샤를리나를 찾아 사람을 풀고 있는 듯했으니 이제 곧 소식이 들려올 것이다. 그러나 황후는 시침을 뚝 떼고 아무렇지 않게 와인 잔을 잡았다.

"본궁은 모르는 일일세."

"모르신다니요. 자매의 일이잖아요?"

"내가 그 아이와 남보다 못하다는 걸 모르는가."

"아무리 그래도 포털이에요. 제국의 보물이란 말입니다. 그런 걸 확인도 안 해 보셨다는 건ㅡ"

쾅! 황후가 거칠게 잔을 내려놓자 코트니 황비는 움찔 어깨를 좁혔다.

"어머머, 뭘 그렇게 화를…… 무서워서 여쭙지도 못하겠네요. 그렇지 않나요, 가브리엘라?"

가브리엘라 황비는 어색하게 웃으며 말을 삼켰고, 대신 로웨나 황비가 말했다.

"확실히 이상하지요. 포털이라는 게 그렇게 갑자기 사라질 수 있는 건가요?"

"자네, 무슨 말을 하고 싶은 거야! 내 아버님께서 가짜 성녀를 만들어 황실을 우롱했다고 하고 싶은 건가!"

"그리 생각한 적은 없지만, 정말로 샤를리나 양에게 포털이 사라졌다면 합리적인 의심이긴 하겠네요."

"로웨나!"

"제 말이 틀렸습니까!"

이야기를 듣고 있던 황제가 테이블을 내리치며 소리쳤다.

"그만!"

"……."

"……."

황후와 로웨나 황비가 고개를 수그렸다.

"그 이야기의 진위는 내일 짐이 확인할 터이니 후·비는 말을 아끼시오."

황후가 다급히 "폐하!" 하고 소리쳤으나 황제는 단호히 말했다.

"진정 난데없이 포털이 사라졌다면 이상한 일이지 않소. 모든 가능성을 고려할 수밖에."

황후가 입술을 꽉 짓씹었다.


만찬이 파하고 황후는 아발론을 빠져나왔다. 황후가 급히 걸으며 시녀장에게 소리쳤다.

"아버님께 어서 소식을 전해라! 무슨 수를 써서라도 포털이 건재함을 증명토록 하라고!"

"예."

황후가 신경질적으로 주먹을 말아 쥐었다.

"그 빌어먹을 계집애가 내 아들의 앞날을 망쳐 놓는다면 내 손으로 명줄을 끊어 줄 것이야."

잇새로 새어 나온 목소리가 살벌했다.

\*　　　\*　　　\*

카렌듈라 후작이 아탈란의 대사제를 향해 고함을 내질렀다.

"말이 되는 소리요! 갑자기 포털을 쓸 수 없다니!"

대사제는 하하, 낮게 웃으며 그를 다독였다.

"애석하지만 어쩌겠습니까. 일이 이렇게 되었으니—"

"애석? 애석—! 내가 왜 출신도 모르는 계집애를 딸로 삼아 내 명예를 손수 더럽혔는지 잊으셨소!"

"각하, 그리 흥분하지 마시고 앉아서 이야기하시지요. 마원에 문제가 생겨서 잠시 포털을 열지 못하는 겁니다."

"하면 언제 다시 열 수 있는 거요."

"그건……"

대사제가 침음을 흘리며 신전 한 편에서 희게 질린 낯으로 웅크린 샤를리나를 쳐다보았다. 득달같이 아탈란 신전으로 쫓아온 후작은 샤를리나에게 포털에 관해 묻다가 분을 참지 못하고 뺨을 올려붙였다. 대사제는 헛기침을 하며 말했다.

"시일은 확언하지 못합니다."

"이제 다시는 열지 못할 수도 있단 말이오?!"

"……새로운 마원을 준비 중이니 기다리십시오."

"언제까지! 황제가 내일 당장 황궁으로 들어오라는 전서를 보냈소!"

"각하, 제 말을 들어서 손해 본 일이 있으십니까. 이번에 느낀 불안과 공포는 곱절로 갚아드릴 터이니 그만—"

카렌듈라 후작이 샤를리나에게 성큼성큼 다가가 머리채를 잡았다.

"꺄아악—!"

"너, 말해 봐라."

"무, 무슨 말을……!"

"정말로 포털이 있기는 한 것이냐. 네가 성녀가 맞긴 한 게야?!"

"제, 제가 엘트라의 사신들을 데려오는 걸 보셨잖습니까!"

"아탈란에서 진짜 성녀를 숨겨 두고 가짜를 내밀어 나를 속인 게 아니냐고 묻는 거야!"

날카로운 고성이 신전에 울려 퍼지자 신관들은 곤란한 듯 대사제의 안색을 살폈다.

'빌어먹을.'

대사제는 어찌할 바를 모르고 "대사제님! 보고만 계실 거예요?! 이 자를……!" 하며 울부짖는 샤를리나를 노려보았다.

'저런 멍청한 것을 위대한 계획의 부속품으로 결정하는 것이 아니었는데.'

샤를리나는 '어둠'을 도래시킬 몇 가지 재료 중 하나였다. 샤를리나를 대체할 '재료'를 만들기 위해선 다시 긴 시간을 낭비해야 할 터였다.

"그만하시지요."

대사제가 카렌듈라 후작을 뜯어말리자 후작은 대사제를 노려보며 고함을 내질렀다.

"이 계집애를 도륙하든, 마원을 만들어 내든 뭐라도 해!"

"……."

"내가 평생을 일군 가문이 이깟 계집애 때문에 흔들린다면, 그때는 내 손으로 저년 목을 칠 테니까."

후작은 샤를리나를 내동댕이치듯 머리채를 놓고, 신전을 빠져나갔다.

"2월이 미친 게 분명해요! 어떻게 나를……!"

대사제는 눈물 바람으로 저를 붙잡는 샤를리나를 한심하다는 표정으로 바라보았다.

"정신 빠진 년."

"대사제……. 어, 어떻게 대사제까지 그런 말을!"

"대체 네가 제대로 하는 게 뭐야?!"

"세, 세니아나가 나쁜 거예요. 그 애가 영악하게―!"

그는 샤를리나의 말을 들어 주지 않고 쯧, 혀를 찼다. 신관 하나가 대사제에게 다가갔다.

"이제 어찌합니까. 포털 문제는 수습해야 할 텐데요. 우리로서도 포털이 없으면 일을 진행하기 힘들지 않겠습니까."

인상을 찌푸린 대사제가 신경질적인 어조로 중얼거렸다.

"……모든 달들에게 전해라. 어떻게든 세니아나 프렌시프가 가진 마원을 가져오라고. 빼앗든, 훔치든 뭐라도 해서."

그가 등을 돌리다가 멈칫하고 신관을 바라봤다.

"세니아나 프렌시프의 지척에 있는 1월에게 가장 먼저 내 말을 전해."

"예, 대사제."

신관은 서둘러 나라 각지에 퍼진 아탈란의 끄나풀들에게 연락을 취했다.

*　　*　　*

퇴궁 준비를 하던 중에 통신석이 빠르게 점멸했다. 나는 살짝 탈의실을 빠져나가 인적 드문 곳에서 통신을 받았다.

[세니아나.]

"큰오빠?"

[르마르 공작으로부터 연락이 왔다.]

르마르 공작이라면 아탈란의 '3월'로, 란슬롯 납치 사건에서 우리 편으로 흡수하여 세작으로 부리고 있는 자였다. 나는 다시 한번 주변을 살피고 물었다.

"무슨 연락이었는데요?"

[네게서 마원을 빼앗기 위해 제국에 숨어 있는 아탈란의 수족들이 모두 나설 거라고.]

샤를리나가 포털을 열 수 없다는 걸 황제가 알았으니 조급해진 거구나.

[살수까지 풀었다고 하더군.]

"아마 길목마다 저를 기다리고 있겠군요."

[우리도 암군을 소집했다.]

황궁 앞까지 정규군을 끌고 올 순 없었다. 그건 잘못 엮이게 되면 반역으로 보일 수도 있으니까.

"하지만 황도 근경에 있잖아요?"

[그래, 도착하려면 두 시간쯤 걸리겠지. 그동안 어떻게든 버텨야 해.]

'포털로 저택에 가면 되지만, 황궁을 나서는 데 한 시간 정도 걸려.'

황궁 내에선 포털을 열 수 없다. 황제에게 허가를 받아도 마탑에 명이 전해지고 결계를 해제할 시간이 필요하다.

'무엇보다 허가를 받으려면 명분이 있어야 해.'

아탈란의 일을 전할 수는 없다. 그들이 내가 정체를 알고 있다는 걸 알게 되면 오히려 더욱 거리낄 것 없이 접근하려 할 터. 무엇보다 황제 측에 아탈란의 사람이 없다고 확신할 수 없다. 황제 자신이 아탈란의 세력 중 하나가 아니라는 확신이 없기도 하고.

"어떻게든 두 시간 동안 버텨 볼게요."

[로웨나 황비나 도미니크에게 도움을 청해라. 우리는 지금 바로 황궁으로 출발할 테니까.]

"네."

통신이 종료되고, 나는 얼른 탈의실로 들어갔다. 내가 없는 사이에 아카데미 동문 선배인 헤리엇과 아탈란의 다른 요리사들이 모여 있었다. 다른 요리사들은 나를 보고 떨떠름한 기색으로 수군거렸다. 헤리엇이 그들을 보며 콧방귀를 뀌고는 내게 일부러 말을 붙였다.

"오늘도 후배님 이야기로 떠들썩하던걸. 폐하 앞에서 사신들의 코를 납작하게 해 줬다면서?"

"네, 뭐……."

"가브리엘라 황비님도 너를 귀여워하시는 모양이고."

"감사한 일이지요……."

"오늘 가브리엘라 황비님은 무슨 드레스를 입으셨든?"

그러자 다른 요리사들이 움찔하더니 반짝이는 눈으로 날 쳐다봤다. 헤리엇은 그럴 줄 알았다는 듯 킬킬거렸다.

"워낙 미모가 출중하신 분이잖아. 그분이 입고, 쓴 건 모두 유행하거든."

그러자 다른 선배 요리사들이 하나둘 말을 보탰다.

"가브리엘라 황비님 성향도 한몫하지."

"맞아!"

"황후 폐하나 로웨나 황비님, 코트니 황비님은 우리 같은 사람들은 꿈도 못 꾸는 고가의 옷을 입잖아?"

"하지만 가브리엘라 황비님은 다르시지."

"수더분하시고, 현명하시고, 침착하시고, 지혜로우시고."

"아아, 가브리엘라 황비님은 내 우상이야."

"그럼! 새카만 머리칼은 밤하늘처럼 깊고 우아하고, 제비꽃 같은 보라색 눈동자는……!"

"뭐라고요?"

나는 미간을 좁히며 요리사의 어깨를 잡았다.

"뭐, 뭐야. 왜?"

"보라색 눈동자라고요? 가브리엘라 황비님이요?"

"그래. 자수정 같은 청보라색이잖아?"

"무슨! 회색이잖아요. 도미니크 황자님이나 샤를리나와 같은."

그러자 요리사들이 헛웃음을 터뜨렸다. 헤리엇도 의아한 표정으로 날 쳐다봤다.

"무슨 소리야. 샤를리나의 눈은 녹색이지."

"그래, 황후 폐하와 같은."

뭐라고?

난 굳어져서 말을 잃었다.

'샤를리나의 눈은 분명 회색이야. 가브리엘라 황비님도 마찬가지고.'

가까이서 그들을 자주 본 내가 모를 리 없다. 그때, 헤리엇이 "다 갈아입은 사람은 가라. 서 있을 데가 없다고." 하며 선배 요리사들을 문밖으로 밀어냈다.

"세니아나."

"네?"

"너, 방금 그 회색 어쩌고 한 거 말이야."

"……네."

"아무리 프렌시프 영애라도 그런 말은 조심하는 게 좋겠어. 무엇보다 너는 성녀잖아?"

나는 도미니크의 말을 떠올렸다.

*[잿빛은 부정한 색이죠.]*

눈동자를 가리키며 했던 말. 회색은 아탈란의 세례를 받은 사람의 색이었다!

나는 걸음을 재촉하며 신음했다.

'동부에서 오래 지내서 신경 쓰지 못했어.'

동부는 이민족, 그러니까 아탈란과 관련되었던 소수민족을 가장 많이 받아들인 지역이었다. 선생님, 아니, 엄마가 대륙 전쟁 후 동부로 온 것도 그 이유에서였으니까. 동부 아카데미에도 회색 눈동자가 심심치 않게 보여서 도미니크의 말보다는 배척받는 색이 아닌 모양이라고 여겼다.

'샤를리나는 흑마법으로 사람들에게 눈동자 색을 다르게 인식시킨 거야.'

그런데 나는 어째서 그들의 진짜 눈을 볼 수 있었던 거지? 마원들과 관련된 걸까. 그렇게 생각하던 찰나 나는 도미니크가 있는 제2황자궁에 다다랐다.

"정지, 신분을 확인하겠소."

경비병이 막아서서 난 "아발론의 요리사인 세니아나 프—" 라고 말하려다가 멈칫했다. 경비병이 든 램프로 인해 그 뒤에서 다가오는 자들의 얼굴이 보였다.

'잿빛 눈동자!'

램프를 든 자의 눈은 갈색이었지만, 그와 같은 경비대 차림의 사내들은 모두 회색 눈동자였다. 램프를 든 경비병이 허허 웃었다.

"요리사님이셨군요. 예, 들어가십ㅡ!"

"피해요!"

"컥!"

램프를 든 경비병이 단말마의 비명을 내지르며 주저앉았다. 잿빛 눈동자를 가진 경비대의 칼날에서 피가 뚝, 뚝, 떨어졌다.

"성녀님을 뵙습니다."

히죽 웃는 그들을 보고 나는 뒷걸음질 치다가 황급히 뛰어갔다.

"잡아!"

등 뒤에서 날카로운 목소리가 들려왔다.

'로웨나 황비궁으로 가야 해!'

난 정신 없이 뜀박질했다. 수련하며 체력이 많이 좋아졌지만, 평생 검을 잡아 온 사내들을 완전히 따돌릴 순 없었다. 그들은 나를 인적 드문 곳으로 몰아서 바짝 추격해왔다. 등 뒤로 손끝이 닿을락 말락 한 거리. 난 빽! 소리쳤다.

"살려 주세요!"

이번에 잡히면 정말 어떻게 될지도 몰라. 마원을 빼앗기는 것뿐만이 아니라 또 한 번 인생이 송두리째 갈기갈기 찢어질지도 모른다는 공포가 목을 옥죄었다.

'어떻게 된 거야. 그 많던 경비병이 왜 하나도 보이지 않는 거지?'

황궁 경비대에도 아탈란의 사람이 있는 걸까. 그러한 생각에 닿을 즈음 내 앞에 경비 대장 차림의 중년 사내가 나타났다.

"세니아나 프렌시프."

"경비 대장…… 헉!"

역시 잿빛 눈동자다. 대체 아탈란은 어디까지 손을 뻗친 걸까. 나는 희게 질린 얼굴로 앞뒤를 가로막은 아탈란의 하수인들을 둘러보았다.

"이제 끝났습니다, 성녀님."

"자, 이리로."

"대사제께서 기다리고 계십니다."

경비병 복장의 사내가 나를 향해 손을 뻗었을 때, 난 마원을 잡으며 소리쳤다.

"멀린!"

그들은 내가 성수를 꺼낼 줄 알고 주춤하며 물러섰다. 그리고 난……. 냅다 뛰었다! 숨이 목 끝까지 차고 온몸이 후들후들 떨린다.

'성수를 꺼내야 하는 걸까.'

하지만 그렇게 되면 아탈란이 날 역모를 저지르려 했다고 몰아세울지도 모른다. 그럼 가족들이 ─ ! 머리가 새하얘졌다.

*[세냐야.]*

*[우리 영리한 공주님.]*

선생님의 목소리가 귓가를 아른거렸다. 그때 휙! 누군가 내 손목을 틀어잡았다. 나는 딱딱하게 굳어져서 나를 잡은 여자를 쳐다봤다.

"가브리엘라 황비……."

그녀가 입꼬리를 비죽 올리며 말했다.

"또 다른 이름으로 불러 줬으면 좋겠구나."

"……1월?"

그녀는 쿡쿡 웃으며 가볍게 고개를 끄덕였다.

"그것도 내 이름 중 하나지."

"이거 놔요, 성수를 부를—"

그녀는 내 턱을 단단히 쥔 채 눈을 가늘게 좁혔다.

"어리석은 아이야. 네가 궁지에 몰리면 성수를 불러 내리라는 걸 아탈란이 몰랐을까?"

"……!"

"아탈란은 뭐든 준비하고 있단다."

달빛이 비치었다. 불씨가 사그라지고 남은 재와 같은 눈동자가 달빛에 비치어 날카롭게 빛났다. 경비대장이 숨을 거칠게 몰아쉬며 나타났다. 그러자 가브리엘라 황비는 빙그레 웃으며 내 손을 꽉 잡았다.

"우리에겐 또 다른 이름이 있어."

"아탈란의 하수인?!"

"아니."

경비대장을 쫓아 경비대가 우리를 둘러쌌을 때였다. 경비대장은 단숨에 칼을 뽑아 그들을 제압했다.

"무슨……!"

황비는 내 뺨을 감싸 쥐며 말했다.

"네 이모와 외숙부이기도 하지."

"……뭐라고요?"

"우리가 네 어머니의 친남매라 말하고 있는 거란다."

한순간 나는 주춤했다. 가브리엘라 황비와 경비대장이 선생님의 친남매라고? 선생님이 환히 웃던 얼굴과 가브리엘라 황비의 희미한 미소가 겹쳐졌다.

"그걸 내가 어떻게 믿죠?"

경비대장이 "세니아나─" 하고 불렀지만, 가브리엘라 황비는 그를 향해 고개를 저었다.

"맞아."

"……네?"

"네 의심은 합리적이야. 가족이라는 말에 덥석 믿지 않으니 오히려 안심이지."

난 그녀에게서 물러나 마원을 잡았다.

"성수를 불러들일 수 없다는 게 무슨 뜻이죠?"

"카렌듈라 후작의 일파가 황궁에 들었다. 마탑에선 결계를 점검 중이지."

"그렇다면……."

"네가 지금 성수를 불러들이면 카렌듈라 후작은 마탑에 사람을 심어 두고 황제를 해할 틈을 노리고 있다고 읍소할 거야."

"……프렌시프에서 그렇게 놔두지 않을 거예요."

"그래, 하지만 한시적이라도 네가 옥사에 갇힐 수밖에 없어. 아탈란이 너에게 접근할 만한 절호의 찬스지."

“…….”

“운이 나쁘면 다시 아탈란 신전으로 끌려가 평생을 그곳에서 살다 어둠을 도래시키기 위한 재료로 생을 마감할 거다.”

“…….”

나는 입술을 꾹 깨물었고 황비는 주변을 살피며 말했다.

“어서 가자. 내 궁에 비밀 통로가 있어. 은밀히 성 밖으로 나갈 수 있단다. 아서와 암군에겐 통로 밖에서 기다리고 있으라 전해.”

“그마저 신뢰할 수 없어요.”

“이해해, 하지만 지금은―”

경비대장이 인상을 찌푸리더니 내 쪽으로 다가왔다. 나는 움찔, 어깨를 좁혔고 가브리엘라 황비가 그를 제지하려 했다.

“뭐 하려는 거야, 에단!”

경비대장이 손수건으로 내 입과 코를 틀어막았다. 난 반항했지만, 소용없었다. 어느 순간 시야가 좁아지고 나는 까무룩 정신을 잃고 말았다.

＊　　＊　　＊

쓰러진 세니아나를 보고 가브리엘라는 에단을 노려보았다.

“무슨 짓이야! 아탈란의 약물을 세니아나의 몸에 쓰다니!”

“말씨름할 시간이 있어?”

치맛자락을 꽉 틀어쥐고 있던 가브리엘라 황비가 회중시계를 확인했다. 곧 자정. 이때까지 세니아나를 잡지 못했으니 마탑에 숨겨 둔 아탈란의 마법사들이 동원될 것이다.

"가자."

가브리엘라 황비가 고갯짓하자 에단은 세니아나를 둘러멘 채 소리 없이 움직였다. 가비리엘라 궁에 이른 후엔 세탁물 트레이 안에 세니아나를 숨겨서 통로로 이동했다. 가브리엘라 황비는 고개를 끄덕였고, 시녀로 분장한 에단은 통로 앞에서 쯧, 혀를 찼다.

"조카를 잘 뒀어 고생이군. 내 나이가 벌써 서른 중반이라고."

가브리엘라 황비는 시트를 들추었다. 세상모르고 잠든 세니아나를 보던 그녀의 표정에 그리움이 서렸다.

"우리 어렸을 땐 너를 자주 꾸며 주었는데."

"특히 미아가."

후후, 웃던 가브리엘라 황비가 에단의 머리를 아프지 않게 쥐어박았다.

"미아가 들었으면 뭐라고 할지 알지?"

"뻔하지. '누나라고 부르랬지, 이 콩알만 한 게' 할 거야."

에단이 세니아나의 눈가를 쓰다듬었다.

"처음부터 아서 프렌시프와의 결혼을 반대하지 말 걸 그랬나."

"네 탓이 아니야. 내 탓이지."

에단은 가라앉은 표정의 가브리엘라 황비를 보고 말없이 트레이를 움직였다.

"조심해."

"아서, 그놈에게 연락이나 해 둬."

가브리엘라가 고개를 끄덕이자 에단은 통로를 나섰다. 그녀는 즉시 아서에게 연락했다.

"세니아나는 우리가 데리고 있습니다."

[내 딸을 어떻게 했지?]

"6년 전에 만났던 오두막에서 뵙죠. 에단이 세니아나를 데리고 그리로 가고 있습니다."

[……무사한가.]

"당신을 찢어 죽이고 싶어도 미아의 핏줄에게 손대는 짓은 하지 않아요."

[고맙게 생각한다.]

통신을 종료한 가브리엘라가 회중시계를 다시 꺼냈다. 회중시계 안에 담긴 사진을 보는 눈빛이 흔들렸다. 에단과 자신, 그리고 미아, 또…….

'세실.'

*[넌 언젠가 분명 미아와 관련한 일을 후회하게 될 거야.]*

네 말이 맞았어. 그 순간을 처절하게 후회한다. 사라진 아이를 찾아 울부짖던 미아를 외면한 일을, 세실과 미아의 조언을 듣지 않고 아탈란을 신뢰했던 일을. 미아의 시체를 끌어안고 오열하던 에단을 본 순간부터 지금까지 내내.

가브리엘라 황비가 눈을 꾹 감으며 팔목을 부여잡았다. 팔뚝 안이 검게 녹아들고, 그 틈으로 삿된 액체가 일렁이고 있었다.

"미아, 내가 네 딸을 지킬 수 있도록 도와줘."

내게는 시간이 얼마 남지 않았어.

＊　　　＊　　　＊

"으으."

머리가 아프다. 나는 실눈을 뜨며 이마를 부여잡았다.

"세니아나!"

"막내야!"

가족들이 침대 주변을 에워싸고 나를 불렀다. 주변을 둘러보자 익숙한 풍경이 눈에 들어왔다. 아빠의 방.

난 한숨을 내쉬는 아빠를 보며 물었다.

"……어떻게 된 거예요?"

"네 외숙부가 너를 데리고 왔다."

"경비대장?"

"그래."

정말로 나를 돕기 위해 나타난 걸까. 아니면 내가 그들을 믿게 하려고 술수를 부리고 있는 걸까.

"아빠는 가브리엘라 황비, 아니, 이모가 아탈란의 1월이라는 걸 알고 계셨어요?"

그러자 아빠를 제외한 가족들의 표정이 경악에 물들었다.

"가브리엘라 황비가 아탈란의 1월이라고?"

"이모라는 건 또 무슨 소리야!"

아빠는 고개를 끄덕였다.

"미아에게 형제가 있다는 건 알고 있었다. 미아가 너를 낳았을 때, 잠깐 가브리엘라와 에단이 로브를 뒤집어쓰고 찾아왔었지. 난

뒷모습밖에 보지 못했지만."

"그럼⋯⋯."

"마지막으로 재회한 건 7년 전이야. 자신을 황비로 만들어 달라고 했지."

"그 말을 들어 주셨어요? 어떻게 믿고요?"

"언젠가 돌아올 너를 위해 자리를 잡아 놔야 한다고 간청했으니까."

아빠는 지혜로운 사람이었다. 그런 아빠가 가브리엘라 황비의 말 한마디로 넘어갔을 리 없다. 그런 눈빛으로 아빠를 보니 그는 미간을 찌푸리곤 내 뺨을 가볍게 문질렀다.

"아비인 이상 자식의 이름 앞에선 약자가 될 수밖에."

"그럼⋯⋯."

"네가 돌아온다고 믿을 수만 있다면 황비로 만드는 건 어려운 일이 아니었다."

"⋯⋯."

"당시엔 까닭을 알 수 없었지만, 가브리엘라는 이미 동부 귀족의 양녀가 된 상태였으니까."

그래서 가브리엘라 황비가 '동부'를 대표해서 황비가 된 거구나.

"가브리엘라는 가족에게서 미아를 빼앗아 간 나를 싫어했지만, 이따금 정보를 주었지."

"정보라면⋯⋯."

"적군의 책략, 정보를 넘긴 것이 세니아나 몸에 든 악귀라는 것도."

나는 이불을 꽉 끌어안고 바닥에 시선을 고정했다.

"저는 그 사람들을 완전히 믿을 수 없어요. 엄마가 돌아가셨을 때, 그들은 아탈란의 신전에 있었을 테니까요."

"그건 달라."

"다르다니요?"

"막내인 에단은 성력이 없지만, 가브리엘라는 미아만큼은 아니더라도 성력이 있다."

내가 고개를 끄덕이자 아빠는 한숨과 함께 말을 이었다.

"미아와 음지의 마녀, 그리고 도미니크의 모친인 세실은 우리 군의 골칫덩이었어."

"……도미니크의 어머니요?!"

"그래, 세실은 전쟁 중에 변절하여 제국으로 넘어와 황제와 아이를 낳았고, 미아는 전쟁 종반에 살생에 의미가 없다는 것을 깨달아 자취를 감췄지. 하지만 음지의 마녀는 달랐다."

"음지의 마녀라는 게 가브리엘라 황비를 말하는 건가요?"

"기상천외한 마법을 부리며 세작으로 정보를 취합하고, 검은 안개를 끌어들여 아군끼리 정신을 놓고 싸우게 만드는 골칫덩이인데 아무도 그녀의 얼굴을 몰랐지."

"그래서요?"

"음지의 마녀는 네가 납치되기 전까지도 사람들을 홀리는 포교 활동을 계속했어."

역시 아탈란에 충성하고 있었구나.

내가 굳은 얼굴로 고개를 끄덕이자 아빠가 다시 입을 열었다.

"미아가 죽을 때 가브리엘라와 에단은 대사제의 명으로 타국에 있었다."

"……그럼 아빠는 저를 납치한 게 아탈란의 사람들이라는 걸 알고 계셨군요."

"눈치만 채고 있었을 뿐이지. 증거가 없었으니까."

"제게 가브리엘라 황비의 정체를 알려 주지 않은 것도 —"

"지금은 황비라도 음지의 마녀였다는 게 들통나면 처형대에 세워질 거다."

내가 알면 마음이 아플 테니까 굳이 말하지 않은 거구나.

'또 웬만하면 엮이지 않기를 바란 거야.'

나는 아탈란에서 가장 강력했던 전투 신관인 미아의 딸인 것만으로도 폭탄을 끌어안고 있는 꼴이다. 그런데 이모는 여전히 아탈란에서 활동 중인 음지의 마녀라면 나는 빼도 박도 못 하고 도태될 테니까.

"일단 알겠어요."

나는 고개를 끄덕이고 아빠를 쳐다봤다.

"그런데 —"

그리고 눈에 바짝 힘을 주고 흘겨보았다.

"저도 이제 비밀을 만들 거예요."

흥. 팔짱을 끼고 고개를 돌리자 아빠가 "뭐?" 하고 물었다.

"그런 중요한 것도 안 알려 주시고!"

"그건……."

"됐어요, 미워!"

아빠는 당황해서 움찔하고 내 손을 꽉 잡았다.

"그게 아니라—"

"제 나이가 몇 살이든 저는 아빠에겐 귀여운 딸이고, 어린 애 같다는 걸 알아요. 하지만 이건 정말로 중요한 일이잖아요?"

"……"

"그런 걸 모르고 있었다면 전 오해 때문에 돌이킬 수 없는 일을 했을지도 몰라요."

"……"

"가령 궁지에 몰린 제가 이모와 외숙부를 성수로—"

내가 말을 잇지 못하고 고개를 숙이자 아빠는 내 손에서 조금 힘을 뺐다. 나는 실눈을 뜨고 아빠를 보았다.

"잘못하셨지요?"

"그래……"

"그럼 이번 일은 제게 맡겨 주셔야겠지요?"

"……뭐?"

나는 입꼬리를 씩 끌어당기고 음험하게 웃었다. 우리 선생님이 그러셨다. 뺨 한 대를 맞으면 난 두 대를 때려 주라고. 나는 역사상 가장 강력한 힘을 가진 전투 신관 미아의 딸이며, 내 별명은 건드리지만 않으면 순둥이였다. 건드렸으니까 물어뜯어 줘야지. 잘못 건드렸다는 걸 제대로 보여 주마.


[네가 나에게 연락해 올 줄은 몰랐어.]

아빠의 통신석에서 가브리엘라 황비의 목소리가 들려왔다.

[정신이 든 거니? 에단은 네게 해를 끼치려던 게 아니라—]

"알아요. 저는 제 발로 두 분을 따라가지 않았을 테니, 긴박한 상황에서는 나쁘지 않은 방법이었어요."

통신석에서 가는 실소가 흘러나왔다.

[어쩌면 그렇게 미아를 닮았는지.]

"황비님, 아니, 이모."

[……]

그녀는 한동안 대답이 없었다. 잠시 후 [그, 그래] 하고 들려온 말엔 물기가 배어 있었다. 내게서 '이모'라는 말을 들을 수 있을 줄은 몰랐다는 듯이.

"조카가 부탁이 있어요."

[……뭐지?]

"하면 안 되나요."

[그럴 리가. 무엇이든 해 보렴. 네 이모는 황제의 총애를 받는 황비다. 외가가 친가보다 못할까.]

나는 히죽 웃고 떨떠름한 표정의 할아버지를 쳐다봤다.

"친가보다 못하지. 외가가 무슨—"

쳇, 콧방귀를 뀌던 할아버지가 내 눈치를 보고 커흠, 헛기침했다.

"할아버지랑 둘이서 도와주셔야 하는데요. 그게 뭐냐면……."

내 이야기를 들은 가브리엘라 황비와 할아버지는 펄쩍 뛰었다.

[그건 위험해!]

"위험해!"

난 고개를 단호히 저었다.

"뼈를 치려면 살쯤은 내줘야 하잖아요? 그마저도 별로 내주고 싶진 않지만."

[뼈를 친다라……]

흐음, 신음하던 가브리엘라 황비가 픽 실소를 흘렸다.

[아무래도 미아만 닮은 건 아닌 모양이구나. 계략 쪽은…… 프렌시프의 피를 진하게 물려받은 모양이지?]

난 히히 웃으며 "네!" 하고 대답했다. 그리고 다음 날, 나는 황궁에 구금됐다.

*　　*　　*

카렌듈라 후작이 입꼬리를 올리고 눈을 가늘게 떴다.

"1월이 해낸 모양이군."

대사제도 흘흘 웃으며 고개를 끄덕였다. 경비대장이 증언했다. 세니아나 프렌시프가 황궁에 성수를 풀어 놓았노라고. 이제 세니아나 프렌시프는 꼼짝도 하지 못한 채 황제의 손에 떨어질 것이다. 이틈을 노려 그 애를 아탈란으로 데려오기만 하면 계획의 한 부분은 마무리될 터.

대사제가 카렌듈라 후작을 닦달했다.

"어서 가서 중죄를 물어야 한다 주장하십시오."

"물론이지. 오늘 중으로 마원도 빼앗을 거요."

"샤를리나에겐 아직 전해 주지 마십시오."

"어째서?"

"이 기회에 버릇을 잡아 놔야지요. 그간 제가 너무 어리광을 받아 준 모양입니다."

그는 허허 웃고는 날카로운 눈으로 카렌듈라 후작을 바라보았다.

"버릇을 잡는 건 후작께 일임하겠습니다."

후작이 눈썹을 슥, 들어 올렸다. 저 말은 샤를리나를 카렌듈라에게 바치겠다는 말과 진배없다.

'포털과 관련된 실수를 이렇게 갚으시겠다?'

카렌듈라에겐 나쁠 것 없는 거래였으므로 그는 흡족한 얼굴로 고개를 끄덕였다. 후작은 즉시 당파를 모아 황궁으로 향했다.

"폐하, 프렌시프 영애를 이대로 풀어 줄 수는 없습니다!"

"폐하의 황궁에서 성수를 강림시켰습니다! 무슨 의미일지 아시겠지요!"

황제는 길길이 날뛰는 귀족들을 보고 침음을 흘렸다.

'흐음, 영리한 아이가 웬일로 실수를 했을꼬.'

아니, 실수라기엔 너무 큰 일이다. 그도 내심 불쾌하긴 했다. 세니아나 프렌시프가 역모를 저지르려 했다고 믿는 건 아니나 제 앞마당을 휘저어 놓은 건 사실이니. 그는 마뜩잖은 표정의 나베리우스와 아서를 보다가 손을 올렸다.

"일단 프렌시프 영애의 이야기부터 들어 보지. 데려와라."

그러자 시종장이 경비병에게 눈짓했고, 세니아나는 그들에 의해 끌려 나와 맨바닥에 꿇어 앉혀졌다.

"반역의 증좌입니다!"

"벌을!"

"프렌시프 영애에게 벌을!"

카렌듈라 후작의 일파가 소리치자 황제는 턱을 괸 채로 세니아나에게 물었다.

"무슨 연유로 황궁에 성수를 불러들였느냐."

세니아나는 아무것도 모르는 표정으로 황제를 올려다보았다.

"폐하."

"그래."

"저는 억울합니다."

"뭐라……?"

"저들이 왜 저리 화를 내는지도 모르겠고, 입궁하자마자 끌려온 까닭도 모르겠습니다."

그녀가 한숨을 푹 내쉬며 카렌듈라 후작을 바라보았다.

"대체 무슨 까닭으로 저를 끌고 오라고 명하셨나요?"

카렌듈라 후작이 입매를 비틀며 말했다.

"마탑의 결계를 점검하는 틈에 성수를 불러들이지 않았나."

"성수요?"

세니아나가 고개를 갸웃하며 물었다.

"무슨 성수를 말씀하시는 건가요? 저는 아닌데요?"

"경비대장이 증언하였네! 성수를 보았다고! 거짓말은 그만ㅡ"

"백사자였습니까?"

"뭐?"

세니아나가 슬쩍 입꼬리를 올렸다.

'아닐걸. 성수는 여우였을 테니까.'

세니아나는 황제를 똑바로 직시하며 말했다.

"폐하, 이 나라의 성녀는 저뿐만이 아닙니다."

그녀의 말에 카렌듈라 후작 당파의 귀족들이 펄쩍 뛰며 소리쳤다.

"어제 황궁에 있던 성녀는 프렌시프 영애 하나요!"

"무고한 사람을 끌어들이려 하지 마시오!"

"인정하시오. 반역을 꾀하지 않았소!"

"반역자!"

귀족들이 겁박하듯 사납게 일갈하였으나 세니아나는 태연했다.

"황궁 결계를 점검하는 틈을 타 허가받지 않고 성수를 불러냈기에 반역이라 하시는 게 아닙니까?"

그렇게 말하곤 어리둥절한 표정을 지으며 귀족들을 다시 한번 둘러보았다.

"결계가 해제되었다면 남몰래 포털을 열어 황궁에 들어올 수도 있었을 텐데요."

그러자 프렌시프 측의 귀족들이 이때다 싶어 목소리를 높였다.

"그렇습니다, 폐하!"

"앞뒤 상황을 잴 시간도 없이 프렌시프 영애를 추포한 까닭이 수상합니다!"

"제 발이 저려 사태를 수습하기 위해 죄를 뒤집어씌운 게 아닙니까!"

"맞습니다, 폐하!"

황제는 골치 아픈 표정으로 관자놀이를 꾹 눌렀다.

"목격자들을 데려와라. 성수가 어떤 동물의 형태였는지 확인해야겠다."

시종장은 성수를 목격하였다는 궁인들을 아발론으로 불러들였다.

* * *

"여우였습니다."

"그러니까⋯⋯ 어두워서 잘 보지는 못하였는데 짐승은 맞았고 또⋯⋯ 아, 사자는 아니었습니다."

"여우가 확실합니다."

"사자는⋯⋯ 아니었던 듯합니다."

목격자들이 증언했고, 난 남몰래 히죽 웃었다. 가브리엘라 황비에게 '부탁'을 하고 난 후, 나는 그녀를 통해 쵸를 들여보냈다. 그리고 보란 듯이 여우의 모습으로 궁 안을 활보하게 했다.

아탈란이 경비대에 숨겨 둔 사람뿐만 아니라 일반 궁인들까지 잔뜩 목격하였으니 증언을 조작하긴 힘들 터였다. 마지막 목격자의 증언을 듣고 난 뒤, 황제는 카렌듈라 저로 병사들을 보내 샤를리나를 추포했다.

대전으로 끌려들어 온 샤를리나를 보고 카렌듈라 후작이 딱딱하게 굳어졌다. 황제가 샤를리나를 향해 물었다.

"묻겠다. 그대가 오늘 새벽, 황궁의 결계가 해제된 틈을 타 성수를 소환했는가."

"무, 무슨! 그럴 리 있겠습니까! 폐하, 전 억울합니다!"

샤를리나가 울먹이며 소리치자 황제는 미간을 좁히며 그녀를 쳐다보았다.

"한데 어째서 궁인들이 황궁 안에서 영애의 성수를 목격한 거지?"

"저, 저는…… 저는……."

샤를리나는 당혹스러운 얼굴로 카렌듈라 후작을 쳐다봤다. 이일을 어찌하느냐는 시선에도 후작은 나서지 못했다. 어떤 말도 할수 없을 것이다. 이미 많은 사람이 여우를 목격했으니 아니라고 해봐야 믿어 주지 않을 거다. 그럼 성수를 소환한 건 샤를리나가 될테고, 그렇게 되면 역모죄를 뒤집어쓰게 될 터.

역모는 드러난 즉시 재판 없이 처분이 가능한 죄다. 옥사로 들어가자마자 모진 고문이 샤를리나를 기다리고 있을 것이다. 아탈란이 아무리 저 애를 구하고 싶어도 고문이 끝날 때까지는 불가능하다는 소리다. 물론 운이 좋은 경우에 그렇다는 소리고,

'운이 나쁘면 취조 과정도 없이 목이 떨어질지도 모르지.'

그러니까 저 애의 선택지는 하나뿐이다.

"성수가 없어요, 저는!"

그렇지. 이거 말이야.

장내가 또 한 번 크게 술렁였다. 카렌듈라 후작은 눈을 꽉 감은채로 마른침을 삼켰고, 황제는 대번에 인상을 썼다.

"성수가 없다?"

"그렇습니다, 폐하!"

"일전에 황궁에 소환한 성수는 어찌 되고."

샤를리나는 두 손을 꼭 맞잡더니 "그건…… 그건……!" 하고 중얼거렸다.

"짐이 묻지 않았느냐!"

"서, 성수가 있었던 것은 사실이지만 근래에…… 그러니까……."

샤를리나는 테디가 오물 속에서 여우를 끌어안는 것을 보았으니, 쵸가 내 손에 있다는 것을 알고 있다. 하지만 말할 수 없을 것이다.

'말할 생각이었다면 애초에 쵸를 내게 빼앗겼다고 말했겠지.'

지금 내가 쵸와 테디를 쓰는 것을 자제하는 건 멀린을 제외한 두 마리 성수가 내게 더 있다는 것을 남들이 모르게 하기 위해서이다. 과시하게 되면 주변은 안전해질 것이다. 하지만 황궁이나 다른 귀족들이 내 힘을 두려워하여 나를 어떻게든 잡아 두려 할 테니까.

아탈란은 저들의 '준비'가 끝나지 않은 지금, 내가 성수 셋을 모두 부리고 있다는 게 알려지는 건 피하고 싶을 거다. 샤를리나가 내 손에 쵸가 있다고 밝히는 건 아탈란이 스스로 안전핀을 뽑는 것과 다름없다.

'무엇보다 내게 성수가 셋이나 된다고 밝히게 되면 역모로 엮을 수 없지.'

황제나 귀족들은 그런 힘을 가진 날 처분하려 들지 않을 테니까. 없애는 것보다 구슬려서 쥐고 있는 쪽이 제국의 안녕을 위한 일이 아니던가.

"성수가 없다는 것은 포털을 열 수 없다는 뜻이냐?"

"……."

"카렌듈라 후작!"

황제가 고함을 지르자 사람들의 시선이 후작에게 몰려들었다. 하지만 내 생각대로 그도, 샤를리나도 대답하지 못했다.

"너희들이 없는 능력을 만들어 짐을 우롱하였구나."

샤를리나가 황급히 소리쳤다.

"아닙니다, 폐하! 저는 분명 포털을 열 수 있었습니다. 그러니 엘트라의 사신들을 데려올 수 있었던 게 아닙니까!"

"최악의 경우, 네가 타 대륙의 성녀에게 힘을 빌렸을 수도 있지!"

"그, 그런……! 하, 하면 제가 어떻게 입관 시험 때 화재를 정리했겠습니까!"

"그렇지. 그도 이상하군."

황제가 턱을 쓰다듬으며 말했다.

"화재 또한 네가 꾸며낸 것이 아니냐? 그래, 담뱃불이 화재로 이어지는 시간이 기이하도록 짧았지."

"폐하!"

황제는 진노하여 노성을 내질렀다.

"저 불온한 부녀를 잡아들여라! 짐이 직접 고신할 것이다!"

카렌듈라 후작 측의 귀족들은 황망한 표정이었고, 그 외의 귀족들은 일시에 무릎을 굽혔다.

나는 아빠, 그리고 할아버지와 함께 아발론을 나섰다. 할아버지의 곁으로 귀족들이 급히 따라붙었다.

"카렌듈라에게 금좌 11석의 수장 자격을 빼앗으려면 지금이 적기입니다."

할아버지가 고개를 끄덕이자 아빠가 말했다.

"즉시 우리 측의 금좌와 귀족들을 모두 황도로 불러들여라."

귀족이 허리를 굽히며 헐레벌떡 성을 떠났다. 나는 아빠에게 물었다.

"수장 자격을 빼앗으면 어떻게 돼요?"

"제일 골치 아팠던 것이 귀족 처결권이다. 금좌 11석이 회의를 통해 처결하긴 하지만 수장의 입김이 강력하게 작용하니까."

"그럼 자격을 빼앗게 되면……."

"내전이 아닌 이상 카렌듈라와 아탈란이 우리에게 손을 댈 수 없다는 뜻이다. 무엇보다……."

"아빠나 할아버지가 수장이 되면 우리가 저들을 칠 수도 있다는 소리군요."

"그래."

황후와 미카엘의 지지 기반이 크게 흔들릴 테니, 그 틈을 타서 황태자의 후계위를 공고히 할 수도 있겠다.

"세니아나."

"네, 아빠."

"너는 가서 로웨나 황비를 만나라. 지금 바로 황태자를 아발론에 들여서 황제에게 수장 자격을 거두어들이도록 해."

"아빠와 할아버지는요?"

"우리는 금좌들을 압박해 수장위를 가져올 테니."

나는 고개를 끄덕였다. 우리는 즉시 흩어졌고, 그날 저녁에 반가운 소식을 들었다. 할아버지가 금좌 11석의 수장이 된 것이다.

　　　　*　　　*　　　*

　아탈란의 신전. 쾅! 테이블을 내리친 대사제가 벌떡 일어나 날카롭게 소리쳤다.

　"빌어먹을, 빌어먹을!"

　"대, 대사제, 일단 진정하시고 2월(카렌듈라 후작)과 우리의 성녀를 구할 방도를 내려 주십시오."

　"이 상황에서 어찌 카렌듈라 후작을 구해! 프렌시프에서 기회를 놓칠 듯싶으냐!"

　"그건……."

　"금좌들을 선동해 없는 죄도 뒤집어씌우려 하고 있을 게야. 내전이 아니면 그를 구할 방법이 없어!"

　"하면 성녀님은 어찌합니까."

　대사제가 으득, 이를 갈자 신관은 굳은 얼굴로 말을 이었다.

　"샤를리나는 우리에겐 없어선 안 될 제물입니다. 그 애가 사라지면 또 다른 제물을 만들기 위해 몇 년을 허비해야 할지 아시지 않습니까."

　"……."

　"대사제."

　"가브리엘라 황비에게 연락해라. 우리가 심어 둔 금좌들에게도."

　"어찌 전할까요."

　"카렌듈라 후작을 바치는 한이 있더라도 샤를리나만은 살아서 황궁을 나서야 한다."

"예."

신관이 재빨리 신전을 빠져나가자 대사제는 샤를리나로부터 계속 수신 중인 통신석을 내던졌다. 깡—! 날카로운 파열음과 함께 널브러진 파편을 보던 그가 이를 악물었다.

'세니아나 프렌시프.'

마지막 순간, 울부짖던 미아의 목소리가 귓가에 어른거렸다.

*[다시 돌아올 거다……. 내가 무슨 수를 써서라도…… 내 딸에게*
*인생을, 가족을 돌려줄 테니까…….]*

그때 대사제는 미아를 비웃었다. 돌아와도 상관없다고 여겼다. 세니아나가 돌아올 때면 모든 것이 정리되고, 아탈란의 세상이 도래했을 테니까. 미아는 그런 자신을 보며 뇌까렸다.

*[처절하게 후회할 너를 지옥불 속에서 기다리마.]*

대사제가 주먹을 움켜쥐었다. 이 세계에 돌아온 세니아나 프렌시프를 본 순간, 미약한 불안감이 움텄다. 미아가 평생을 다해 피워낸 그 계집은 미아와 같은 표정, 같은 눈, 너무도 닮은 얼굴이었다. 대륙 전쟁에서 가장 날카롭던 자신의 검이 이제 자신을 향해 겨눠지게 될 거라는 불안감. 대사제는 주먹 쥔 손에 더욱 힘주었다.

'아니, 네 바람은 이뤄지지 않을 것이다.'

아탈란의 화톳불은 꺼지지 않았다. 그는 소매 안에 감춘 또 다른 통신석을 꺼내 연결했다.

[예, 대사제.]

"고프레도, 계획을 시작해라."

[벌써 말입니까? 아직 준비를 다 마치지 않았습니다. 지금 움직이

는 건 위험한……!]

"이제 우리는 물러설 수 없어."

대사제가 깊게 가라앉은 눈으로 읊조렸다.

＊　　　＊　　　＊

저택으로 뛰어들어간 나는 쟝뤼크의 방문을 쾅! 쾅! 두드렸다.

"스승님, 스승님!"

잠들어 있었는지 쟝뤼크는 한동안 대답이 없었다. 내가 몇 번이나 더 문을 내리친 후에야 방문이 열렸다.

"무슨 일이냐."

부스스한 차림의 그를 얼른 끌어당겼다.

"빨리 씻으세요."

"왜."

"황궁에 가야죠."

"난 오늘 휴일이야."

그러더니 "엊그저께 네 조부가 내게 얼마나 술을 먹였는지 오늘도 죽겠어." 하며 끙끙거렸다.

"휴일이어도 얼른 가셔야 해요!"

"대체 무슨 일인데 그러는 거냐."

"로열 셰프가 되셔야죠!"

쟝뤼크는 잠이 확 달아난 사람처럼 인상을 찌푸렸다.

"로열 셰프라니."

"스승님, 고프레도와의 승부에서 정말로 패배하셨나요?"

쟝뤼크가 고개를 돌려 허공을 바라봤다.

'아니겠지.'

그는 성격은 더럽지만, 인정하지 않는 사람은 아니었다. 정말로 패배했다면 고프레도를 그처럼 혐오하진 않았을 것이다.

"고프레도에겐 뒷배가 있고, 스승님에겐 없었죠."

"그런데."

"그래서 억울하게 승부에서 진 거잖아요, 그렇죠?"

"……"

"스승님이 승부를 위해 귀족들에게 알랑방귀를 뀌었을 리는 절대 없으니까."

쟝뤼크가 크흠, 헛기침을 했다.

"그래서 뭐! 내가 나빴다는 게냐!"

"아니요. 나쁜 건 고프레도죠. 비열한 방법으로 로열 셰프가 되었으니까요."

"……그런데?"

"하지만 이젠 달라요. 스승님에게도 뒷배가 있으니까!"

그가 인상을 찌푸리며 물었다.

"뒷배?"

"우리 할아버지가 금좌 11석의 수장이 되었거든요!"

쟝뤼크는 쯧쯧 혀를 차며 고개를 저었다.

"남 밑에서 있는 건 못 버티는 사람이니 언젠 수장이 될 거라고 생각했……."

내가 그를 빤히 바라보고 있자 쟝뤼크는 놀란 표정으로 다시 말을 이었다.

"아니, 그게 아니라 네 할아버지가 금좌 11석의 수장이 된 것과 내가 무슨 상관이란 말이야!"

"로열 키친에서 일이 일어나고 있어요."

"……뭐?"

나는 쟝뤼크의 손목을 잡으며 말했다.

"성식을 들여왔죠. 황족들이 중독되었습니다."

딱딱하게 굳은 쟝뤼크가 날 쳐다봤다.

"황궁에 그런 조미료를 들일 수 있는 건 로열 셰프뿐이야."

"그러니 고프레도가 어떤 것을 준비 중이라는 뜻이겠죠."

"……."

"저를 도와주세요, 스승님. 저는 로열 셰프가 되어야겠어요. 제게 스승님의 제자 자격으로 로열 셰프 시험을 보게 해 주세요!"

쟝뤼크는 잠시 말없이 무언가 고민했다.

"로열 키친에서 즐거우셨죠?"

"……."

"스승님은 즐거우실 때 더 야멸차게 가르치시잖아요. 그렇지 않을 땐 누구보다 게으르다는 걸 전 알아요."

쟝뤼크는 커흠! 헛기침하더니 중얼거렸다.

"뭐, 그, 내가 게으름을 피우는 건 아냐! 그리고 뭐가 재미있다는 거야! 다들 못 봐주겠더니만."

"못 보겠다 싶으면 포기하시잖아요. '너, 너, 너, 나가' 이렇게 말하면서요."

내가 눈을 동그랗게 뜨고 말하니 그는 슥, 눈을 피했다.

"실력 있는 요리사들을 기르는 것, 그들이 성장하는 모습을 보는 것, 훌륭한 재료로 실력을 발휘할 기회를 갖는 것."

"……."

"모두 스승님이 꿈꾸시던 거죠?"

"……."

"제가 이룰 수 있는 자리를 마련해드릴게요."

"너는?"

"네?"

"너는 그 대가로 무엇을 받을 수 있지?"

쟝뤼크의 손목에서 손을 떼고, 조심스럽게 치맛자락을 잡았다. 그를 빤히 바라보던 나는 결기 어린 얼굴로 말했다.

"가족의 평화요."

"……."

"어머니의 복수요."

"……."

"마음껏 요리하고, 꿈을 펼칠 수 있는 세계요."

쟝뤼크와 나의 시선이 허공에서 얽혀들었다. 그는 가만히 나를 쳐다보다가 다시 방으로 들어갔다. 나는 조급해졌다. 카렌듈라 후작에게서 수장 자격을 빼앗고, 후작과 샤를리나를 모두 구금시켰다. 현재 황궁에서는 황제가 직접 두 사람을 대질하고 있었다.

'아탈란은 이제 궁지에 몰렸어.'

그러니까 무슨 짓을 해 올지 모른다. 계획의 중심지인 로열 키친을 틀어쥐어야 그들과의 전쟁에서 고지를 차지할 것이다. 쟝뤼크의 도움이 아니라면 힘든 일이었다. 가족들이 안다면 그를 협박해서라도 로열 셰프로 만들겠지만, 나는 그러고 싶지 않았다.

내가 불안한 얼굴로 방문을 쳐다보고 있자 이십 분쯤 후, 문이 벌컥 열렸다. 씻고 옷을 갈아입은 그가 재킷을 입으며 턱짓했다.

"가자."

나는 활짝 웃고 "네!" 대답했다.


쟝뤼크와 나는 함께 황궁으로 향했다. 마차 안에서 쟝뤼크에게 그간의 일을 설명했다. 그는 기가 막힌다는 투로 헛웃음을 터뜨렸다.

"카렌듈라와 르마르, 사비에르 등의 금좌들이 아탈란에 대거 포섭되었고, 그들 위에 가브리엘라 황비가 있다?"

"……네."

"그 가브리엘라 황비는 네 이모이고, 평생 아탈란의 신관으로 산?"

"맞아요."

"허……."

그는 당혹스러운 표정으로 이마를 쥐었다.

"무슨, 이런 일이……. 제국의 뒤편은 곪을 대로 곪아 있었군. 올리비에 폐공작 사건에까지 아탈란이 연루되어 있다니……."

"그러니까 스승님, 마지막 기회를 드릴게요."

"뭐?"

"멈추려면 지금이에요. 이 이상 저와 관련되면 싫어도 아탈란과 맞서는 수밖에 없어요."

그는 한동안 침묵하다가 칫, 혀를 차고 창밖으로 시선을 돌렸다.

"나는 이미 그들과 엮여 있어."

"……네?"

"내 스승님을 내몬 자는 아무래도 카렌듈라 후작인 듯싶으니까."

'아.'

나와 쟝뤼크는 선대 로열 셰프의 일기장을 읽었고, 그가 억울하게 로열 키친에서 쫓겨났다는 것을 알게 되었다. 성식의 유통을 거절하자 앙심을 품은 카렌듈라 후작이 그에게 누명을 씌운 것이다. 선대 로열 셰프는 바로 항의할 수 있었으나 그러지 않았다. 아탈란에서 제자인 쟝뤼크의 미래를 운운하며 그를 협박한 것이다.

쟝뤼크는 낮은 목소리로 말했다.

"내게 스승은 아버지였고, 형제였으며, 길잡이였다. 그런 그가 나를 볼모로 아탈란에게 협박당했다면 참을 수 없지."

"……."

"그러니까 내가 이번 일에 엮이는 건 너 때문이 아니라 나 때문이라는 거다."

나는 그를 보다가 빙그레 미소지었다. 그러자 그가 미간을 좁히며 물었다.

"왜 그렇게 웃는 게냐."

"스승님은 새침하고 부끄러움을 잘 타시지만, 저를 아주아주 사랑하고 계시지요."

그가 펄쩍 뛰며 "내, 내, 내가 뭘! 눈이 삐었군!" 하고 말했지만 난 그저 히히 웃을 뿐이었다.

다 안다고요. 나 때문에 위험에 처한다고 하면 내가 마음 아파할까 봐 선대 로열 셰프 핑계를 대는 것쯤은.

"제가 지켜드릴 테니까 안심하세요, 스승님!"

쟝뤼크는 호언장담하는 날 보고 픽, 실소를 흘렸다.

*　　*　　*

"황후 폐하, 고정하셔요!"

황후궁의 시녀장은 새빨개진 얼굴로 술잔을 내던지는 황후의 붙잡고 소리쳤다.

"멍청한! 이 멍청한 작자!"

기어코 샤를리나 그 망할 계집애가 사달을 냈다. 다른 사람도 아닌 황제가 직접 샤를리나와 부친을 대질한다는 건 황후의 몰락을 예고한 일과 진배없었다.

"처음부터 감이 좋지 않았어. 그래서 내 그리 그 계집을 들이지 말라 일렀거늘!"

"폐하, 옥체가 상하십니다. 진정하시고……!"

"진정하게 생겼어?! 족히 삼십 년이다. 삼십 년을 준비한 일이 물거품 될지도 모른단 말이야!"

서부의 대표로 황후가 되어 삼십 년 평생 미카엘의 황위 계승을 목표로 살았다. 그 긴 시간 공들인 일이 모래성처럼 와르르 무너지게 생겼는데 미치지 않고 어찌 배기겠는가!

황후가 좀처럼 진정하지 못하자 시녀장은 미카엘 황자를 바라보았다.

"저하, 부디 폐하를."

"두어라."

"……예?"

그는 빙그레 웃으며 황후가 하는 양을 지켜보았다.

"저러다 자진이라도 하면 내가 황제 폐하의 연민이라도 사서 기회를 얻겠지."

"저, 저하!"

시녀장은 망연한 표정으로 마른침을 삼켰다.

'냉정한 사람인 건 알았지만, 모후에게 어찌 저런 말을……'

황후도 오만상을 한 채로 미카엘 황자를 노려보았다.

"하면 어미가 죽어 주랴?"

"하실 수 있다면."

"미카엘!"

그는 등받이에 몸을 깊게 기대며 대수롭지 않은 투로 중얼거렸다.

"연민하지 말라. 기대려 하지 말라. 욕망하라."

"……!"

"모후께서 그렇게 가르치시지 않았습니까."

그는 턱을 괸 채로 눈을 사르르 접으며 달콤하게 이어 말했다.

"황비들을 밀어내기 위해 자식에게 독을 먹이신 분이 아닙니까."

"……."

"황제에게 갸륵하게 보여야 한다고 한겨울에 맨몸으로 아발론 앞에서 기도를 드리게 한 적도 있으셨죠. 그게 제가 여섯 살쯤이었나."

황후는 굳은 얼굴로 아들을 돌아보았다.

"원망하는 것이냐?"

"사실을 말씀드리는 겁니다. 더불어 ─ "

그는 희게 질린 모후를 아무렇지 않은 눈으로 바라보았다.

"그리 키운 아들에게 혈육의 정을 기대하지 마시라는 당부와 함께."

산뜻하게 몸을 일으킨 미카엘이 황후를 향해 고개를 가볍게 숙이고 방을 빠져나갔다. 황후의 눈빛이 가늘게 떨렸다. 시녀장이 그녀를 부축하며 중얼거렸다.

"저…… 폐하, 저하께서 진심으로 하는 말씀은 아닐 것입니다. 그저 속이 타시니……."

"나를 버리겠다는 것이다."

"……예?"

황후는 멍하니 미카엘이 나선 문에 시선을 고정했다.

"나와 아버지를 버리겠다고 말하는 거야."

"그럴 리가요. 모자 사이가 어떻게 갈라지겠어요. 무엇보다 폐하와 각하께선 저하의 가장 든든한 지지 기반이잖습니까."

"미카엘에게 나와 부친 외에 선택지가 없는 것은 아니지."

시녀장은 허탈하다는 듯 웃으며 고개를 저었다.

"황후 폐하께선 4황자 저하의 친모십니다. 저하께서 친모를 버리고 누굴 선택하시겠어요."

"코트니 황비라면 두 팔 벌려 환영할 테지."

코트니는 남부의 황비이지만, 슬하에 자식이 없다. 가장 자질이 뛰어난 황자가 자식이 되겠노라 한다면 거절할 리 없다. 무엇보다 그 애가 코트니에게 간다면 서부 귀족과 확실한 연결 끈이 생길 터였다.

미카엘이 이 상황에서 카렌듈라 후작과 황후를 버린다면, 서부 또한 난파선에서 버티느니 미카엘을 따라 새로운 배에 올라타려 할 테니까.

"코, 코트니 황비는 성정이 천박하고 생각이 짧습니다. 황후 폐하와 비견할 수 있는 양모가 아니죠."

"그렇다면 가브리엘라가 있지."

"상황이 안 좋게 흘러가니 조급해지셔서 해괴한 상상을 하시는 겁니다. 폐하, 그러지 마시고 쉬셔요."

시녀장이 다독였으나 황후는 좀처럼 움직이지 못했다. 불길한 예감이 스멀스멀 올라왔다.

황후의 방 문가에 서 있던 미카엘이 입매를 비틀었다.

"광기가 돈다고 해서 멍청해진 건 아닌 모양이군."

그래도 제 속으로 낳았다고 속내를 훤히 짚으시니.

부관이 "저하, 진심이십니까." 하고 묻자 미카엘은 미소로 대답하곤 걸음을 옮겼다. 모자의 정이 있을 리가. 황후는 한평생 자신의 영달을 위해 산 사람이고, 저 또한 황후의 핏줄이었다. 모자간의 정을 운운하며 다 떨어진 연을 쥐고 있을 생각은 없었다. 애초에 정 같은 게 생길 수 없는 관계였다.

사십 도에 가까운 고열로 사경을 헤맬 때도 황후는 황궁의를 부르지 않았다. 혹여라도 몸이 약한 게 드러나면 황태자처럼 불량품으로 여겨질 것이라면서.

군왕은 누구에게도 기댈 수 없고, 어미에게도 마찬가지라며 머리 한 번 쓰다듬어 준 적 없다. 공을 세우라고 어린 자식을 야만인의 소굴로 밀어 넣은 적도 있다. 원망하진 않으나, 의미 있지도 않은, 그저 협력 관계. 그뿐이었다.

'그러니까 이상하지.'

친모에게도 그러할진대······.

복도 끝에서 마주친 세니아나가 그를 보며 눈을 동그랗게 뜨다가 이내 무릎을 굽혔다.

"황가에 광영 있기를······."

동그란 눈이 움찔거리며 주변을 훑었다. 늘 저렇게 자신만 보면 도망칠 구석을 찾으니 심술이 나는 것이다. 미카엘은 세니아나의 앞을 가로막으며 물었다.

"어딜 가는 길이지?"

그녀가 웅얼거리며 대답했다.

"황제 폐하께······."

"자중하는 게 좋을 텐데. 카렌듈라 후작을 처리하기 위해 기를 쓰는 것으로 보이거든."

"……그래서 불쾌하신가요?"

"내가 불쾌하게 생각하면 하지 않으려고?"

그가 웃으며 묻자 세니아나는 눈을 데구르르 굴리고선 대답했다.

"아뇨."

"정말로 간이 크네. 내가 무슨 짓을 할 줄 알고."

"안 하실 거잖아요."

"……어떻게 확신하지?"

세니아나가 픽 웃으며 말했다.

"저하는 그렇게 나쁜 사람은 아니니까요."

"뭐?"

"거슬린다고 막 죽이는 그런 나쁜 사람은 아니에요."

미카엘은 세니아나를 빤히 바라보았다.

'이러니까 자꾸 건드리고 싶어지지.'

마법처럼 이 순간 간절히 바라는 말만 뱉어내니까. 미카엘이 팔짱을 끼며 장난스레 그녀에게 물었다.

"그럼 나로 해."

"네?"

"나쁜 사람이 아니라면 내가 황위에 올라도 문제가 없잖아?"

"……."

"황태자를 위해 깜찍한 수를 쓰는 건 그만두고 나를 선택하라는 뜻이다."

"……알고 계셨어요?"

"모르는 게 이상하지."

세니아나는 그를 힐끔힐끔 올려다보다가 손가락을 꼼지락거렸다.

"저는 저하가 나쁘지 않다고 했지, 좋은 사람이라곤 안 했는데……."

그 말에 미카엘이 웃음을 터뜨렸다.

"재밌군."

"그럼 저하는 재밌어하시고, 저는 걸으면 안 될까요? 기왕이면 저하를 지나치고 싶은데요."

"내 궁으로 와라."

"……?"

"잘해 줄게."

세니아나는 깜짝 놀란 얼굴로 보다가 "스카우트인가요?" 하고 진지하게 물었다.

"어떻게 보면."

"제 요리가 마음에 드셨어요?"

그녀는 활짝 웃었고, 미카엘은 어이가 없다는 듯이 한쪽 눈을 찌푸렸다.

"……청혼이라고는 생각 못 하는 건가?"

"그건 안 돼요!"

"왜?"

"저는 남자친구가 있…… 그게 아니라, 가족들한테 허락을 받아야 해서요."

"나 정도면 괜찮은 사윗감일 텐데?"

"네, 일단 말씀은 드려볼게요."

"설레하거나 떨려 하는 감정은 없나? 청혼받은 사람의 표정이 아니잖아."

"설레도 되는지 물어볼게요."

"가족들 허락 없인 아무것도 못 하는 건가, 영애는."

미카엘이 짓궂은 얼굴로 묻자 멀리서 익숙한 목소리가 들려왔다.

"제 손녀가 효녀라서!"

나베리우스가 으르렁거리듯 소리치자 곁에서 함께 오던 아서 프렌시프도 굳은 얼굴로 "그렇습니다." 하고 동조했다. 그 뒤로 싸늘하게 웃는 란슬롯 프렌시프와 사납게 인상을 찌푸린 가웨인 프렌시프도 얼핏 보였다. 그들은 얼른 세니아나를 둘러쌌다.

"프렌시프 공주님의 창문을 열려면 돌파해야 할 장애물이 많은 모양입니다."

"그렇습니다, 저하."

란슬롯이 대답했고,

"특히 개소리하는 쓰레기는 주둥이부터 찢습니다."

가웨인이 덧붙였다. 미카엘이 "흐음." 신음하며 눈을 가늘게 떴다.

"프렌시프의 남자들은 혹시 팔불출이라는 단어를 아십니까."

"자주 듣습니다."

아서가 뻔뻔한 표정으로 동의하자 미카엘은 유쾌하다는 듯 웃었다. 그러곤 세니아나의 손을 가볍게 잡았다. 가웨인이 "뭐 하는—!" 하고 소리쳤을 때, 미카엘은 그녀의 손등에 가볍게 입 맞췄다.

"⋯⋯!"

가뜩이나 큰 세니아나의 눈이 더 커다래졌다. 미카엘은 나른한 목소리로 중얼거렸다.

"영애는 설레지 않아도 돼."

"네?"

"내가 영애 몫까지 가슴 떨려 할 테니."

세니아나는 묘한 표정으로 "진짜 이상해." 하고 중얼거렸다.

"맞아, 난 이상한 놈이야."

나베리우스가 "그 손 놓으십시오!" 하고 길길이 날뛰자 미카엘은 손을 놓으며 빙그레 웃었다.

"또 보자. 가능하면 자주."

쿡쿡 웃으며 가는 그의 뒤로 불쾌한 시선이 잔뜩 달라붙었다.

*　　*　　*

나는 자꾸만 내 손을 끌어가서 소매로 벅벅 비비는 가웨인을 보며 한숨을 내쉬었다.

"손등 다 까지겠어요."

"다음부터 저 새끼가 개수작을 부리면 뺨을 날리라고."

"황자인데요?"

"알 게 뭐야!"

난 '이 사람 좀 보래요' 하는 눈으로 할아버지를 쳐다봤고, 할아버지는 아주 단호히 고개를 끄덕였다.

"정강이를 차도 돼. 그쯤은 내가 수습해 줄 테니."

아무래도 이상한 사람은 미카엘만이 아닌 것 같다……. 난 고개를 절레절레 저으며 걷다가 "아!" 하고 가족들을 돌아보았다.

"카렌듈라 후작은요?"

"곧 처리될 거다."

"네."

"이제부터 어떻게 하려는 거냐."

"일단 첫 번째는 로열 셰프 자리를 교체하려고요. 아, 아빠가 황제 폐하께 언질해 주실래요?"

"아탈란에서 가만히 있지 않을 텐데. 가브리엘라가 널 위한다고 해서 아탈란을 완전히 놓은 건 아니다."

"……."

"그녀는 날 혐오하지. 미아의 죽음에 일조한 게 나라고 생각하니까."

"알고 있어요."

"이제 카렌듈라 후작이 사라질 테니, 그 자리를 메꾸기 위해 가브리엘라 황비가 전면에 나설 거다."

"아빠."

"그래."

"아빠가 우려하시는 게 뭔지 알고 있어요. 좋든 싫든 가브리엘라 황비는 제 이모이고, 그녀가 완벽히 제 편이 되지 않는다면 전 이모와 맞서게 되겠지요."

가족들은 날 지그시 바라봤고, 난 생긋 웃었다. 창밖으로 가브리엘라 황비의 궁 첨탑이 보였다. 나는 어떤 표정도 짓지 않은 얼굴로 그것을 보다가 읊조렸다.

"제게 생각이 있어요."

얄팍하지만, 오히려 그래서 아주 잘 먹힐지도 모르는 계획이 말이다.

아빠와 할아버지는 내 대신 로열 셰프에 관한 말을 황제에게 전하러 갔고, 난 가브리엘라 황비의 궁을 찾았다. 외숙부인 경비대장 에단도 황비궁에 있어서 난 그를 향해 고개를 숙였다.

"안녕하세요?"

"뭐야, 네가 왜……."

그는 당황한 얼굴로 주변을 살피더니 내 손목을 끌어당겼다.

"어째서 여기에 온 거야. 우리 관계를 생각하면 더 은밀하게 움직여야 하는ㅡ"

"이렇게 보니까 선생님, 아니, 엄마랑 닮았네."

"……뭐?"

"코랑 입이랑."

"……."

"황비님은 엄마랑 눈이 똑같은데."

"무슨……."

"가요. 저 황비님과 경비대장님께 드릴 말씀이 있어요."

그는 당황한 표정을 짓더니 이내 헛기침을 하고 날 비밀 통로로 이끌었다. 비밀 통로를 통해 황비의 정원으로 들어가자 차를 마시고 있던 황비가 날 발견하고 눈을 홉떴다. 잠시 당황해서 굳어 있던 그녀가 정원 밖에 도열한 시녀들에게 말했다.

"너희들은 가서 서고를 정리해라. 뒤따라가마."

시녀들을 모두 물린 후, 황비가 에단을 노려봤다.

"왜 세니아나를 이곳에 데려온 거야!"

"내가 데려온 게 아니야. 직접 왔다고."

"세니아나가 직접?"

그녀가 미간을 좁히며 날 쳐다봤다.

"……무슨 일이 있니?"

"왜요?"

"네가 날 찾아올 이유가 없잖아. 넌 날 별로 좋아하지 않을 텐데."

"왜 그렇게 생각하세요?"

"우리는 아탈란의 중추에 있었지만 미아와 너를 지키지 못했으니까."

"사실은 불편하긴 해요. 저와 엄마를 지켜 주지 않아서가 아니라…… 처음 만난 이모와 외삼촌이니까요. 또 우리 아빠랑 할아버지, 오빠들을 별로 좋아하지 않는 것 같고."

황비는 찻잔을 코스터 위에 올려두며 날 쳐다봤다.

"알면서 왜 온 거니."

난 묻지 않고 황비의 옆에 앉으며 에단의 소매를 끌어당겼다.

"앉으세요."

내게 끌려 의자에 앉은 그들이 나를 쳐다봤다. 에단이 말했다.

"대체 무슨 생각인 건지."

"저를 좀 도와주셔야겠어요."

"……뭐?"

"아탈란보다 저를 선택하세요."

두 사람의 얼굴이 금세 굳어져서 난 히히 웃으며 두 사람에게 팔짱을 끼었다.

"외삼촌."

"외삼……! 뭐, 뭐야. 왜 갑자기 친한 척. 너는 네 친가를 더 좋아하잖아."

"외삼촌이랑 이모도 좋아해요."

난 생글생글 웃으며 물었다.

"저 돼지갈비 엄청 잘하는데 드셔보실래요?"

이 사람들을 꼬셔서 아탈란의 등 뒤에 칼을 꽂는 게 내 두 번째 계획이었다. 가브리엘라와 에단은 떨떠름한 얼굴로 나를 보다가 두 사람 모두 내 손에서 팔을 빼냈다.

"일단 돌아가렴."

가브리엘라가 말하자 에단이 고개를 끄덕였다.

"누님의 궁엔 아탈란의 사제들이 자주 드나들어."

"그래. 오늘 같은 위험한 일은 하지 않는 게 좋겠다."

두 사람이 같이 있으니까 방어가 센걸.

'역시 한 사람씩 공략하는 게 좋을지도.'

나는 일단 고개를 끄덕였다.

*　　*　　*

다음 날.

"오오ー! 대장님, 이건 웬 도시락입니까?!"

에단이 순찰을 마치고 돌아오자 그의 자리엔 라탄으로 된 도시락 가방이 놓여 있었다.

'뭐지?'

그가 미간을 좁히고 가방 안에서 음식을 꺼냈다. 두툼한 바게트 사이에 검은 양념에 졸인 고기와 상추, 양파 등이 껴 있는 샌드위치였다. 그 옆엔 신선한 우유와 포장지에 쌓인 몇 개의 캐러멜이 있었다.

"누굽니까, 예? 로웨나 궁의 시녀죠?"

"로웨나 궁의 시녀?! 그게 무슨 소리야? 무슨 소리야!"

"아, 일전에 보니까 대장님한테 슬쩍 커피와 스콘을 가져다주더라고!"

"시녀면 귀족……?! 으아아, 왜 대장님 같은 늙다리에게!"

에단이 "늙다리 말고 젊은 내가 있는데, 이 더러운 외모지상주의 세계ー!" 하며 울부짖는 경비병의 정강이를 발로 찼다. 우유병 뒤에 붙어 있는 메모를 본 그가 큼, 헛기침했다.

[맛있게 드세요, 삼촌.]

세니아나의 속셈이 뭔지 알고 있다. 가브리엘라와 자신을 이용해 아탈란에 한 방 먹이려는 거겠지.

'이렇게 쉽게 넘어가 줄까 봐?'

그는 코웃음 치며 샌드위치를 베어 물었다.

다음 날. 또 다음 날. 그다음 날. 세니아나는 매일 같이 도시락과 메모를 보내왔다. 일주일이 지나자 메모보다는 편지에 가까운 길이였다.


[어제는 일이 일찍 끝나서 저택에서 사과잼을 만들었어요. 엄마에게 배운 레시피 대로 만들어서 비슷한 맛이 나요. 그래서 오늘은 도시락에 사과잼을 함께 넣을 수 있었어요. 디저트로 넣은 쿠키와 함께 드시면 좋겠어요.

삼촌, 오늘 아침에 재밌는 일이 있었어요. 아빠와 함께 출근하는데 황궁 가는 길에 마부가 배탈이 났지 뭐예요? 대로 말을 몰게 하면 위험할 것 같아서 아빠가 말을 몰았답니다. 저는 아빠가 뭐든지 다 잘하는 줄 알았는데, 엄청 무서웠어요~!

탈 때는 무서웠는데 내려서 보니까 아빠도 제가 다칠까 봐 되게 무서웠나 봐요. 표정이 재밌었답니다.]


편지엔 제 일상을 적거나 이전 세계에서 미아와 있던 일을 적었다. 먹은 도시락을 정리해서 집무실 한편에 두자 경비병들이 볼멘소리를 했다.

"이번에도 답장 한 줄 안 쓰십니까?"

"우와, 무정해!"

"우리 딸은 저런 남자 만나면 안 되는데 말이야."

에단은 쯧, 혀를 차며 그들을 흘겼다. 경비병들은 얻어맞을까 봐 달아났고, 홀로 남은 그는 잠시 멈칫했다.

'그래도 하나밖에 없는 조카인데 좀…… 무정한가.'

그는 큼, 헛기침을 하더니 종이 귀퉁이를 찢어서 무언가 휘갈겨 적었다.

[나는 마차도 잘 몰아.]

그러고 도시락에 사탕 몇 개와 함께 넣어 두었다. 집무실을 나서고 경비병들의 훈련을 지켜보던 에단은 "어후!" 하며 머리를 헝클어 뜨렸다.

'빌어먹을!'

사탕은 왜 남겼단 말인가! 그는 훈련을 보다 말고 다시 집무실로 돌아갔다.

"윽, 벌써 가져갔잖아."

빠르기도 하군. 그가 한숨을 내쉬다가 책상에서 웬 쪽지를 발견했다.

[삼촌, 오늘도 좋은 하루 되세요!]

쪽지 아래엔 으쌰! 하고 주먹을 쥔 소녀의 모습이 그려져 있었다.

"제기랄!"

쪽지를 쥐고 부들부들 떨던 에단은 가브리엘라에게 달려갔다. 정원에서 아탈란이 보내온 서류를 확인하던 가브리엘라가 미간을 좁히고 그를 쳐다봤다.

"예고 없이 들이닥치지 말라고 몇 번을 일렀니."

"큰일이야."

"무슨 일인데?"

가브리엘라가 인상을 찌푸리자 에단이 신음하며 말했다.

"귀엽다고!"

"뭐?"

"왈가닥의 딸이 이렇게 귀엽다니, 제기랄!"

뻔히 수작인 걸 아는데도 넘어가게 생겼다. 에단이 분하다는 듯 테이블을 내려치자 가브리엘라는 고개를 가볍게 저었다.

"너도 참."

"귀여워서 흐물흐물 녹게 생겼다고! 누님이 그 녀석이 보낸 쪽지를 봤어야 해! 도시락은 또 얼마나 잘 만드는지 입에서 살살 녹는다고."

가브리엘라는 서류를 내려놓으며 한숨을 내쉬었다.

"혀도 녹고 너도 녹으면 세니아나의 생각대로 일이 흐르겠구나."

"……."

"멍청한 짓 하지 마."

가브리엘라가 퉁명스럽게 말하자 에단은 칫, 혀를 찼다.


에단이 돌아가고 가브리엘라는 어휴, 한숨을 내쉬었다.

'세니아나가 생각보다 노련한걸.'

일주일도 안 되어 제 외삼촌을 정신 못 차리게 만들었다. 자신보다 에단 쪽이 정 많고, 구슬리기 쉽다는 걸 아는 것처럼 공략할 상대를 정했다.

밤이 깊어지자 시녀가 다가왔다.

"황비님, 잠자리를 정리했습니다."

"황제 폐하께서는?"

"오늘은 아발론에서 주무실 듯합니다."

"그래, 다들 수고 많았어. 돌아가서 편히 쉬렴."

시녀들이 허리를 굽히자 가브리엘라는 침실로 돌아갔다. 씻은 후 잠옷으로 갈아입고 침대로 들어갔지만, 쉽게 잠이 오지 않았다. 밤은 싫다. 특히 홀로 보내는 밤은.

*[침대가 좁단 말야. 넌 바닥에서 자, 에단!]*

*[으아아앙! 큰누나, 작은누나 좀 보래요! 나 괴롭혀!]*

*[너희들 정말. 계속 싸울 거면 둘 다 내려가서 자.]*

*[아하하, 너희 남매는 항상 보기 좋네.]*

사랑하는 사람들과 옹기종기 모여 잠들던 기억이 자신을 괴롭혔다. 제 손에 죽어간 사람들의 비명이 온몸을 옥죄어 오고, 그 속에서 미아와 세실의 목소리를 느낀다. 가브리엘라는 한참을 뒤척이다가 몸을 일으켰다.

'오늘도 자긴 틀렸군.'

침대 밖으로 나서려던 그녀가 인기척을 느끼고 흠칫 놀라 돌아보았다. 베개를 끌어안은 세니아나가 "이모……." 하며 웅얼거렸다.

"너……!"

"저 오늘 당직인데, 선배들이 그냥 가서 자래요."

"그럼 궁인 숙소로 갔어야지."

"침대가 딱딱하고, 방은 어둡고, 좁고, 더럽고, 창문도 없고……."

"그렇다고 여길 와? 사람들이 보면 ─!"

세니아나는 헤헤 웃고 침대로 쏙 들어왔다.

"세니아나!"

"비밀 통로로 왔어요. 갈림길이 있길래 삼촌이랑 갔던 길 말고 오른쪽으로 도니까 침실이 나오지 뭐예요? 아무에게도 안 들켰어요!"

가브리엘라의 표정은 굳었지만, 세니아나는 아무렇지 않게 양손을 쑥 내밀었다.

"……손이 왜 이래?"

"오늘 굴을 얼마나 많이 깠는지 몰라요. 또 카렌듈라 후작 때문에 귀족들이 연일 아발론에 와서 음식도 엄청 많이 해야 하고……."

"……."

"손이 퉁퉁 부었어요. 가엽지요?"

가브리엘라는 조카를 빤히 보다가 협탁에서 약통을 꺼냈다.

"치료 끝나면 돌아가."

"밖에 엄청 추운데!"

"이 녀석."

"감기 걸렸나 봐……. 콜록콜록."

가브리엘라가 약을 발라 주자마자 세니아나는 딱 엉겨 붙었다.

"이모한테서 엄마 향 난다……."

"……자매니까."

"따뜻하고 다정한 향."

가브리엘라는 꼬물꼬물 품에 안겨 오는 세니아나를 보다가 졌다는 듯 누웠다.

"우리 엄마는 잠이 많았는데 이모도 그래요?"

"미아만큼은 아니지. 그 애는 번번이 늦잠을 자서 수련 어머니가 늘 데리러 가셨지."

"수련 어머니요?"

"어린 신관들을 보살피는 신관을 말한단다."

"그럼 친부모님은요?"

"……어머니는 풍토병으로 돌아가시고 아버지는 목을 매셨지."

"왜요?"

"포악한 영주 밑에서 살았거든. 매해 기근이 심해 풀뿌리를 캐 먹으며 겨우 연명했는데 세금은 나날이 많아졌으니까. 버티지 못하셨어."

"……."

"그래서 난 살기 위해 동생들을 데리고 아탈란 신전으로 갔지."

그때 자신의 나이는 일곱이었다. 미아는 다섯, 에단은 갓난쟁이. 어린아이들에겐 선택지가 몇 없었다. 그대로 굶어 죽길 기다리거나 매음굴에 가거나 동생들을 오컬트에 미친 귀족에게 제물로 팔거나. 아탈란에 가는 것만이 세 사람 모두 살아남을 수 있는 유일한 길이었다.

"미아는 나를 원망하겠지."

"스스로를 원망하셨어요, 이모처럼."

"……."

"자신에게 힘이 없어서 소중한 사람에게 족쇄를 채웠다고 생각하셨으니까요."

"바보 같긴."

"이모도 그러시면서."

세니아나가 히히 웃자 가브리엘라는 무심코 그녀의 머리를 쓰다듬으려다가 멈칫했다.

"쓰다듬어 주세요!"

"……너도 참."

"이모."

"그래."

"행복해질 수 있어요."

세니아나의 머리를 유리 인형 만지듯 아주아주 조심스럽게 쓰다듬던 가브리엘라가 멈칫했다.

"내일은 오늘보다 더 행복해질 거라고 믿으면서 살아갈 수 있어요."

"……나 같은 죄인에겐 해당하지 않은 얘기지. 누구도 내가 살아있길 바라지 않을 거야."

"제가 바라는걸요."

"……."

세니아나는 가브리엘라를 꽉 끌어안고 말했다.

"이모, 그, 저번에 말이에요."

"저번?"

"이모가 우리 이모인 걸 알고 나서 막 인상 쓰고 그랬던 거……."

"그래."

"죄송해요."

"넌 충분히 그럴 만해."

"그래도……."

세니아나가 가브리엘라의 품에 얼굴을 비비며 웅얼거렸다.

"저 이모 좋아해요."

"그래."

"정말로."

"그래……."

에단의 말이 무슨 뜻인지 이해할 수 있었다. 이 애는 바라는 말만 해 준다. 그래서 이 애의 곁에서라면 평범한 사람처럼 평범한 행복을 거머쥘 수 있지 않을까, 헛된 희망을 품게 되는 것이다.

"네 어머니도 이런 기분이었을까."

어느새 제 품에서 잠든 세니아나를 보며 가브리엘라는 픽 웃었다. 보는 것도 아까워서, 곁에 두면 흐물흐물 녹아들 것 같아서 아쉬운 아이. 미아는 그런 널 두고 어떻게 눈을 감았을까. 가브리엘라가 눈을 꽉 감은 채 세니아나를 끌어안았다.

'미아.'

자꾸만 욕심이 나. 이 아이가 꿈을 이루고, 사랑하는 사람을 만나고, 아이를 낳고, 더없이 행복한 표정을 짓는 모습을 보고 싶어져. 좋아하는 남자라고 데려오는 녀석을 날카로운 눈으로 가늠하고. 내 조카를 행복하게 해 줄 수 있는 놈인지 몇 번이나 고심하고. 조카 손주를 위해 옷을 짓고.

그렇게 오래오래 이 아이의 미래를 지켜보고 싶어져. 나에겐 시간이 없는 데도.

＊　　＊　　＊

나는 한참 달게 자다가 몸을 흔드는 손길에 부스스 눈을 떴다.

"끄으응……."

"일어나야지. 사람들이 올 시간이다. 어서 나가렴."

"졸려……."

"어휴, 눈곱이 이렇게 잔뜩 껴서."

가브리엘라 황비는 손수건에 물을 묻혀 눈곱을 떼 주고, 헝클어진 머리를 바로 묶어 주었다.

"추우니까 조심하고, 응?"

"네……."

"그리고 다음 당직 때……."

그녀는 흠, 헛기침을 하다가 슬쩍 나를 쳐다봤다.

"또 와도 돼."

"하지만 이모는 잘 못 주무신 것 같은데."

"와도 돼."

"숙소에서 자도 돼요."

"와."

"……네."

가브리엘라 황비가 내게 숄을 걸쳐 주고 통로로 데려다주었다. 밖으로 나오자 내게서 통로의 위치를 들었던 할아버지가 날 기다리고 있었다.

"이렇게 새벽부터 입궁하셨어요?"

"아주 잘 잤나 보구나!"

"네?"

"이 할애비는 네가 잠은 잘 자나, 어? 가브리엘라에게 쫓겨나지는 않았나, 어? 그런 고민으로 밤을 하얗게 새웠는데!"

"……."

"그래~! 외가 가족을 찾았으니 이제 친가 가족보다 더 정이 가겠군! 보통 그렇잖아."

"뭐……."

나는 "그런가?" 하고 고민했고, 할아버지는 크게 충격받은 얼굴로 "뭐, 뭣?!" 소리쳤다.

"정말이냐? 응? 아니지! 할애비를 놀린 게지!"

"저 졸려요……. 얼른 퇴궁할래요……."

"속 시원히 말해 보래도! 할애비를 놀린 게 맞지?!"

할아버지가 뭐라고 막 소리쳤는데 나는 너무 졸려서 정신이 하나도 없었다.

'이모한테 엄마 향이 나서 엄청 푹 잤다.'

다음에 또 오랬으니까 가야 ─ 그렇게 생각하다가 나는 멈칫했다.

"아."

"역시 할애비를 놀린 게지?"

"성공했다."

"······뭐?"

"이모요. 이제 저 좋아하는 것 같아요!"

이제 슬슬 아탈란의 얘기를 꺼내도 될까. 아닌가, 좀 더 확실히 꼬셔야 할까. 그런 고민을 하는데 멀리서 프렌시프의 사무관이 헐레벌떡 뛰어왔다.

"어르신! 아가씨!"

"무슨 일이에요?"

"카렌둘라 후작이······!"

그는 새파래진 얼굴로 숨을 몰아쉬었고, 할아버지는 벌컥 소리쳤다.

"그 늙은이가 어쨌단 말이냐!"

"자결했습니다!"

"······뭐?"

나와 할아버지는 딱딱하게 굳어져 말을 잃었다. 할아버지는 싸늘한 표정으로 아발론을 돌아보았다.

"자결이 아닐 것이다."

"그럼요?"

"그 늙은이를 평생 보아 온 내가 모르겠느냐. 궁지에 몰려도 포기할 녀석이 아니야. 이건 자결이 아니라······ 살해당한 거다."

"아탈란일까요."

"……."

그는 대답하지 못했다. 나는 잠깐 고민하다가 말을 이었다.

"미카엘 황자일 수도 있겠군요."

할아버지는 고개를 가볍게 끄덕이고 사무관에게 물었다.

"서신은 남기지 않았느냐."

"남겼습니다."

그가 대필해 온 서신을 넘겼다.

내용을 요약하면 이러했다. 샤를리나에게 성력이 있고, 포털을 열 수 있었던 건 사실이지만 불운하게도 힘은 오래도록 이어지지 못했다. 포털을 열 수 없게 되고도 사실을 숨긴 건 내 죄이나, 샤를리나는 아무것도 모르고 내 뜻을 따랐을 뿐이니 선처를 바란다.

황제의 믿음을 배반한 것이 수치스러워 떠나지만, 한평생 제국의 안녕을 빈 공로를 생각해서 가문만은 이어지게 해달라. 그리고 가문의 모든 것은…….

나는 숨을 크게 들이켰다.

"미카엘 로젠카로튼에게 상속한다?!"

"……이걸로 확실하군. 미카엘 황자가 제 조부를 죽인 것이다."

이제 판이 크게 흔들리게 생겼다.

"우리에게 좋은 일일까요."

"두고 봐야 알 일이겠지."

"일단 폐하께서는 곤란해지시겠군요. 황제가 몰아붙여서 카렌듈라 후작이 자결한 것이라 떠들 테니."

"이 또한 미카엘에게 나쁜 일은 아닐 테지."

그때 란슬롯이 우리 쪽으로 달려왔다.

"조부님, 어서 아발론으로 가셔야겠습니다."

"무슨 일이냐."

"미카엘 로젠카로튼이 황제에게 정식으로 세니아나와의 결혼을 청했습니다."

"뭐라고?!"

할아버지는 길길이 날뛰었지만, 나는 우두커니 서서 고민했다.

'이런 상황에 청혼?'

외조부가 자결했다. 본인이 죽였지만 어쨌거나 사람들 눈엔 그렇게 보일 거라는 뜻이다. 그런 와중에 다른 사람도 아니고, 외조부의 원수 같은 '나베리우스 프렌시프의 손녀'에게 청혼을 한다는 건……

"무서운 사람이야."

내가 중얼거리자 할아버지가 날 쳐다봤다.

"이거 아무래도 우리가 카렌듈라 후작을 살해한 것으로 몰아가려는 것 같죠?"

란슬롯이 가볍게 고개를 끄덕였다.

"우리와 미카엘 사이에 모종의 거래가 있는 것으로 보이겠지. 가령……"

"우리가 카렌듈라 후작을 살해하고 가문을 상속시켜 줄 테니 세니아나 프렌시프와 결혼해라, 같은."

"그래."

"아니면 미카엘이 외조부를 죽인 범인을 알아차리고 자신과 모후를 보호하기 위해 스스로 팔려가는 거라고 생각할 수도 있겠죠."

할아버지는 입매를 비틀었다.

"오랜 세월 '프렌시프는 악당, 카렌듈라는 영웅'이라는 선입견이 있었으니까 동정을 제대로 살 수 있겠군."

"서부 세력을 모으기에도 좋은 계획이지요. 실수를 했어도 카렌듈라 후작은 서부의 거두. 거두를 원수의 손에 잃은 것이니, 미카엘은 새로운 구심점이 될 수 있을 거예요."

곰곰이 생각하던 아빠가 입을 열었다.

"황제가 미카엘과의 결혼을 허락할 리 없습니다."

"그래."

"황제는 동, 서, 남, 북부를 황위 싸움에 참전시켜 균형을 이루고, 황권을 공고히 했으니 서부의 구심점이 된 미카엘과 동부의 가장 큰 세력인 우리를 연합시키지 않을 테죠."

"이번 청혼은 그저 연출에 불과하다?"

"황좌에 가장 가까운 황자가 일부러 동정을 사려는 연출을 했으니 남부에서 쉽게 접근할 겁니다."

나는 한숨을 내쉬었다. 카렌듈라 후작을 무너뜨리니 더 큰 장애물이 등장한 것 같다. 무엇보다 카렌듈라 후작의 유서에 '샤를리나의 선처'를 언급한 게 걸렸다.

'미카엘이 아탈란과 협력하고 있다는 거겠지?'

나는 아빠와 할아버지, 그리고 란슬롯을 아발론에 보낸 다음 황궁 경비대 본초로 향했다. 나를 본 에단이 움찔하더니 모른 척 경비대원들을 물린 후 자리를 만들었다.

"도시락은…… 크흠, 이미 받았는데."

"네!"

"……뭐, 오늘도 나쁘지 않은 맛이더군."

"여쭤볼 게 있어요, 외삼촌."

"……뭔데?"

나는 주변을 둘러보고 목소리를 낮췄다.

"아탈란과 미카엘 황자가 관련이 있나요?"

"……."

"네?"

그는 잠깐 침묵했지만, 이내 눈을 가늘게 떴다.

"그게 용건이냐?"

"그런데요?"

"역시 이용해 먹으려고 날 꼬드긴 게로군."

"서운한 말씀!"

"하면!"

"외삼촌과 친해지고 싶었는데, 우연히 도움받을 일이 생겼다! 정도지요."

"말이나 못 하면."

그는 흥, 콧방귀를 뀌더니 나를 힐끔 쳐다봤다.

"미카엘이 아탈란 신전에 온 것을 본 적이 있긴 하지."

"언제요?"

"삼 년 전쯤인가. 도미니크가 공을 세웠을 때였다."

그때부터 아탈란과 끈이 있던 걸까.

"하기는 2월인 고위급 사제의 외손주이니까……."

"카렌듈라 후작과 관련은 없는 것 같던데."

"네?"

"미카엘 황자는 대사제와 이야기를 나누고 있었는데, 카렌듈라 후작이 신전에 왔다는 얘기를 듣고, 대사제가 은밀히 황자를 내보냈거든."

이럴 수가.

'처음부터 제 외조부를 무너뜨릴 순간만 노리고 있던 거야!'

황후는 아마 모르고 있었겠지? 알았더라면 지금껏 가만히 있지 않았을 테니까. 둘 사이를 저울질해서 뭐라도 얻어 냈을 인사다.

에단은 "무슨 일 있나?" 하고 날 보았고, 난 멍하니 생각을 정리하다가 그를 쳐다봤다.

"이거 어쩌면……."

"뭐?"

그가 의아한 표정을 지어서 난 히죽 웃어 주었다.

"손 안 대고 코 풀 수도 있겠어요."

"……?"

미카엘과 황후가 잘만 해 주면 로열 셰프도 교체하고, 황태자를 황위에 올릴 수도 있겠다!

\* \* \*

예상대로 황제는 미카엘의 결혼을 허락하지 않았다. 궁인들은 미카엘의 면이 상했다고 수군덕거렸지만, 그의 궁엔 코트니 황비와 그녀의 숙부인 남부의 거두가 들어갔다.

'모두 미카엘의 계획대로 이뤄졌네.'

그렇다면 난…….

"스승님, 스승님."

"왜, 뭐, 왜!"

그는 엄청 날카로웠다.

"아직 서류가 다 안 끝나셨어요?"

"빌어먹을, 뭔 놈의 일이 이렇게 많은 거야!"

카렌듈라의 일로 고프레도는 황제의 머릿속에서 잊혔고, 구금이 길어졌다. 그래서 쟝뤼크가 로열 셰프의 일을 대신하고 있는데, 요리는 몰라도 서류 보기는 젬병이어서 그는 아주아주 예민한 상태였다.

"아니, 대체 이건 뭔데 이렇게까지 많이 수입하는 거야? 제대로 된 성분표기도 없이……! 일을 헛했군, 헛했어!"

"열심히 하세요, 스승님. 지금 잘해 둬야 나중에 로열 셰프가 되기 유리하단 말이에요."

그래서 일부러 휴가까지 반납시키고 로열 셰프 집무실에 앉혀 둔 게 아닌가.

"……넌 네 할아버지를 꼭 닮았어."

"네?"

"상대가 없는 틈을 타서 비열하게 영역을 넓히는 건 네 할아버지 주특기가 아니냐."

그때였다.

"호오, 손녀의 선생은 날 아주 잘 알고 있군."

아발론에서 황제와 이야기를 마친 할아버지가 음흉하게 웃으며 다가왔다.

"어, 어, 어, 어르, 어르신."

"날 잘 아는 상대와의 대화는 즐겁지. 좋은 술이 들어왔으니 일이 끝나거든 냉큼 들어와라."

"저, 저, 저는 이제 제 숙소로 들어가는 게⋯⋯!"

"무슨! 손녀의 선생을 위험한 곳에 둘 순 없지. 마차를 보낼 테니 아홉 시 이전에 들어오게."

"어, 어르, 어르 ─ 자, 자, 잠시만 ─!"

쟝뤼크는 내 머리를 쓰다듬고 떠나는 할아버지를 황망한 눈으로 처다봤다.

"바쁘신 와중에 죄송하지만, 스승님."

"⋯⋯뭐."

"잠깐 황후궁에 다녀와도 될까요?"

"마음대로 해라⋯⋯."

그는 힘없이 중얼거렸고 나는 냉큼 황후궁으로 향했다. 황후궁은 완전히 초상집이었다.

'초상이 난 게 맞긴 하지만⋯⋯.'

아들이 아버지를 죽였으니 황후가 제정신일 리 만무하다. 황후의 침실을 나오던 시녀장이 나를 발견하고 표정을 굳혔다.

"무슨 일이십니까."

"황후 폐하께 드릴 말씀이 있습니다."

"폐하께선 편찮으시니 나중에 다시······."

"올슨 시녀장님은 이대로 괜찮으신가요?"

"······네?"

나는 생글생글 웃으며 말했다.

"미카엘 황자님 궁에 코트니 황비가 제 숙부와 함께 찾아갔어요. 이제 황후궁의 미래는 장담할 수 없습니다."

"······."

"시녀장님도 살길을 찾으셔야지요. 황후 폐하의 곁에서 오래도록 안위를 지키신다면 좋겠지만, 아니라면······."

"······."

"아, 이건 그냥 생각나서 드리는 말씀인데 제가 로웨나 황비님과 막역한 사이잖아요? 가브리엘라 황비님도 귀여워해 주시고."

자리를 마련해 줄 수도 있다는 건가? 하는 표정으로 날 쳐다보던 시녀장은 야살 맞게 웃었다.

"폐하께서도 영애를 좋아하시니 위로가 되겠지요. 잠시만 기다리셔요. 여쭙고 오겠습니다."

"네."

시녀장이 뭐라고 했는지 황후는 금세 나를 들였다.

"나를 조롱하러 왔느냐."

항상 머리카락 한 올 흘러내리지 않도록 잘 정돈해 올린 머리가 잔뜩 헝클어져 있었다. 잠옷 차림에다 퀭한 눈, 쏙 들어간 뺨. 황후는 생각보다 더 궁지에 몰린 느낌이었다.

"그럴 리가요."

"하면!"

"저는 그저 폐하가 걱정되어서⋯⋯."

"걱정?!"

하! 실소를 터뜨린 황후는 비척비척 걸어 소파에 무너지듯 앉았다.

"네깟 것도 나를 무시하는구나."

"⋯⋯."

"본궁은 태어날 때부터 황후가, 황태후가 되기 위해 살았어."

"⋯⋯."

"황족으로 태어나지 못해 황제가 될 순 없었으나 이 배로 낳은 황제를 손에 넣어 제국을 주무를 운명이었다."

황후가 자조 섞인 눈빛으로 "나는 그리 살았어." 하고 중얼거렸다.

"나는 절대로 포기하지 않아. 욕망하고, 또 욕망할 것이다. 내 손에 금좌를 틀어쥘 때까지! 내 아들이 나를 버렸다고 해서 —"

"그리하시면 됩니다."

"뭐?"

나는 황후 앞에 쪼그려 앉아 거칠어진 그녀의 손을 잡았다.

"제가 도와드릴게요, 폐하."

"⋯⋯미카엘 없이 나 홀로 할 수 있다고 믿는 게냐?"

"아발론이 가장 견제하는 카렌듈라의 딸이었지만 황자를 낳아 지금까지 세력을 이루셨잖아요. 어떤 대장부도 할 수 없는 일을 하셨습니다. 그러니 자리를 되찾는 것도 하실 수 있겠지요."

"……미카엘은 나를 버렸고, 황태자는 로웨나의 손에 있어. 그런데 황태후가 될 수 있다고?"

"모후가 없는 황자가 있지 않습니까."

황후는 멍하니 나를 쳐다보더니 홀린 듯 중얼거렸다.

"도미니크……."

"복수하고 싶지 않으세요?"

나는 하고 싶은데. 우리 엄마를 죽이고, 내 인생을 뺏어가 놓고, 또다시 내 가족들을 위협하는 아탈란에게. 그 아탈란의 개들에게 철퇴를 내려 주고 싶다.

"……본궁이 어떻게?"

"현재 황궁에 심어 둔 세력은 미카엘 황자가 모두 흡수했겠지요."

"그래. 그러니 네 말대로 되기는 어려운 일이지."

"하지만 미카엘 황자 측 세력은 모두 황후 폐하의 도움으로 자리를 얻은 게 아닙니까? 그들의 약점도 폐하께서 제일 잘 알고 계실 테고요."

"……그들의 약점을 잡아 다시 끌어들여라? 하지만 내겐 이제 뒷배가 없어. 뒷배 없는 나를 순순히 따르려 하지 않을 거다."

"그렇다면 교체하세요. 황후 폐하의 사람으로."

"……."

"가장 높은 직위를 가진 로열 셰프 고프레도부터 교체하시면 다들 두려움에 떨며 황후 폐하의 앞에 무릎을 꿇을 테지요."

황후는 눈을 가늘게 뜨고 나를 보았다.

"본궁이 그리하지 않는다면? 지금 바로 미카엘에게 가서 네가 모자 사이를 이간질했노라 말한다면 어찌할 게야?"

"그러지 않으실 겁니다."

"……어째서?"

나는 생긋 웃으며 그녀를 올려다보았다.

"제 말을 듣고 황후 폐하의 눈이 이전처럼 반짝이고 있으니까요."

목표가 생긴 사람은 생기가 돌지. 이미 내 말에 혹했다는 거잖아?

황후는 픽 실소를 흘렸다.

"수작인 줄 알면서도 당하게 되니, 과연 총명한 아이다."

나는 고개를 숙였고, 황후는 바로 설렁줄을 잡아당겨 시녀장을 호출했다.

"아발론으로 갈 채비를 할 것이다. 미용사들을 들이고, 황궁의 기록관들을 데려와라."

시녀장은 난데없이 바뀐 황후의 태도에 의아한 듯했지만, 곧 그녀의 명을 따랐다.

그리고 그날 오후, 황후는 아발론의 대전을 찾아 무릎을 꿇었다.

"폐하! 저를 폐하여 주십시오."

황제의 곁에 선 황비들은 의아한 기색이었다. 로웨나 황비는 헛웃음을 터뜨렸고, 가브리엘라 황비는 침착한 표정으로 황후를 주시했으며, 코트니 황비는 "또 무슨 수작이야." 하며 빈정거렸다. 황제가 골치 아프다는 듯 황후를 쳐다보았다.

"부친의 일로 짐에게 감정이 상했을 수 있겠지. 하지만 황후, 그대는 제국의 국모요. 사사로운 감정으로 황후위를 거론치 마시오."

"그것이 아닙니다, 폐하."

"아니다?"

"폐하, 저는 죄를 지었습니다."

황후가 가련한 얼굴로 고개를 수그리자 황제는 미간을 좁혔다.

"죄라니."

"지금껏 부친의 명예를 위해 거론할 수 없었지요."

"……."

"하지만 부친이 돌아가시고 나니 이것이 천벌이 아닐까 싶어 도무지……. 일이 이렇게 된 마당에 무엇을 숨기겠습니까."

"소상히 말해 보시오."

황후가 숙였던 고개를 들며 눈물을 흘렸다.

"로열 셰프 경합에 불의가 있었나이다."

"불의?"

"고프레도는 로열 셰프가 되기 위해 카렌듈라 후작과 공모하였고, 카렌듈라 후작은 그의 청을 받아들여 심사 당일 쟝뤼크의 요리에 손을 댔습니다!"

아발론이 크게 술렁였다.

경합에서 고프레도가 어떤 수작을 부렸으리라는 건 예상한 바였다. 우리 스승님이 질 리가 없거든. 만약 패배했다고 해도, 정당한 대결이었다면 인정했을 거다.

"뿐만 아니라 당시엔 허가받지 않은 조미료를 넣어 폐하를 속였으니 중죄, 일국의 국모가 그 일을 알고도 모른 체하였으니 죽을죄를 지었습니다."

"······기가 막히는군."

황제의 얼굴이 싸늘해졌다. 그는 즉시 시종장에게 명해 고프레도를 끌고 왔다. 소식을 들은 미카엘과 귀족들도 재빠르게 아발론을 찾았다. 고프레도는 새파랗게 질린 얼굴로 소리쳤다.

"억울합니다, 폐하! 감히 폐하께서 주관하신 경합에서 그런 일을 벌였다면 천벌을 받아 마땅한 일이지요!"

나는 고프레도가 소리치는 동안 귀족들의 낯빛을 살폈다.

'얼굴이 거무죽죽한 귀족들이 꽤 보이는걸.'

아탈란의 사람들이 분명하다. 로열 키친에서 은밀히 계획하던 일이 물거품이 되게 생겼으니 어찌할 바를 모르는 것이다.

'크으ー!'

나는 속으로 쾌재를 불렀다. 과연 황후. 이빨이 빠졌어도 맹수다. 일을 이렇게까지 크게 만들어 줄 줄이야!

'잘한다, 잘한다!'

내가 신이 나 있자 함께 불려온 쟝뤼크가 어리둥절해져서 속삭였다.

"뭔 짓을 한 게냐, 너."

"잘했지요?"

"내가 아주 대단한 제자를 뒀구만. 황후까지 체스 말로 이용해 먹다니."

나는 히히 웃었고, 쟝뤼크는 픽 실소를 흘렸다. 그도 아닌 척하지만 내심 속이 시원한 모양이었다.

'그야 억울하셨겠지. 실력으로 진 게 아니니까.'

황후는 벌떡 일어나 소리쳤다.

"증거가 있습니다!"

"즈, 증거라니! 황후 폐하, 어찌 그런 거짓을 고하십니까! 제게 무슨 억하심정이 있어서 — !"

황후가 기록관을 들이며 황제를 바라보았다.

"경합 당일, 카렌듈라 후작은 요리사들을 격려한다는 평계로 주방에서 불러냈습니다. 그 사이에, 현재 아발론의 수셰프로 일하는 자가 냉장창고에 들어가 전력석을 빼냈지요."

그녀는 기록관에게서 받은 냉장창고 출입일지를 들어 보이며 말했다.

"그가 들어간 후, 냉장창고가 망가졌고 쟝뤼크는 요리를 망쳤습니다. 이후 전력석을 빼낸 요리사는 공적 없이 아발론으로 차출되어 수셰프 자리에 올랐습니다."

"……기묘한 일이로군. 그렇지 않은가, 고프레도."

황제가 싸늘하게 중얼거리자 함께 끌려온 수셰프는 어찌할 바를 모르고 마른침을 삼켰다.

\*　　　\*　　　\*

대사제가 다급히 소리쳤다.

"그게 무슨 말이야. 황후가 고프레도를 발고하다니!"

"모르겠습니다. 대체 무슨 수작인지……!"

"그래서 고프레도는 어찌 되었어!"

신관은 새하얀 얼굴로 중얼거렸다.

"그게…… 황제가……."

"어서 말하지 못해! 숨넘어가는 꼴을 봐야겠느냐!"

"고프레도와 쟝뤼크의 재경합을 명하였습니다!"

쿵! 대사제가 이마를 쥐며 비틀거렸다.


그 시각, 황궁.

"재경합이라."

"황후가 내민 증거도 어쨌든 의혹에 가깝잖아요. 보다 명확한 근거가 없으면 아예 몰아낼 수는 없겠지요."

그래도 앞뒤가 맞는 얘기라 재경합까지 오게 된 거지.

할아버지는 네 목적이 그것이었냐는 표정으로 날 쳐다봤고, 난 고개를 끄덕였다. 애초에 내가 황후를 끌어들인 건 고프레도를 위협할 사람이 필요했기 때문이었다.

'바로 재경합까지 하게 해 줄 줄이야.'

나는 일의 진행이 빨라진 게 기꺼워서 기분이 좋아졌다.

'그럼 카렌듈라 후작의 장례가 끝나고 바로 경합이 시작될 테니까 준비를 해야겠는걸.'

카렌듈라 후작은 국구(國舅: 왕의 장인)라 나라 단위로 장례가 진행된다. 하지만 죄인의 신분으로 죽었기 때문에 절차가 축소되어서 아마 경합의 날짜는 일주일 내로 진행될 터였다.

"스승님, 이제 준비를 해야겠지요?"

"그래. 보조 셰프로 널 지목했으니 너도 당분간 아발론의 일에선 제외될 거다."

"고프레도는 보조로 누굴 들일까요?"

"일단 수셰프는 아니겠지. 샤를리나도."

샤를리나는 오늘 판결이 났다. 카렌듈라 후작이 모든 죄를 뒤집어쓰고 죽은 덕에 그녀는 별다른 일 없이 풀려났다. 다만 그녀 또한 황제를 속인 죄인이니, 로열 키친의 셰프직을 잃고 퇴직금 없이 퇴직 처리되었다.

"그 애는 어차피 당분간 식칼을 못 들 거예요. 카렌듈라 후작 생전에 함께 받은 고신이 엄청났다던데……."

"그래, 스푼도 제대로 쥐지 못한다지. 어쨌든, 우리는 우리 요리에 집중하면 돼. 당분간 아발론의 제3조리장을 쓰기로 하자."

나는 고개를 끄덕였다. 우리는 즉시 경합 준비에 들어갔다. 나와 쟝뤼크는 이틀 밤을 꼴딱 새우며 여러 요리를 연습했다.

'스승님은 정말이지…….'

놀라운 요리사였다. 그의 별칭이 왜 불세출의 천재인지 알 수 있을 만큼. 아카데미에서 맛본 요리는 그의 역량의 8할도, 아니, 6할도 드러내지 않은 것만 같았다.

"혀가 녹을 것 같아요……. 우우, 맛있어! 이건 연어 뱃살인가요?"

"머릿살이다."

"머릿살은 퍽퍽할 줄 알았는데 적당히 기름져서 뱃살보다 맛있는걸요."

"어떻게 조리하느냐에 따라 맛이 천차만별로 나뉘는 게 생선이지. 그래서 조리하는 재미가 있는 것이고."

나는 레시피 수첩에 메모하며 고개를 끄덕였다.

"이쪽 드레싱은 어떻게 하신 거예요? 평범하게 맛보던 건 아닌 것 같고, 간장 베이스이긴 한 것 같은데……."

"이건 굴 소스와 유자를─"

얘기하던 쟝뤼크가 눈을 가늘게 뜨고 날 보았다.

"경합을 도우려는 게 아니라 레시피를 훔쳐 가려고 곁에 있는 게로구만."

나는 히히 웃으며 "겸사겸사요." 하고 말했다. 머리 아픈 사건이 지나가고 온전히 요리에만 집중할 수 있게 되자 나는 엄청나게 즐거워졌다.

'그래서 그런가. 덜 피곤하고.'

왜인지 모르게 입관 후로 난 항상 피곤했다. 황족, 귀족들 요리를 한다고 긴장해서 그런 걸까 싶었는데 아카데미에서 수련할 적엔 혼나느라 더 많이 긴장하고, 더 많이 요리했다.

'일의 양으로만 따지면 아카데미에서나 지금이나 비슷한데 왜 그럴까……'

더 이상한 건 경합 준비를 도우며 이틀째 밤을 꼴딱 새우고 있는데 잘 자던 이전보다 훨씬 몸이 가뿐했다.

"세니아나!"

"네……. 아아앗! 탄다!"

"이 녀석, 잘한다 싶더니 또─!"

나는 쟝뤼크에게 꿀밤을 맞고 울상을 지었다. 이틀 내내 제3조리장에서 보내고, 쟝뤼크는 이제껏 시험한 레시피를 혼자 정리해 보아야겠다며 돌아갔다. 뒷정리를 마치고 나가려는 길에 창밖에 보이는 궁을 보고 나는 멈칫했다.

'도미니크의 궁이다.'

그러고 보니 한동안 바빠서 보지 못했지. 몇 번이나 연락이 왔었는데, 타이밍이 안 맞아서 연결되지 않았다. 나는 슬쩍 조리장을 둘러보다가 남은 재료를 집었다.

"이대로 두면 연어가 아까우니까. 응, 그래서."

쫑알쫑알 중얼거리고 연어를 잡았다.

'연어는 구워도 맛있지만 역시 생으로 먹는 게 좋지.'

연어를 약간 두툼하게 잘라서 착착 올려두고 양파를 채 썰어 잠시 물에 담가 두었다. 그리고 파인애플과 겨자, 그리고 쟝뤼크의 비법을 내 식으로 바꾸어 만든 마요네즈까지 섞어 세니아나식 홀스래디쉬 소스를 만들었다.

'음, 새콤해서 맛있다.'

와사비 간장과 초장까지 만들어서 연어회 중앙에 잘 놓은 후 살금살금 조리장을 빠져나왔다. 그리고 몰래 도미니크의 궁으로 들어가려고 하는데 ―

"너."

"으아앗!"

누군가 내 어깨를 잡아서 난 펄쩍 뛰어올랐다.

"외, 외삼촌. 여기서 뭐 하세요."

"경비대장이 뭘 하겠냐."

"아……, 순찰."

에단은 내가 든 접시를 보더니 흠, 침음하고 허공으로 시선을 돌렸다.

"그, 너 말이다."

"네?"

"이건 그냥 내가 황궁의 안전을 책임지는 경비대장이니까. 그래서 말하는 거야. 네가 다른 사람들에게 병균을 옮기면 안 되니까, 어?"

"……?"

"옷이 좀 얇지 않나."

나는 의아한 표정으로 내 옷을 내려다보았다.

"조리복인데요? 요리사들은 다 이렇게 입고 다니는데……."

"그러니까 외투라도 걸치라는 말이지."

"별로 안 추워요. 황궁엔 외부에도 난방시설이 있고 또……."

"그냥 입으라면 입어."

"네?"

그가 커흠! 헛기침을 하더니 제가 입고 있던 코트를 벗어 내 어깨에 걸쳐 주었다.

"다시 말하지만, 이건 황궁의 안전을 위해서! 네가 감기에 걸리면 다른 사람들도 안전하지 못하니까! 너를 걱정해서 한 말은 아니ー"

"네네. 알겠어요."

"……."

"외삼촌이 걱정하니까 이제 따뜻하게 입고 다닐게요."

그는 붉어진 얼굴로 "아니라니까." 하고 중얼거렸다. 나는 그를 슬쩍 올려다보며 말했다.

"그것보다 걱정 때문에 잠이 오지 않아서 병이 생길 것 같은 데……."

"걱정?"

"아탈란 말이에요. 이다음엔 무슨 계략을 꾸밀 ─"

에단은 내 코를 쥐고 살짝 흔들었다.

"영악해서."

"아니, 걱정하시니까 그냥 제 상태를 알려드린 거죠……."

"어디 또 깜찍하게 말 해봐라, 응?"

"아파요!"

내가 울상을 짓자 그는 흠칫해서 손을 놓았다.

"아파?"

"아플 것 같았어요."

"이게 정말……."

히죽 웃으니까 그는 졌다는 듯 실소를 흘렸다.

"당분간은 로열 셰프 경합 때문에 허튼 수는 못 쓸 거다. 대사제에게서 따로 지령이 내려온 건 없어."

"흐음, 그렇구나. 그럼 지령이 내려오면 알려 주실래요?"

"시끄러워."

그가 험악한 표정을 지었다. 이번엔 정말로 꿀밤을 맞을 것 같아서 난 "그럼 외삼촌도 추위 조심하세요!" 하고 후다닥 도망쳤다. 접시를 들고 걷느라 자꾸 외삼촌의 재킷이 흘러내렸다. 복도에 서서 재킷을 추스르고 있는데, 등 뒤에서 온기가 느껴졌다. 좋은 향이 나는 사람.

"저하!"

나는 활짝 웃으며 뒤를 바라보았고, 나를 뒤에서 끌어안은 도미니크는 희미하게 웃었다.

"오늘도 얼굴을 보여 주지 않는 줄 알았더니."

"바빠서……."

"당신은 늘 바쁘죠. 연인은 내팽개칠 정도로."

"그런 거 아니에요. 정말로, 정말로 바빴어요."

"흐음."

그가 눈을 가늘게 뜨고 날 보아서 난 어색하게 웃으며 접시를 들어 보였다.

"이거 뇌물……."

"뇌물?"

"통신 못 받아서 미안하다고……."

접시 위에 올려 둔 돔을 살짝 들어 보인 그는 함께 온 부관, 알베르에게 접시를 맡겼다. 그리고 나를 힐끔 쳐다봤다.

"이게 내가 원하는 뇌물 같습니까?"

"아니에요? 음, 다른 건……."

그가 내게 조금씩 다가와서 나는 그의 입을 손으로 막고 펄쩍 뛰었다.

"사람들이 봐요."

"보라지."

"그럼 안 되죠!"

"내 사람이라고 선언하면 다른 놈이 옷 같은 건 걸쳐 주지 않을 게 아닙니까."

옷……? 아!

어깨에 걸쳐진 재킷을 보고 심기가 불편한 모양이었다. 내가 "이건……." 하고 중얼거리자 도미니크는 팔짱을 끼고 내게서 한 발 멀어졌다.

"이건?"

"그러니까 이건 말이죠. 말하려면 복잡한데, 사실은―"

"사실은?"

도미니크의 목소리가 아니었다. 나는 깜짝 놀라서 도미니크의 등 뒤로 다가오는 남자를 바라봤다.

'참, 제2황자궁은 도미니크와 미카엘이 같이 쓰지.'

미카엘은 가벼운 로브를 걸친 나른한 차림으로 우리에게 다가왔다.

"나도 궁금한데. 영애에게 옷을 걸쳐 준 새끼."

도미니크가 나를 가리키며 미카엘을 쳐다봤다.

"네가 알 바 아니지."

"우리 형님은 내가 영애에게 청혼했다는 얘기는 듣지 못한 모양이야. 황자궁에 처박혀 있었더니 세상 돌아가는 일은 안 들리나?"

"그 청혼, 폐하께서 물리셨다는 얘기는 들었지. 처박혀 있던 나보다, 활개 치고 다니는 네놈 꼴이 우스워졌군."

"날이 갈수록 버릇이 없네. 집 지키는 개 따위가."

"황후궁이 아닌 곳에선 조심해야지. 지켜 줄 엄마가 없잖아, 안 그래?"

도미니크가 무표정한 얼굴로 빈정거리자 미카엘의 표정이 변했다.

'설마 여기서 싸우진 않겠지?'

다 큰 성인인데, 그것도 황자들이…… 궁에서 치고받고 하지는 않을 거야. 그렇게 생각했지만 어쩐지 불안했다.

미카엘이 입매를 비틀며 말했다.

"족보 없는 똥개라고 귀여워했더니, 겁도 없이."

"똥개 새끼는 수틀리면 물어뜯으니 주둥이 간수 잘해라."

"아, 그렇지. 형님 스승이었나, 그 노기사가 주둥이 간수를 못 해서 찔려 죽었지."

도미니크의 표정 또한 변했다. 두 사람이 동시에 주먹을 말아쥐었고, 나는 기겁해서 소리치며 그들 사이에 끼어들었다.

"잠깐, 악!"

그러다가 발에 걸려 철푸덕, 추하게 넘어져 버렸다.

"영애!"

"프렌시프!"

도미니크와 미카엘이 재빨리 넘어진 나를 붙잡았다.

"아파……."

바닥에 코를 제대로 박아서 눈물이 찔끔 날 정도로 아팠다.

"궁에서 주먹질하면 어떻게 해요."

"주먹질할 생각은 아니었는데."

미카엘이 곤란한 표정으로 웃었다.

"미치지 않고서야 폐하의 앞마당에서 주먹질은 하지 않지."

"그렇지만, 다들 주먹을 쥐고 그러니까 놀라서……."

내가 노려보자 미카엘과 도미니크의 눈이 커졌다.

"피!"

"피가ー!"

피? 나는 뜨끈한 것이 주르륵 흐르는 것 같은 코밑을 훔쳤다.

"피다…….."

피를 본 건 오랜만이라 놀란 데다가 너무 아파서 눈물이 비죽 솟았다. 내가 억울한 표정으로 "이게 뭐예요!" 소리치니 두 황자는 당황해서 할 말을 잃었다.

"네놈이 아니었으면ー"

"형님이야말로, 주제를 알았으면 이런 일이ー"

두 사람은 나를 사이에 두고도 옥신각신했다.

"난잡한 바람둥이가."

"천박한 똥개 새끼가."

"그만ー!"

나는 벌떡 일어나서 두 사람을 노려봤다. 그러고 팔을 탁! 놓고 쿵쿵, 발을 구르며 제2황자궁을 나섰다. 두 사람은 나를 쫓아왔지만, 나는 제3조리장으로 가기 위해 정원을 가로질러 걸었다.

"아니, 세, 프렌시프!"

정원 앞에서 마주친 가브리엘라 황비가 나를 보며 눈을 홉떴다. 황비는 코밑이 새빨간 나를 보고 종종걸음으로 달려왔다.

"아니, 네 얼굴이 왜!"

그녀는 놀란 얼굴로 내 얼굴을 살피다가 뒤이어 달려온 황자들을 쳐다봤다.

"황자들까지……. 대체 무슨 일입니까."

"때리 — !"

"뭐?! 너를!"

가브리엘라 황비가 잔뜩 흥분해서 두 황자를 노려봤다.

"신사의 몸으로 레이디를 때렸다는 건가요! 두 사람 다 정신이 — !"

"아니, 때리려고 했어요. 두 분이서. 저는 말리다가 다쳤습니다. 이거 보세요. 피가 막 — !"

내가 이모한테 이러쿵저러쿵 일러바치자 도미니크와 미카엘은 당황한 표정이었다. 황비는 그들을 노려보며 말했다.

"성녀는 제국의 보물이에요. 두 황자께서 함께 계시는데 다치는 모습을 그냥 보기만 하신 겁니까? 더욱이 두 분 때문에 다쳤다는 건 — "

늘 차분하고 상냥하던 가브리엘라 황비가 다그치자 그들은 말이 없었다.

'이렇게까지 말이 없다고?'

나는 의아한 표정으로 두 사람의 눈빛이 고정된 곳을 따라 시선을 이동시켰다.

"헉, 폐하!"

"재미난 구경을 하는군."

황제가 정원 테이블에 앉아서 다리를 꼬고 제 아들들을 쳐다봤다.

"일국의 황자들이 서로 치고받으려, 응?"

우리의 뒤를 이어서 헐레벌떡 쫓아온 도미니크의 부관과 미카엘의 부관이 변명했다.

"그게 아니오라, 폐하!"

"예, 잠시 언쟁이 오갔을 뿐입니다."

"당황한 영애께서 ―"

"예, 예. 영애께서 주먹을 쥔 것으로 오해를 하셔서."

그러자 황제가 주먹으로 관자놀이를 받친 채 말했다.

"금좌 11석 수장의 손녀 앞에서 그런 꼴을 보였다?"

황제가 멀뚱멀뚱 서 있는 날 보고 손짓했다.

"이리 오려무나."

나는 우물쭈물하다가 그에게 다가갔고, 그는 손수건으로 내 코
밑을 닦아 주며 아이 어르듯 말했다.

"오냐, 오냐. 얼마나 아팠겠느냐."

"그, 별로 아프지는 않았⋯⋯."

"짐의 보물이 이토록 상하다니. 마음이 아프구나."

"⋯⋯."

"네 조부에겐 이르지 않을 게지?"

그게 목적이었구나. 나는 등 뒤에 황자들을 힐끔 쳐다보다가 황
제가 쥐여 준 손수건으로 코를 감싸며 말했다.

"네⋯⋯."

"상냥하기도 하지. 자, 이리 앉아 함께 차라도 들지. 그런데 저건
뭐냐?"

황제는 도미니크의 부관 알베르가 들고 있는 접시를 바라보았다.

"아, 이건 연어 사시미⋯⋯ 가 아니라 회인데."

"영애가 만들었나?"

“네.”

“그럼 짐이 맛을 볼까?”

그가 은근한 눈빛으로 접시를 쳐다보았다. 황제의 청을 거절할
수 있을 리 없다. 내가 눈짓하자 알베르가 테이블 위로 쟁반을 올려
두었다. 돔을 올린 황제는 “호…….” 신음하며 고개를 끄덕였다.

“연어로구나. 흠, 회라……. 궁에선 접하기 힘든 음식이로군.”

포털이나 황궁 마차가 없던 시절엔 날생선, 날고기는 황족의 식
탁에 오르지 못했는데 그것이 관습이 되어 지금까지도 이어져 오고
있었다. 황제는 와사비 간장에 연어를 콕 찍어 입에 물었다.

“음!”

그가 고개를 끄덕였다.

“부드럽군. 입에서 녹아드는 것 같구나. 비도 들지.”

그가 가브리엘라 황비에게 연어를 권하자 그녀 또한 포크를 집
었다.

“어머나.”

황비는 입을 가리며 우물거렸다.

“부드럽고 고소하군요. 폐하의 말씀대로 정말 부드럽습니다.”

황비의 표정이 밝아졌다. 연어가 입맛에 꼭 맞는 모양이었다.

“이 양파는…….”

“괜찮으시면 먹는 법을 알려 드리겠습니다.”

황제가 “좋지.” 하며 웃었다. 나는 만들어 온 파인애플 홀스래디
쉬 소스를 아린 기를 뺀 양파에 버무려 연어살 위에 올렸다. 황제와
황비가 소스에 버무린 양파와 연어를 함께 입에 넣었다.

"연어 살은 부드러운데 양파의 아삭아삭한 식감이 더해져 조화가 훌륭합니다."

"그렇군. 연어의 기름기를 파인애플이 잡아 줘서 먹기에 편해."

"달콤하기도 하고, 짭짤하기도 하고, 또 고소하기도 해서…….
으음, 어쩜 이렇게 비린내 하나 없을까."

황제도, 황비도 연어가 정말로 맛있는지 꽤 많은 양이 순식간에
줄어들었다.

'기뻐!'

내 요리를 잘 먹어 주는 건 언제나 기쁜 일이다. 헤헤 웃으며 그
들을 보던 난 잠시 멈칫하고 이마를 쥐었다.

'뭐지?'

이상하다. 조금 전만 해도 멀쩡하던 몸이 난데없이 무거워졌다.
피로감이 역력하게 느껴져 몸이 무거워지자 나도 모르게 잠시 인상
을 찌푸렸다.

"양파가 특히 아삭하고 맛있구나. 아린 맛도 전혀 없고, 어떻게
한…… 영애?"

요리에 대해 묻던 가브리엘라 황비가 비틀거리는 날 보고 얼굴
을 굳혔다.

"영애."

"아……, 이상하─"

시야가 좁아지고 눈앞이 뿌옇게 변했다. 조금 무겁다 싶었던 어
깨가 거대한 추를 매단 듯 훅, 무너졌다.

"왜……."

"영애!"

"프렌시프!"

황족들의 비명 같은 고함이 들리는 것 같았는데 대답할 수 없었다. 온몸에 힘이 빠지는 동시에 난 정신을 잃고 말았다.

*    *    *

눈 안이 뜨겁고 쓰렸다. 귓가엔 웅웅거리는 이명이 들리고, 온몸이 얻어맞은 것처럼 욱신거렸다.

"……니아나!"

날 부르는 목소리에 난 겨우 눈꺼풀을 들었다.

"……이모?"

가브리엘라 황비가 한숨을 내쉬며 내 어깨에서 손을 거두었다.

"괜찮은 거니?"

"네. 여긴……."

"내 궁이다."

황비의 궁이 정원과 가까워서 이리로 옮긴 모양이었다. 나는 부스스 몸을 일으키고 주변을 둘러보았다. 이모밖에 없는 줄 알았더니 반대쪽 침대 맡에 도미니크가 서 있었다.

"저하……."

"……제게 여전히 비밀이 있는 모양입니다."

그의 표정은 딱딱하게 굳어 있었다.

'이모라고 한 말을 들었나 보다.'

나는 "그게……." 하고 말하며 눈치를 보았고, 가브리엘라 황비는 바닥으로 시선을 옮겼다.

"비밀은 아니고요. 저도 안 지 얼마 안 되는……."

"일단 쉬십시오. 나중에 얘기하죠."

"저기, 저하. 화나셨어요?"

그는 말없이 내 팔을 잡았다. 도미니크가 잡은 부분부터 샛노란 빛이 포자처럼 일렁이더니 빠르게 몸이 따뜻해졌다.

"아……."

포근한 느낌이 기분 좋아서 나도 모르게 눈이 스르륵 풀렸다. 내 안색을 확인한 그가 손을 거두고 멀어졌다.

"자리를 피해 드리죠."

"저하―!"

그는 대답 없이 문을 나섰다.

'서운한가 보다.'

나라도 도미니크가 내게 비밀을 만들고, 위험에 빠졌다는 것도 말하지 않는다면 속상할 것 같았다. 시무룩한 얼굴로 닫힌 방문을 보고 있자 가브리엘라 황비가 이마를 만졌다.

"열은 내렸구나."

"열이 올랐었나요?"

"그래. 의사는 피로가 축적되어 그랬다더구나."

"그렇게 피곤하지 않았어요."

이전과 비교하면 확연히 몸이 가뿐했다. 밤을 꼴딱 새우며 쟝뤼크를 도울 때도 멀쩡했는데, 왜 갑자기 피로해졌을까. 나는 의아한 표정으로 몸을 내려다보았다. 황제와 이모가 내 요리를 먹은 순간부터 그랬다.

'어?'

그러고 보니 근래 내가 피곤했던 건 '요리를 할 때'가 아니라 '내 요리를 누군가에게 먹일 때'였다.

'이상하잖아, 그건.'

"어쨌든 세니아나 넌 쉬는 편이 좋겠어. 이런저런 사건에 휘말렸으니 너는 몰랐어도 몸은 피곤했을……."

"이모."

"그래."

"아탈란이 절 로열 키친에서 쫓아내려는 이유가 뭐예요?"

이모의 안색이 변했다. 나는 이번엔 꼭 대답을 듣겠다는 듯 고집스레 그녀를 응시했고, 그녀가 가는 한숨을 흘렸다.

"몰라."

"하지만 이모는 아탈란의 1월이잖아요! 어떻게 이모가 모를 수 있겠어요."

"정말이야."

"……그럼 죽은 카렌듈라 후작이나 미카엘 황자도 모르나요?"

"월은 외부 세력을 뜻하는 말이다. 정확하겐 선을 나눈 거지. 뜻을 함께하고 있지만, 아탈란에게 협력할 뿐인 사람들이라고."

"하지만 이모는 어렸을 때부터 신관으로 살았으니 2월, 3월과는 다르잖아요."

"나는 미아의 핏줄이야. 네겐 이모이고. 아탈란에게 신뢰를 얻기 위해 할 수 있는 일은 모든 했지만, 대사제는 너와 관련된 일엔 나와 에단에게 쉽게 입을 열어 주지 않는다."

내가 시무룩해지자 이모는 날 빤히 보더니 "짚이는 게 있긴 하지만." 하고 중얼거렸다.

"짚이는 거요?"

"성식 말이다."

"성식이라면 삿된 자의 일부로 만드는 그……."

"그래, 아탈란이 로열 키친을 손에 넣으려 기를 쓰는 건 제국에 성식을 퍼뜨리기 위해서지."

로열 셰프가 식료품 유통 허가권을 가지고 있으니까.

난 고개를 끄덕였고, 가브리엘라는 한숨과 함께 말을 이었다.

"그러니까 너를 쫓아내려는 이유도 성식과 관련 있지 않겠니. 무엇보다 '성녀'는 '삿된 자'와 대척점에 있는 존재, 천적과 다름없으니까."

"천적……."

천적이라는 건 서로를 위험하게 할 수 있는 존재라는 거지? 삿된 자는 나의 천적이 될 수 있다. 그들은 나를 죽일 만한 막강한 힘을 가지고 있으니까. 하지만 내겐 뭐가 있다는 거야? 호랑이와 병아리의 관계를 천적이라고 하진 않잖아.

'성수 때문일까?'

하지만 그렇다면 '성수'와 '삿된 자'를 천적이라고 명명해야지, 왜 성녀를 천적이라고 한단 말인가. 성수를 부릴 수 있는 존재이기에 천적이라고 하는 건 이상하다.

"어쨌든 도미니크 말대로 쉬는 게 좋겠다."

"하지만 저는 스승님을 도와서 경합 준비를 해야—"

"쉬어. 도미니크가 질색하는 성력까지 발휘해 널 회복시킨 이유가 뭐겠니."

"성력……. 방금 그 빛이요?"

"그래."

"저기, 이모. 저하는 '조율자'라고 했죠?"

"그래, 성녀와 삿된 자의 중앙에 있는 존재지. 둘 모두를 회복시킬 수도 있고—"

그녀는 가라앉은 눈으로 날 응시하다가 중얼거렸다.

"죽일 수도 있는."

—라고.

*      *      *

가브리엘라 황비는 세니아나를 억지로 눕히고 이불을 덮어 주었다. 괜찮다고 하지만 여전히 얼굴이 새파랬다. 몇 번이나 쉬라고 종용한 그녀는 문을 나섰다. 문밖에서 기다리고 있던 에단이 물었다.

"그 녀석은?"

가브리엘라는 대답 없이 걸음을 옮겼다. 통신석을 통해 아서에게 세니아나의 소식을 전하자 허공에 문자가 떠올랐다.

[고맙다.]

가만히 문자를 보고 있던 그녀는 눈을 꾹 감았다 떴다. 가브리엘라 황비는 어느새 눈이 내리고 있는 창밖을 응시했다. 스산한 풍경이었다. 마른 땅과 앙상한 가지 위로 고요가 쌓이고, 소리가 좀먹혔다.

"아탈란은 계획에 성공할 거다. 기어코 이 땅에 종말을 도래시킬 테지."

"……."

"몇십 년이나 이어진 계획. 삿된 자의 수가 대륙 전쟁 때의 천 배에 이르는 지금, 아탈란과 맞설 자는 없어."

그들이 삿된 자를 세상밖에 내보이지 않는 이유는 하나였다. 아직 그 모두를 조종할 수 없기 때문이었다. 성녀와 조율자, 약탈자, 만 구의 삿된 자를 모두 모아 의식을 치르면 '종말'을 조종할 수 있게 된다.

창밖으로 세니아나가 잠든 방 창문을 우두커니 서서 지켜보고 있는 도미니크가 보였다.

'세실.'

네 말이 맞았어.

목숨 같던 미아와 세실을 잃고, 단둘이 남은 남매는 처절하게 후회했다. 지겨운 삶을 이어가는 이유는 오직 하나. 그들이 남긴 아이들이 종말 후에도 살아갈 수 있도록 지키기 위해. 속죄할 방법은 그뿐이었으니까.

"아탈란이 의식에서 약탈자가 아닌 세니아나를 선택한다면 그 아이는 살아남을 수 있어."

에단이 주먹을 꽉 움켜쥐었다. 아탈란이 세니아나를 선택할 수 있도록 돕는 것이 남매의 목표였다.

"종말을 담는 병이 되어서 근근이 목숨을 이어갈 뿐인 생을 원할까, 저 아이가."

"에단."

그가 책상 위에 놓인 가브리엘라의 회중시계를 바라보았다. 저것을 선물하며 웃던 미아와 세실을 떠올리며. 눈을 지그시 감고 있던 그가 낮은 목소리로 말했다.

"누이, 아탈란에서 세니아나에게 경고를 시작했어."

가브리엘라가 그를 쳐다보자 그는 천천히 눈을 뜨며 말했다.

"프렌시프 령에 샷된 자 일백 구(具)가 내려갔어."

가브리엘라의 눈이 커졌다.

"일백 구(具)라니!"

대륙 전쟁에서도 고작 여섯 구(具)만이 쓰였을 뿐이었다. 그것만으로도 이만의 정예병이 목숨을 잃었다.

'프렌시프의 영지민을 몰살시키겠다는 건가.'

가브리엘라가 이마를 쥔 채 비틀거리자 에단은 침통한 얼굴로 말을 이었다.

"그리고 나베리우스 프렌시프가 오늘 영지로 출발했지."

"……!"

"샷된 자 일백 구(具)가 도착하는 건 나흘 뒤. 이틀 뒤, 나베리우스 프렌시프가 도착하면—"

"그는 죽을 거야."

필시.

가브리엘라가 치맛자락을 꽉 움켜쥐었다.

*       *       *

도미니크에게 내가 쓰러졌다는 이야기를 들었는지, 쟝뤼크는 퇴
궁하라며 닦달이었다.

"하지만 수련을 도와야지요!"

"너 없으면 더 편히 할 수 있으니까 얼른 꺼져."

"……."

나는 치, 하며 입술을 삐죽였다.

"스승님은 말을 너무너무 못되게 하세요."

"알아."

알면 좀 고치든가! 속으로 투덜거리다가 한숨을 내쉬었다.

'아무리 마음이 앞서도 이 몸으론 돕지도 못하겠지.'

난 알겠다고 말한 뒤 퇴궁 준비를 했다. 아빠가 보낸 마차를 타
고 저택에 도착하자 어쩐지 평소보다 한산했다.

'으응?'

영지에서 올라온 사용인들이 보이지 않는걸. 내가 의아한 얼굴
로 마릴린에게 묻자 그녀가 말했다.

"어르신이 오늘 영지로 내려가셨거든요. 다들 영지 성을 오래 비
웠다고 따라가셨지요."

"할아버지가? 말씀하시지! 포털로 보내드리면 되는데."

"황궁 마차를 빌려 가서서 이틀이면 도착하신대요."

"그래도……."

"아가씨가 쓰러졌다는 소식을 들으셨거든요. 걱정되어서 부탁하지 않으신 거예요."

아우, 하필이면 이런 일이 있을 때 쓰러져서.

할아버지는 다른 노인들보단 건강하지만, 손녀 입장에선 걱정이 될 수밖에 없다. 할아버지의 몸으로 이틀이나 마차에서 지내실 수 있을까. 내가 우울해하자 가웨인이 픽 웃으며 어깨를 두드렸다.

"조부님은 나보다 힘이 좋으실 거다."

"그래도 할아버지는 무릎도 안 좋으신걸요. 게다가 고혈압도 있으시고……! 어? 오빠들은 같이 가지 않으세요?"

"응."

"란슬롯도?"

"오지 말라고 하시던데. 금방 오실 거라고."

"영지는 무슨 일 때문에 가신 건데요?"

"금좌 11석의 수장이 되었으니 본격적으로 황도에서 지내셔야 할 것 아냐."

"아, 그 전에 영지를 정리하러 가신 거군요?"

가웨인이 고개를 끄덕였다. 그러곤 내게 슬쩍 편지 봉투를 내밀었다.

'할아버지의 편지다!'

나는 기쁜 마음에 얼른 레터 나이프로 봉투를 베어, 편지를 열었다.

[세니아나 보아라.

오늘 쓰러졌다는 얘기를 듣고 걱정하였다.]

편지는 아주아주 어색했다.

'하긴 할아버지가 이런 편지를 써보셨을 리가.'

난 쿡쿡 웃으며 편지를 읽었다. 가웨인과 란슬롯도 내 곁에서 함께 편지를 읽었다.

[다시 돌아온 너를 만나고, 할애비는 일상의 즐거움을 찾았다.]

"이거 분명 사무관들이 써 줬을 거다."

"그래."

오빠들이 어처구니없는 표정으로 픽 실소를 흘렸다.

[늘 열심히 하는 너를 보고 할애비 또한 인생을…… (중략)…… 하지만 너무 걱정시키지 마라. 일을 해도 네 몸 챙겨 가면서 해야…….]

할아버지의 진심이 느껴져서 난 감격했는데, 오빠들은 "아닌가, 마담 버지니아가 써 줬나." 하고 대필한 사람을 추측하기 바빴다.

"설마 대필했겠어요?"

"이것 봐. 마지막 줄만 글씨가 다르잖아!"

그 말을 듣고 난 얼른 마지막 문장을 살폈다.

[너를 사랑한다.]

정말로 글씨체가 달랐다. 윗부분도 비슷한 글씨체이긴 했지만, 맨 아랫줄과는 미묘하게 다르다. 난 빙그레 웃으며 마지막 문장을 매만졌다.

나도 말해 줘야지. 할아버지가 돌아오시면, 꼭 말해 줘야겠다. 저도 할아버지를 사랑해요. 아주아주 많이.

그때, 알았더라면. 표현은 미루는 게 아니라는 것을 알았더라면 '사랑한다'는 말이 가슴에 멍으로 남지 않았을 텐데.

편지는 내겐 아주 감동적이었지만, 다른 가족들에겐 그렇지 않은 모양이었다. 가웨인에게서 요약한 내용을 들은 아빠의 표정이 미묘했다.

"노인네가 노망이 들었군. 안 하던 짓을 하면 죽을 날이 다가온 것인데."

그가 신랄하게 빈정거리자 란슬롯과 가웨인이 웃음을 삼켰다. 난 인상을 찌푸리고 "아빠!" 하고 소리쳤다.

"……."

"아버지에게 그런 말을 하는 건 잘못이에요."

"……."

"그렇지요?"

내가 허리춤에 손을 올리고 눈을 부릅뜨자 아빠는 "……그래." 하고 중얼거렸다.

"할아버지랑 영지 사람들이 없으니까 집이 휑해요. 난 자리는 티가 나는 법인가 봐요."

내가 시무룩하게 중얼거리자 란슬롯이 다정하게 말했다.

"금세 돌아오실 거다."

"그랬으면 좋겠다."

난 환히 웃었고, 가족들은 나를 따라 미소를 머금었다. 그날은 편히 쉬었다. 저녁엔 동부 영지로 향하는 할아버지와 마담 버지니 아에게 연락이 왔다. 잘 먹고, 잘 쉬고 그들이 돌아올 때까지 몸 건강히 지내야 한다고 몇 번이나 당부했다.

그리고 이틀 후. 당장 내일 경합 내용 발표가 있어서 나는 더 입궁을 미룰 수 없었다. 나와 쟝뤼크는 정신없이 준비를 해야 했다. 세상에 있는 모든 요리를 다 할 수는 없으니 황제가 낼 경합 주제를 읽어 내는 것이 관건이었다. 황제의 평소 식단 기록을 살피던 나는 끙끙거렸다.

'가리는 음식이 없으시잖아.'

하기는 황태자도 호불호를 드러내기 쉽지 않으니 황제도 마찬가지겠지. 그러다 눈에 들어오는 내용이 있어서 "응?" 하고 고개를 갸웃했다. 쟝뤼크가 의아한 표정으로 날 쳐다봤다.

"무슨 일이냐?"

"작년 오 월부터 두 달간 식사를 제대로 하지 않으셨는데요?"

"아, 그거?"

쟝뤼크는 대수롭지 않게 고개를 끄덕였다.

"음식에서 역한 냄새가 난다고 식사 때마다 역정을 내셨다더군."

"심각한 일이잖아요, 그건?"

"조금만 더 식사 거부를 하셨으면 고프레도가 경질당했을 수도 있지. 오죽했으면 로열 키친의 요리사들이 내게 연락해서 조언을 구했을까."

역한 냄새라고? 로열 키친에선 식재료를 아주 까다롭게 관리한 다. 특히 여름엔 냉장창고에 보관하더라도 이틀이 지난 육류와 해산물은 모두 폐기할 정도였다.

'그런데 냄새라니……. 이상한걸?'

로열 키친엔 미식의 나라 길라게온에서도 손에 꼽는 천재들이 모여 있다. 그들이 제대로 요리하지 못했을 리도 없고. 황제가 식사 거부까지 했다면 로열 키친이 발칵 뒤집혔을 텐데 두 달이나 이유 를 찾지 못했다고?

난 인상을 쓰며 그 당시의 기록을 살폈다.

"스승님."

"왜?"

"폐하께서 식사를 거부한 이유는 왜 기록해 두지 않은 걸까요?"

"그럴 리가. 제대로 봐라, 기록하지 않았을 리 없어."

페이지를 넘기며 이리저리 살피던 난 고개를 저었다.

"없는걸요?"

샹뤼크는 "이리 줘 봐." 하며 기록지를 가져가서 뒤적였다.

"이상한데. 그런 일을 기록하지 않았을 리 없다. 내 스승님은 선 황 폐하께서 속이 더부룩하다고만 하셔도 꼼꼼하게 기록했다고."

"하지만 없잖아요?"

"자료 보관실에 가 봐라. 따로 보관해 놨을 수도 있으니까."

나는 고개를 끄덕이고 자리에서 일어났다. 자료 보관실 쪽으로 걷는데 입구 쪽에 알베르가 보였다.

"알베르 님."

그가 나를 보고 눈을 홉뜨더니 "흠." 하고 신음했다.

"서고에 용무가 있으십니까?"

"네, 자료 보관실에 가려고요."

"들어가십시오."

경비병 대신에 보초라도 서고 있었던 건지 그는 나에게 문을 열어 주었다. 나는 묵례하고 다시 복도를 걸었다. 자료 창고 옆에 있는 도서관의 유리문을 보자 안쪽으로 얼핏 익숙한 인영이 보였다.

'도미니크다!'

나는 주변을 이리저리 살피고 유리문을 톡톡 두드렸다. 책장 앞에 서서 책장을 넘기던 도미니크가 고개를 돌렸다. 창문으로 쏟아져 들어온 햇살이 옆선에 닿으며 희게 부서졌다. 나른히 떨어지던 머리칼이 고개를 들자 뺨을 부드럽게 감았다. 그가 한 손으로 들고 있던 책을 탁, 접으며 눈짓했다.

'들어오라고?'

여기 황족 전용 서고인데? 내가 머뭇거리자 그는 문을 열어 줬다.

"드, 들어가도 돼요?"

"예."

"하지만……."

"알베르가 주변을 지키고 있습니다. 당분간 근처로 오지 못할 거예요."

그래서 알베르가 경비병 대신에 서 있었구나. 나는 고개를 끄덕이다가 "아, 그거." 하고 중얼거렸다. 도미니크가 들고 있는 책은 삿된 자의 기록이었다. 내 시선이 책등에 닿자 그가 대답했다.

"당신은 말해 줄 생각이 없는 것 같으니까."

"그런 게 아니라요……."

"걱정만 제 몫으로 남겨 두셨죠."

나는 눈치를 보다가 손가락을 매만지며 대답했다.

"이모 일은 저도 알게 된 지 얼마 안 돼서…… 정신이 없었기도 하고요. 그래서 말씀을 못 드린 거예요."

"압니다."

"하지만 서운하시잖아요……."

"아니까 더."

정말로 화가 났는지 그의 목소리가 건조했다. 그가 내게 냉랭한 건 처음이라서 나는 덜컥 겁이 났다. 어쩔 줄 모르고 입술만 깨물고 있자 그는 가는 한숨을 내쉬었다.

"내 궁의 경비병 하나가 사라졌습니다. 후에 시체로 발견되었죠. 황궁에 성수가 나타난 날에 말입니다. 당신과 관련 없는 일입니까?"

아탈란 소속의 경비병들에게 찔렸던 남자가 떠올랐다. 나는 대답하지 못했고, 도미니크는 그런 날 보고 잠시 침묵했다.

"그건, 저하…… 전……!"

"이전번엔 운 좋게 아무런 일이 없었지만, 다음엔 다를지도 모릅니다. 그 순간에도 저는 아무것도 모른 채 당신과 마주칠 순간만 기다리고 있을 겁니다. 늘 그랬듯이."

"……."

도미니크가 한숨을 삼키고 내 어깨에 이마를 기댔다.

"난 매일 당신 연락을 기다려."

"……."

"마주치는 순간을 고대하며 아발론을 맴돌지."

"……."

"내가 참을 수 없는 건, 당신이 위험한 순간에도 난 등신같이 아무것도 모르고 설레하며 당신과 마주칠 순간을 기다릴 거라는 거야."

"……."

"내가 기다려 마주칠 게 당신인지 당신의 시체인지도 모르는 상태로."

그의 목소리가 깊게 가라앉았다. 어깨에 닿은 온기가 아려서 난 할 말을 찾지 못하고 입술을 베어 물었다.

"미안……."

"알면 다음엔 부디, 지킬 기회를 주세요."

나는 고개를 끄덕였고, 도미니크는 내게서 떨어져 나와 눈을 마주쳤다. 내가 그를 생각하지 않는 순간에도 그는 오직 나만을 떠올리고 있었을 거다. 어제 가브리엘라 궁을 나서고 마냥 해맑던 내가 미워서 눈물이 비죽 솟았다. 그는 곤란한 듯 희미하게 웃으며 내 눈가를 손끝으로 훔쳤다.

"울길 바라서 한 말이 아닙니다."

"잘못했어요……."

"이리 마음이 약하셔서야. 더 골내지도 못하겠습니다."

도미니크는 다정하게 나를 끌어안았다. 나는 그의 품에 안겨 코를 훌쩍였다.

"그, 성수를 불러낸 날 제게 이모와 외숙부가 있다는 걸 알았어요……. 아탈란의 신관으로 지냈대요. 우리 엄마도 아탈란의 신관이었는데, 그러니까……."

내가 웅얼거리니 그는 "외숙부라고요?" 하고 되물었다.

"황궁 경비대장인 에단이 제 외숙부예요."

그는 인상을 찌푸렸다. 나와 도미니크는 황족 전용 서고에 있는 작은 테이블에 앉아 그간의 일을 공유했다.

"그러니까 당신의 이모가 대륙 전쟁에 적군으로 참전했다는 겁니까."

"네, 그리고 제 어머니는—"

그때 에이프런 안의 통신석이 가늘게 진동했다. 나는 말을 멈추고 통신석을 꺼냈다. 통신석은 붉은색으로 변해 쉴 새 없이 점멸했다.

'오빠들의 신호인데 이상하네. 이런 색으로 변한 적은 없는데.'

난 고개를 갸웃하고 통신을 연결했다.

"네."

[세니아나.]

란슬롯이었다. 내용을 듣지 않았지만, 이상한 예감이 발밑부터 스멀스멀 밀려왔다.

"무슨 일이 있—"

내가 입을 열던 찰나, 서고의 문이 벌컥 열리며 새파랗게 질린 알베르가 뛰어 들어왔다.

"저하!"

그는 도미니크와 나에게 달려와 소리쳤다.

"프렌시프에서 황궁 내에서의 포털 사용 허가를 요청했습니다."

"무슨 소리냐."

"프렌시프 영지에 삿된 자들이 출현했습니다!"

난 딱딱하게 굳어져서 소리쳤다.

"그게 무슨 말이에요!"

벌떡 일어나 소리치자 란슬롯이 말했다.

[우리도 상황을 파악하는 중이야. 아버님이 황제와 직접 이야기하셨으니 너는 바로 포털을 열어 저택으로 이동해라. 영지로 길을 연결해야 해.]

"그런……!"

당황해서 입을 열던 난 멈칫하고 통신석을 꽉 쥐었다.

"할아버지는요?"

[…….]

"란슬롯!"

[사망이 확인된 건 유스벨 남작과 당통 자작뿐이야.]

유스벨 남작과 당통 자작은 할아버지와 함께 마차를 타고 간 사람들이다.

[삿된 자들이 영지에 도착한 조부님의 마차를 덮쳤어.]

그 뒤로 란슬롯이 무어라 말했지만, 목소리가 뭉그러졌다. 삐익─!
이명이 귀를 가르고 정신이 혼미했다. 그가 뭐라고 말하고 있는 건
지, 어떤 일이 벌어진 건지 도무지 이해할 수 없었다.


[너를 사랑한다.]


편지의 마지막 문장만이 선명했다.

"……니아나."

"……."

"세니아나!"

도미니크가 내 어깨를 흔들었다.

"아, 아아……."

나는 입을 틀어막고 스르륵, 바닥에 주저앉았다.

"……어떻게 해. 우리 할아버지. 할아버지…… 할아버지."

배웅도 못 했는데. 이제 편해졌다고 못된 말만 했는데. 내 일이
바쁘다고 신경조차 쓰지 못한 날이 많았는데. 누구에게도 표현한
적 없는, 세상 사람들이 모두 입을 모아 두렵다고 하는 그가 애써
애정을 표현해도 감사의 말 한마디 하지 못했다. 주름진 눈매가 다
정하게 휘는 모습이 떠오르며 쉴 새 없이 눈물이 흘러나왔다.

"정신 차리십시오!"

"……저하."

그가 나를 일으켰다.

"포털을 열어요, 어서."

나는 덜덜 떨리는 손으로 멀린의 마원을 손에 쥐었다.

목적지를 생각하지 않았는데도 나와 도미니크, 알베르는 저택에 도착해 있었다. 가웨인과 란슬롯은 벌써 갑주를 차고 진군 준비를 마친 채였고, 아빠도 굳은 얼굴로 나를 맞이했다. 아빠가 희게 질려 어쩔 줄 모르는 내 어깨를 꽉 잡았다.

"저택의 군사들을 소수만 두고 모두 이동시켜야 한다. 할 수 있겠니?"

"네."

"힘에 부치면—"

"할 수 있어요. 할 거예요, 저."

아빠가 내 눈을 지그시 응시하더니 이내 고개를 끄덕였다. 난 멀린과 테디, 그리고 쵸의 마원을 모두 쥔 채 목적지를 떠올렸다. 할아버지가 있는 우리의 집을.

*　　*　　*

첨탑 위에서 영지를 내려다보던 프렌시프 기사 졸로단이 새파란 얼굴로 손을 가늘게 떨었다. 기사 하나가 헐레벌떡 뛰어와 소리쳤다.

"북문을 지키던 경비대는 전멸. 삿된 자들이 영지 내부로 들어왔습니다!"

"이런……."

"명을 내려 주십시오!"

"도망…… 도망쳐야 해. 도망……."

영지를 에워싼 삿된 자가 여섯. 그들 주변으로 검은 인간들이 무려 백에 가까운 숫자였다. 동문을 지키던 졸로단은 검은 인간이 시간이 지나자 피부가 기괴하게 녹아들며 삿된 자가 되는 광경을 목격했다.

'저들이 모두 삿된 자가 되면…….'

대륙 전쟁 때도 이만한 수의 삿된 자가 나타난 적은 없었다. 종기사 시절 스물의 대대가 사력을 다해 고작 일 구(具)의 삿된 자를 물리친 것을 목격한 적 있었기에, 삿된 자란 것의 힘이 얼마나 강력한지 잘 알고 있었다.

평생 전장에서 살아왔지만, 이만큼 희망이 없는 전쟁은 겪어 본 적이 없었다. 삿된 자를 마주한 것만으로도 오금이 저렸다. 단순히 공포심을 불러일으키는 것이 아니었다. 삿된 자들은 마치 공포 그 자체를 구체화시킨 존재 같았다.

"도, 도망, 다들 도망 —"

"정신 차리십시오! 주군께서 돌아오실 때까지 성을 지켜야 합니다!"

성 밑의 사람들이 비명을 내질렀다. 스스슷 —! 기어온 삿된 자 하나가 도망치던 아이를 잡아 통째로 삼키려는 듯 기괴한 이빨을 드러냈다.

"엄마! 으아아앙! 엄마 —!"

그 광경을 보고 뒷걸음질 치던 졸로단이 돌부리에 걸려 쿵! 주저앉았다. 그때였다. 쉬이익 —! 화살 하나가 허공을 가르고 날아들어 삿된 자의 눈알에 박혔다.

"키에엑!"

정확히 눈을 맞은 샷된 자가 꿈틀거리며 가라앉았다. 졸로단의 옆으로 드레스를 입은 중년의 귀부인이 뛰어들었다.

"마담 버지니아!"

졸로단은 멍하니 피 묻은 드레스 차림의 버지니아를 올려다보았다.

"썩 일어나지 못해! 못난 놈!"

"다, 단장님……."

그녀는 한 손으로 졸로단의 멱살을 잡고 일으켰다.

"나의 6사단을 이어받은 놈이라면 기개를 보여!"

그녀가 소리치자 졸로단의 눈이 흐려졌다.

"우리는 질 겁니다……. 성은 함락당하고, 우리는 모두 저것의 먹이가……."

버지니아의 얼굴이 험악하게 구겨졌다. 졸로단을 멀리 내던진 그녀가 부들부들 떨리는 손으로 활시위를 잡았다.

'빌어먹을!'

샷된 자가 덮친 마차에서 겨우 탈출하며 다친 왼팔이 떨리는 바람에 활을 제대로 고정할 수 없었다.

'나이가 든 것인가. 이깟 상처에……!'

그때 흰 손이 오금을 잡았다.

"넌……."

"6사단의 알렉시아입니다, 단장. 돕겠습니다."

"여자인가."

"기사지요."

"도망칠 생각은 없는 눈이로군."

알렉시아는 활을 단단히 받치고 삿된 자를 쏘아보았다.

"오실 테니까요. 프렌시프의 주인들이."

"어르신은……."

버지니아는 말을 잇지 못했다.

"단장님께서 들어오신 동문에 제가 있었습니다. 상황은 압니다."

"그런데."

"단장의 영웅이자 주인은 어르신이시겠지요."

"……."

"제 영웅이자 주인은 다릅니다."

버지니아는 결기 어린 눈을 빤히 쳐다보았고, 알렉시아는 신의 가득한 목소리로 말했다.

"오실 겁니다, 아가씨는."

그런 사람이니까. 포기 같은 건 모르고, 아무리 거대한 적이라도 당당히 맞서는.

버지니아가 활시위를 당겼다. 또 한 번 활이 정확히 삿된 자를 꿰뚫었다. 한 구의 삿된 자는 다가오지 못하고 "키에에엑!" 비명을 내질렀지만, 그뿐이었다. 삿된 자에게 달려든 군사들이 성냥개비처럼 우수수 무너졌다.

기어코 한 구의 삿된 자가 성벽을 타자 알렉시아는 검을 빼 들고 탑 아래로 뛰어내렸다. 그리고 머리 위로 착지해 정수리를 꿰뚫었다. 삿된 자가 크게 떨며 "쉬익—!" 소리를 내고 고개를 털어 냈다.

"크윽―!"

기사들이 샷된 자를 에워싸 맹공을 펼쳤으나 검은 오물 같은 피부에 닿자마자 녹이 슬 듯 부러졌다.

"케에엑!"

정수리 위로 새로운 입이 벌어지며 기괴하리만큼 날카로운 이빨이 드러났다.

"아!"

알렉시아의 자세가 무너지던 그때였다.

"알렉!"

익숙한 목소리와 함께 누군가 성문 위에 등장했다.

"아가씨!"

누군가 소리치자 모두 일시에 성문 위의 여성을 쳐다봤다. 마담 버지니아가 그녀를 보고 "세니아나 아가씨!" 소리쳤다. 순간, 땅이 울렸다. 세니아나를 본 샷된 자는 이전과 다른 강도로 날뛰었고, 성벽이 크게 흔들렸다.

"키엑!"

세니아나가 굳은 얼굴로 소리쳤다.

"내 집에서 사라져."

그리고 창공에 커다란 구멍이 생기며 빛이 뿜어져 나왔다. 빛에 감싸인 샷된 자는 비명을 내질렀고, 눈 깜짝할 사이에…….

"허."

누군가 신음했다. 수백의 군사가 달려들어도 꿈쩍을 하지 않던 샷된 자가 온데간데없이 사라졌다.

"포털……."

"포털이다!"

"아가씨가! 우리의 주인이 돌아왔다!"

전의를 상실했던 군사들이 비로소 환희에 찬 함성을 내질렀다.

〈다음 권에 계속〉